Claus-Peter Ganssauge

2080
Eine bessere Welt

Erinnerungen aus der Zukunft

… und neues Leben blüht aus den Ruinen

novum pro

www.novumverlag.com

Bibliografische Information
der Deutschen Nationalbibliothek:

Die Deutsche Nationalbibliothek
verzeichnet diese Publikation in
der Deutschen Nationalbibliografie.
Detaillierte bibliografische Daten
sind im Internet über
http://www.d-nb.de abrufbar.

Alle Rechte der Verbreitung,
auch durch Film, Funk und Fernsehen,
fotomechanische Wiedergabe,
Tonträger, elektronische Datenträger
und auszugsweisen Nachdruck,
sind vorbehalten.

© 2020 novum Verlag

ISBN 978-3-99107-309-3
Lektorat: Susanne Schilp
Umschlagfotos: Sevda Stancheva,
Sergey Mayorov | Dreamstime.com
Umschlaggestaltung, Layout & Satz:
novum Verlag
Innenabbildungen: Seite 88, 106, 119, 155,
178, 182, 200, 211: Simplymaps.de, Seite
185: Mount Rainier: ClassicStock/akg-
images/ H. Armstrong Roberts, Seite 226:
Burj Khalfa: akg-images/IAM/World
HIstory Archive, Seite 230: Burj Al Arab:
akg-images/Rainer Hackenberg

Gedruckt in der Europäischen Union
auf umweltfreundlichem, chlor- und
säurefrei gebleichtem Papier.

www.novumverlag.com

INHALT

Sinneswandel 7
Non ratione – katastrophis discimus 31
Fridays for future 36
Die Zwei-Kinder-Anordnung 42
Das Welt-Einwohneramt 45
Die politische Entwicklung 47
Biologische Rückbildung? 57
Wandel durch Technik 60
   Der moderne Haushalt 60
   Atomstrom 65
   Der Flugverkehr 66
   Ein neues Verkehrssystem 68
   Die Außerirdischen 70
Macht Euch die Erde untertan! 74
   Erste subterrestrische Reise 74
   Erste Afrika-Reise 80
   Der Garten Eden 88
   Algerien 102
   Libyen 118
   Baustelle 122
   Florapax 126
   Abschied 133
Das Antarktis-Territorium 135
Peking–Moskau 138
   Peking 140
   Hongkong 149
   Der Kampf gegen den Wüsten-Vormarsch 154
   Die Rückfahrt 164
   Moskau 172
Das Niger-Tschad-Projekt 176

Ein Vulkan-Ausbruch	184
Die letzte Reise	191
Vorbereitungen	191
Al Genezareth	197
Saudi Arabien	210
Dubai	224
Die Jahre nach Mount Rainier	233
Danksagung	239

SINNESWANDEL

Wir schreiben das Jahr 2080. Ich bin die älteste Enkelin des Buch-Autors von: „Zukunft? – Ja, wir schaffen das!", der als Initiator des unterirdischen Fernverkehrs und Wiederentdecker der Hochgeschwindigkeits-Transrapid-Schwebebahn anstelle der umweltschädlichen Kurzstrecken-Flüge gilt.

Sein wichtigstes Anliegen war, zunächst Mittel und Wege zu finden, wie man die aus dem Gleis geratene Umwelt wieder zur Normalität zurückführen könnte und was man in letzter Minute tun müsste, bevor es dafür zu spät ist.

Er hatte dabei auch die Idee, die Hochgeschwindigkeits-Bahnstrecken unter die Erde zu verlegen und diese Tunnelstrecken luftleer zu pumpen, wodurch ohne jeden Luftwiderstand Geschwindigkeiten von bis zu 1.000 km/h erreicht werden können und dies auch noch völlig abgasfrei und ohne die Natur zu verschandeln.

Nachdem diese Idee nach langen Debatten und großem finanziellen Aufwand endlich Gestalt angenommen hatte, war das der entscheidend wirksame Schlag gegen die luftverschmutzenden Kurzstrecken-Flüge, die ja heute weitgehend verboten sind, sofern sie noch mit Kerosin-Treibstoffen betrieben werden.

Die Fluggesellschaften haben ihn dafür natürlich nicht sehr geschätzt.

Er hatte in seinem Buch viele Anstöße gegeben, das vorhandene technische Wissen zu nutzen, um die Welt mit Hilfe der gewaltigen Sonnen-Energie vor der Vergiftung und Überhitzung zu bewahren und dabei auch noch öde Wüsten neu zu beleben. Leider ist mein Opa kurz nach dem Erscheinen seines Buches gestorben. Er durfte den Erfolg seines Werkes nicht mehr erleben.

Ich will hier berichten, welche tiefgreifenden Veränderungen ich sowohl in der technischen Entwicklung, als auch im Denken und Handeln der Menschen erlebt habe und wie weit die Visionen meines Großvaters inzwischen zu Fakten geworden sind.

Jetzt bin ich 80 Jahre alt und erfreue mich noch bester Gesundheit. Möglicherweise habe ich meine Gesundheit auch meinem verehrten Opa zu verdanken, der die Menschen „fünf Minuten vor Zwölf" zusammen mit der Greta-Thunberg-Bewegung wachgerüttelt hat. Nur durch konkrete politische Maßnahmen, den sofortigen Einsatz modernster technischer Möglichkeiten und eine umweltschonende Lebensweise war die Erde noch vor der sicheren Unbewohnbarkeit zu retten.

Die Durchsetzung der weltweit notwendigen, verbindlichen Gesetze und Verhaltensregeln hat allerdings Jahrzehnte gedauert – trotz deutlich spürbarer negativer Klima-Veränderungen.

Die Häufung der Wetterkatastrophen und ihre Folgen waren zunächst nur allmählich spürbar, mit der Zeit wurden sie aber immer stärker für alle Erdteile zur Bedrohung.

Die Einsicht, dass wir Menschen selbst durch das umweltschädliche Verhalten einer schnell anwachsenden Weltbevölkerung die Verursacher sind, erfolgte leider erst, als die Klimaveränderungen schon weit fortgeschritten waren.

Dann endlich hatte die geschundene Natur auch dem letzten verbohrten Politiker klar gemacht: Wir haben die obere Grenze der Bevölkerungsdichte und auch das Ende der Resourcen-Verschwendung nicht nur erreicht, sondern bereits überschritten. Entweder verhalten wir uns ab sofort so, wie es die Natur unseres Planeten verkraften kann, oder wir gehen alle unter, nachdem wir die einst reichlich verfügbaren Rohstoffe verschwenderisch verbraucht haben und die landwirtschaftlichen Anbauflächen nicht mehr alle Menschen ausreichend ernähren können.

Dann endlich einigte sich die politische Vertretung der Weltbevölkerung auf die erforderlichen Beschlüsse.

Ohne die strikt einzuhaltenden Verhaltensregeln, die die UNO-Weltregierung den Menschen im Jahr 2028 verordnen musste, würde die Erde wahrscheinlich heute so aussehen, wie seinerzeit die Osterinsel, deren Lebensgrundlage die damaligen Bewohner durch ihre ungezügelte Vermehrung selbst vernichtet hatten.

Ich habe in dem Buch meines Großvaters von diesem Drama gelesen, das aufgrund der heutigen Bevölkerungsdichte auf die ganze Erde übertragbar wäre.

Zum besseren Verständnis all der notwendigen Einschränkungen und weltweiten Regulierungsmaßnahmen wiederhole ich hier die damaligen Beschlüsse, die ich mir aus der Zeitung ausgeschnitten hatte:

Präambel:
Es geht um die Bewohnbarkeit unseres Planeten Erde!
Politik und Wissenschaft bekräftigen hiermit einmütig: Die Grenzen des Wachstums sind erreicht. Nur durch die strikte Einhaltung der folgenden Beschlüsse kann die Welt vor dem Untergang/der Unbewohnbarkeit gerettet werden. Mit dem Erlass zusätzlicher adäquater nationaler Gesetze wird dies auch gelingen.

Wir erkennen, dass die beschlossenen Maßnahmen schmerzliche Einschnitte für die Automobilindustrie und ihre Zulieferer, die Luftfahrtindustrie nebst Zulieferern und die Luftfahrt selbst sowie für die Flughäfen bedeuten werden.

In Abwägung aller hiermit verbundenen Probleme und in Abstimmung mit allen der UNO angehörenden Ländern mussten in Anbetracht des Ernstes der Lage die nachstehenden schweren Entscheidungen getroffen werden.

Die gemeinsame Finanzierung der erforderlichen und weit gehenden Umstellungen und Investitionen erfolgt nach einem Quotensystem, das entsprechend der Wirtschaftskraft der einzelnen Länder ermittelt wurde.

1. *Es darf ab sofort kein Fahrzeug (Pkw, Lkw oder Kraftrad sowie Motorboot) mit Verbrennungsmotor jeglicher Art für den Straßenverkehr neu zugelassen werden. Erlaubt sind lediglich Fahrzeuge mit Elektro- oder Brennstoffzellen- oder anderen abgasfreien Antrieben. Hybrid-Autos dürfen noch bis 31. 12. 2030 neu zugelassen werden. Der Gebrauch von Fahrzeugen mit ausschließlich Verbrennungsmotoren (Pkw, Lkw, Krafträder und Motorboote) ist ab 1. 1. 2032 verboten. Von obigen Verboten ausgenommen sind landwirtschaftliche*

Maschinen und Traktoren, Maschinen des Hoch- und Tiefbaus sowie des Bergbaus.
2. *Fahrzeugen, deren Baujahr vor dem Jahre 2017 liegt, wird die Straßen-Zulassung ab 1. 1. 2030 entzogen.*
3. *Jedes Gebäude über 2,20 Meter Höhe mit Flachdach, einer Dachfläche ab 50 Quadratmetern und/oder einer Ausrichtung zwischen Südost und Südwest muss spätestens bis 31. 12. 2030 mit einer Solaranlage des Standards 5/25 ausgestattet sein, anderenfalls werden gerichtlich noch festzusetzende Ordnungsstrafen verhängt. Die Finanzierung erfolgt durch staatliche Kredite, die durch die erzielten Stromabführungs-Einnahmen oder bei Eigenverwendung durch Raten abbezahlt werden können. Die Gemeinden haben für die Ableitung der erzeugten Strommengen zu den staatlichen oder privaten Stromnetzen zu sorgen, soweit kein vollständiger Eigenverbrauch vorliegt.*
4. *Zwecks Reduzierung der Abstrahlung von Heizungs- oder Kraftwerkswärme in die Atmosphäre werden alle Gemeinden mit einer Größe ab 20.000 Einwohnern angewiesen, klima-adäquate Verordnungen zu erlassen, die die erlaubte und noch festzulegende Wärme-Abstrahlung je Quadratmeter Außen-Fassade regelt. Gegebenenfalls sind nachträgliche Gebäude-Isolierungen anzuordnen. Wird dies nicht befolgt, sind innerhalb einer angemessenen Frist Ordnungsstrafen zu erteilen.*
5. *Öl-Heizungen, die vor dem 1.1. 2008 eingebaut wurden, sind durch Wärmepumpen- oder andere abgasfreie Heizsysteme zu ersetzen. Öl-Heizungen werden ab 1. 1. 2032 gänzlich verboten. Abgasarme Erdgasheizungen bleiben bis auf Weiteres erlaubt.*
6. *Der Flugverkehr zwischen Orten, die weniger als 1.000 Kilometer von einander entfernt liegen, wird verboten. Bewohnte und unbewohnte Inseln dürfen nur noch mit Schiffen angefahren werden, die als abgasfrei oder abgasarm zugelassen wurden. Die Normen für das Prädikat „abgasarm" erlässt das Welt-Schifffahrtsamt.*
7. *Fracht- und Passagierschiffen wird der Antrieb durch Rohöl ab 1. 1. 2030 verboten. Sie unterliegen ab diesem Zeitpunkt der Abgaskontrolle derjenigen Länder, in denen sie registriert sind. Schiffe, die den Abgasvorschriften bei Anlandung in Häfen des Geltungsbereiches dieses Gesetzes nicht entsprechen, sind zu beschlagnahmen.*

8. Kerosin, als Treibstoff von Motorflugzeugen aller Arten und Typen, wird mit einer Sondersteuer von 20 Prozent vom Einkaufspreis belastet. Der Erlös daraus ist zweckgebunden und darf nur für Zwecke der Luftverbesserung verwendet werden. Diese Maßnahme dient dem Ziel, abgasfreie Treibstoffe für die Luftfahrt zu entwickeln.
9. Das Abholzen jeglicher Wälder, auch die Reduzierung von Waldflächen aller Art, bedarf der Genehmigung einer inzwischen installierten, übergeordneten internationalen Forstbehörde. Das Fällen jedes Baumes mit einem Stammumfang über dem Boden ab zwei Metern ist genehmigungspflichtig und muss durch die Anpflanzung von drei Ersatzbäumen gleicher Art kompensiert werden. Die Gemeinden sind verpflichtet, entsprechende Baumschutz-Satzungen zu erlassen.
10. Alle Länder werden verpflichtet, amtlich bevollmächtigte Kommissare zur Kontrolle der Wasserqualität von Flüssen und Seen sowie des Grundwassers einzusetzen, die entsprechend der bereits festgelegten Qualitätsstandards gegf. Maßnahmen einzuleiten haben, die das Überleben von Süßwasserfischen in allen Gewässern ermöglicht.
11. Familien, die ab 1. 1. 2031 mit mehr als zwei Kindern unter fünf Jahren registriert werden, unterliegen ab 1. 1. 2032 einer Sondersteuer. Evtl. Kindergeld-Zahlungen entfallen ab dem vierten Kind vollständig. Ausnahmeregelungen können für Mehrlingsgeburten getroffen werden.
12. Trotz erheblichen Widerstandes sowohl der Evangelischen als auch der Katholischen Kirche sowie der ansässigen islamischen Verbände sind in Anbetracht des Ernstes der Lage von den Unterzeichner-Ländern angemessene Abtreibungs-Gesetze – soweit noch nicht geschehen – zu erlassen.
13. Koma-Patienten dürfen nicht länger als 21 Tage durch lebenserhaltende Maßnahmen behandelt werden.
14. Alle diplomatischen Vertretungen außerhalb Europas sind angewiesen, ihre Gastländer darauf hinzuweisen, dass ab 2035 keinerlei Zuschüsse und Hilfsgelder mehr gezahlt werden, wenn in den betreffenden Ländern ein Bevölkerungszuwachs von mehr als drei Prozent innerhalb von drei Jahren, gerechnet ab 1. 1. 2033, festgestellt wird. Um dies kontrollieren zu können, werden die UNO-Behörden beauftragt, unter der Federführung einer noch zu benennenden Firma

ein Welt-Meldeamt einzurichten, dem weltweit alle örtlichen Einwohner-Meldeämter, Passämter und statistischen Landesämter elektronisch angeschlossen werden müssen. Den Ländern, die sich diesem Kontrollinstrument verweigern, sind nach einer angemessenen Frist alle Zuschüsse, Ausschuss-Mitgliedschaften und Stimmrechte zu sperren.
15. Auf Grund der notwendigen und zunehmenden Kommunikation zwischen den Ländern der Welt wird beschlossen, (amerikanisches) Englisch als Pflicht-Zweitsprache zu akzeptieren. Während der gesamten Schulzeit ist Englisch als Pflichtfach in die Lehrpläne aufzunehmen. Darüber hinaus wird empfohlen, Englisch bereits in den Kindertagesstätten – soweit möglich – zu sprechen. Den Universitäten wird nahegelegt, alle Vorlesungen auf Englisch abzuhalten. Alle wissenschaftlichen Lehrbücher sollten auch in englischer Sprache verfügbar sein.

Die vorliegenden Maßnahmen wurden aus der Notwendigkeit heraus beschlossen, dass ein langfristiges Überleben der Menschheit nur noch möglich ist, wenn
   a. eine weitere zahlenmäßige Vermehrung der Weltbevölkerung rigoros gestoppt wird,
   b. der Ausstoß aller umweltschädlichen Abgase weltweit auf nahe Null vermindert wird und
   c. die sauerstoffspendende Pflanzenwelt in ihrer Gesamtheit weltweit erhalten bleibt.

In den Folgejahren hat es noch einige zusätzliche weltverbindliche Gesetze gegeben, die vor allem die Reinhaltung der Weltmeere zum Schutze ihrer Bewohner betrafen. Eines der wichtigsten Anliegen war: Wie bekommen wir die schädlichen Kunststoffe wieder aus dem Wasser heraus?

Es war lange Zeit ein Rätsel, woher die winzigen Kunststoff-Partikel stammen, die in großer Anzahl die Meere belasten und von der maritimen Tierwelt mit der Nahrung aufgenommen und nur teilweise wieder abgegeben werden. Inzwischen weiß man:

Die Kleidung der Menschen enthält in zunehmendem Maße synthetische Kunststoffe anstatt wie früher Wolle oder Baumwolle, weil Kunststoffe billiger sind und sich leichter maschinell verarbeiten lassen. Die Reinigung der Textilien erfolgt vorwiegend in Waschmaschinen, die die Kleidungsstücke am Ende des Waschvorganges schleudern. Hierbei entsteht mit jedem Schleudergang Abrieb im Bereich von Mikropartikeln, die mit dem Schmutzwasser in die Kanalisation und anschließend in die Klärwerke – soweit vorhanden – gelangen. Diese Partikelchen sind so winzig, dass kein Filter eines Klärwerkes sie zurückhalten könnte. So werden sie als „sauberes" Wasser in die Flüsse entlassen, mit denen sie dann ins Meer gelangen.

Aufgrund dieses Problems erlassene Gesetze schreiben jetzt vor, dass nur noch Kunststoffe für Textilien verwendet werden dürfen, die von tierischen Mägen – welcher Art auch immer – verdaut werden und somit unschädlich wieder ausgeschieden werden können. Unmengen von Plastiktüten, -Bechern und -Verpackungen schwimmen aber immer noch unverrottet im Meerwasser herum. Allmählich werden sie von den Wellen in kleine Stücke zerteilt, die in die Mägen der Meerestiere gelangen und nicht wieder ausgeschieden werden. Die Folge ist, dass diese Tiere – vor allem Meeresvögel – langsam verhungern, weil ihre Mägen keine Nahrung mehr aufnehmen können. Obwohl schon viel unternommen wurde, ist dieses Problem bis heute noch nicht vollständig beseitigt.

Das schwierigste Vorhaben des ganzen, 2028 beschlossenen Maßnahmenkataloges war offenbar, die ungebremste Vermehrung der Menschen zu stoppen, denn dagegen hatten sich fast alle Religionen der Erde gestemmt. Die späte Einsicht, wie wichtig und richtig diese scheinbar brutale Maßnahme war, kam allerdings wirklich erst in letzter Minute, und immer noch gibt es Widerstände zu überwinden, die aber im Interesse aller Menschen gebrochen werden müssen.

Die Erde verkraftet kein weiteres Bevölkerungs-Wachstum! Und tatsächlich wurde ja eine praktikable Lösung gefunden. Doch dazu später ein paar Worte.

Den damals beschlossenen Maßnahmen und ihrer konsequenten Umsetzung haben wir es auch zu verdanken, dass wir in Großstädten wieder saubere Luft atmen können, die uns vor Lungenkrankheiten oder noch Schlimmerem bewahrt.

Ich könnte dieses Buch auch in Englisch schreiben, denn inzwischen ist dies als Weltsprache unsere zweite Muttersprache geworden, in der sich dank Internetverbindungen die ganze Weltbevölkerung miteinander unterhalten und vor allem verständlich machen kann. Ich schreibe es aber trotzdem auf Deutsch, weil ich ja in Deutschland geboren bin und hier mein ganzes Leben verbracht habe – mit Ausnahme der Zeiten, in denen ich auf Reisen war.

Seit meiner Pensionierung als Lehrerin, und zum Teil auch vorher schon, unternehme ich Reisen in die ganze Welt. Ich wollte immer gern neue Kulturlandschaften besichtigen, wo früher öde Wüsten waren. Die positiv veränderte Lebensweise der Völker dort beobachten zu können, wo früher Hunger und Elend herrschten, ist ja auch für sich allein schon ein willkommener Reiseanlass. Von einigen werde ich hier berichten.

Ich habe auf meinen Reisen fleißig Tagebuch geführt, was mir beim Schreiben dieses Buches als Gedächtnishilfe sehr nützlich sein wird.

Eigentlich habe ich das jetzt nicht ganz richtig formuliert, denn wer schreibt denn heutzutage noch? Ich habe in mein Smartphone meine täglichen Reise-Erlebnisse hineingesprochen, Smarty hat das Gehörte in Text verwandelt. Diese Texte habe ich dann zu Hause ausgedruckt und für eine spätere Auswertung gesammelt. Einige meiner Reiseberichte sind auch schon veröffentlicht worden.

Mein ganzes bisheriges Dasein habe ich in einer Zeit ständiger Veränderungen und Auflagen gelebt, die sich die höchste Vertretung der Menschheit, die UNO, selbst verordnet hat, um den begrenzten Lebensraum Erde vor der Selbstzerstörung zu bewahren.

Die inzwischen geschaffene Weltregierung sorgt für weltweit erforderliche Gesetzesvorbereitung und die spätere Umsetzung.

Ich gebe zu, dass ich immer mit der Angst gelebt habe, ob es auch wirklich gelingt, den Lebensraum Erde als Wohnstätte der Menschen noch zu retten. Nahe genug waren wir ja schon an einem Punkt, wo alles gekippt wäre, sodass die Erde heute so ähnlich aussähe wie der Mars – oder eben wie die Osterinsel. Aber der Mars ist ja inzwischen auch schon mit einigen vollautomatischen Forschungsstationen besetzt worden, die herausfinden sollen, ob eine spätere Besiedelung mit Hilfe wissenschaftlich-technischer Methoden möglich werden kann.

Aber heute bin ich überzeugt: Die Erde zu retten, als vordringlichste Aufgabe der vergangenen Jahrzehnte, das haben wir, das heißt alle Länder gemeinsam, weitgehend geschafft. Ja, wir haben es nach enormen, weltweit koordinierten Anstrengungen aber auch mit einigen Rückschlägen tatsächlich hinbekommen, unseren Planeten Erde für die Menschheit noch für lange Zeit bewohnbar zu erhalten.

Ich fand es immer interessant, in meinem Leben Zeuge der natürlichen und der verordneten Verhaltens-Veränderungen zu sein – Veränderungen, die in fast alle Bereiche der menschlichen Zivilisation hineinreichen und deutliche Umdenkungsprozesse eingeleitet haben. Es gibt da einige Themen, die mich als ehemalige Lehrerin unmittelbar betreffen oder mich zumindest besonders interessiert haben.

Zunächst einmal betrifft das die schon am Anfang des vorigen Jahrhunderts sichtbar gewordenen Wandlungen in der Denk- und Verhaltensweise der Menschen. Dafür gibt es eine ganze Reihe von Beispielen.

Jahrtausendelang haben die Männer das Überleben ihrer Familien mit mehr oder weniger Erfolg gesichert und daneben aber auch viel Schaden angerichtet. Vor allem haben sie immer wieder Kriege geführt, Menschen getötet oder zu Krüppeln verletzt oder Hungersnöte verursacht. Seit dem 20. Jahrhundert haben sich aber mehr und mehr tatkräftige und meist akademisch gebildete Frauen in der Gesellschaft emanzipiert und mitbestimmt, was getan oder unterlassen werden soll.

Ich bin der Meinung, dass jetzt die Intelligenz das bestimmende Element der menschlichen Entwicklung ist, und darin sind viele Frauen den Männern überlegen. Die Vorherrschaft der Männer aufgrund ihrer natürlichen Muskelkraft ist Vergangenheit, weil dank der Erfindung hilfreicher Maschinen die Körperkraft keine Rolle mehr im täglichen Leben spielt.

Sogar die deutsche Sprache hat sich infolge der Emanzipierung der Frauen gewaltig gewandelt, allerdings nicht immer zum Vorteil der Sprachkultur. Doch die Zeit heilt Wunden. Nach einigen Jahrzehnten sprachlicher Auswüchse hat sie wieder zu alter Schlichtheit – wenn auch mit vielen neuen Wörtern – zurückgefunden.

Als meine Eltern heranwuchsen, kämpften die Frauen immer noch – und das schon seit Jahrzehnten – um ihre Gleichberechtigung im politischen, wissenschaftlichen, kirchlichen und wirtschaftlichen Leben. Das ging zwar schrittweise voran, aber doch für viele Menschen – jedenfalls in Deutschland – viel zu langsam.

Es war ein Anliegen, vor allem von den Parteien mit weiblichem Schwerpunkt, eine Gleichberechtigung auf allen Gebieten des Zusammenlebens durchzusetzen und dies schließlich als Selbstverständlichkeit zu betrachten.

Zugegeben, manche Frauenbewegungen haben die Emanzipation auch stark übertrieben. Es war wohl schon immer so, dass erfolgreiche Bewegungen gern über ihr Ziel hinausschießen. „Emanzen", wie man die aktivsten Vertreterinnen auch verächtlich nannte, wollten erreichen, dass auch der Sprachgebrauch eine vollzogene Frauen-Emanzipation deutlich zum Ausdruck bringt. So müsste also auch – wenigstens hier in Deutschland – die Sprache erkennbar emanzipiert werden und erreichen, dass für alle Funktionen, Berufe, Titel oder Tätigkeiten, an denen Männer und Frauen gleichermaßen beteiligt sind (oder noch werden sollen), auch weibliche Wortformen einbezogen werden.

Das ist ihnen zunächst auch weitestgehend in zwei Stufen gelungen.

Damals war von „Gleichstellung" die Rede. Es gab sogar in vielen Behörden Gleichstellungs-Beauftragte. Und eine solche Gleichstellung sollte auch mit unserer Sprache passieren. Zum Beispiel: Politiker sollten nun PolitikerInnen, Wähler WählerInnen, Bürger BürgerInnen usw. usw. heißen. Als Lehrerin (nein!! Nicht LehrerIn!) habe ich mich immer gewehrt, meinen

„SchülerInnen" solchen Unsinn beizubringen. Und ich habe mit meiner Meinung auch Recht behalten. Dieser Auswuchs weiblicher Geistesblitze hat sich nicht durchgesetzt und ist bald wieder verschwunden.

Aber etwas anderes in der weiblichen Sprachformulierung ist noch lange Zeit hängengeblieben, was so manche Redner(Innen) zu Gelegenheits-Stotterern degenerieren ließ.

Angefangen hat die Unsitte damit, bei jeder passenden und unpassenden Gelegenheit für Personen sowohl die weibliche als auch die männliche Grammatikform auszusprechen, also zum Beispiel statt einfach „Wähler" zu sagen, nun „Wählerinnen und Wähler" zu formulieren. Das galt auch für Bürger und Bürgerinnen, obwohl schon Kinder wissen, dass es Menschen – und natürlich auch Bürger – beiderlei Geschlechts gibt. Aber warum Gelegenheits-Stotterer? Ja, deshalb, weil diese Formulierungen in den Politikerreden, den öffentlichen Interviews oder in Diskussionsrunden für alle möglichen Personen-Bezeichnungen schnellsprechend auch noch genuschelt wurden, sodass für den Zuhörer nur noch „Bürger u Bürger", „Wähler u Wähler", „Verbraucher u Verbraucher", „Türken u Türken", „Einwohner u Einwohner", „Rentner u Rentner" usw. usw. zu hören war.

Aber warum machen sich Politiker in ihren öffentlichen Reden solche Umständlichkeiten? Ganz einfach: weil sie auch von den Frauen gewählt werden möchten. Und sie wollen damit zum Ausdruck bringen, dass sie sich mit ganzem Einsatz auch um die Rechte und Anliegen der weiblichen Wähler kümmern wollen.

Diese nervige Angewohnheit hatte sich in allen Schichten der Bevölkerung verbreitet, obwohl sie oft unlogisch war und auch zu Missverständnissen führte. Es klappt nämlich nicht bei allen Worten, männliche und weibliche Formen zu finden: zum Beispiel: Deutsche, Abgeordnete, Tote, Lebendige, Kranke, Dummköpfe, Anwesende, Angehörige, Taugenichtse usw. Bei dem Versuch, auch daraus eine weibliche Form zu bilden, würden unaussprechliche Wort-Vergewaltigungen herauskommen. Wortungeheuer wie „Abgeordinnen" verweigert die deutsche Sprache zu Recht. Konsequenz kann es also bei dieser Art zu sprechen nicht geben.

Aber nachdem sich die Nennung beider Geschlechtsformen eingebürgert hatte und, als Beispiel, jemand beim Kommentieren von Wahlergebnissen nur von den „Wählern" und nicht auch von „Wählerinnen" sprach, musste man denken, er meinte tatsächlich nur die männlichen Wähler. Aber auch umgekehrt liegt eine Unlogik in der nach Geschlechtern getrennten Formulierung. Der Kommentator spricht von den „Wählerinnen und Wählern", gibt aber nur ein Wahlergebnis, also für beide Geschlechter zusammen, bekannt. Ich meine, wenn sich einer die Mühe macht, „Wählerinnen und Wähler" zu sagen, müsste er logischerweise auch geschlechtsspezifische Wahlergebnisse bekanntgeben. Da habe ich doch Recht!

Als gegen Ende der zwanziger Jahre dieses Jahrhunderts die Gesellschaft für Deutsche Sprache endlich mal ein Machtwort sprach, um diese nur im deutschen Sprachraum verbreitete Unsitte der Doppelformulierungen zu beenden, hatte das dann auch im Wesentlichen Erfolg. Diese gelehrten Damen und Herren wiesen nämlich darauf hin, dass es in der deutschen Sprache aus gutem Grund viele Personenbezeichnungen gibt, die selbstverständlich beide Geschlechter einbeziehen, nämlich: Personen, Menschen, Leute, Bevölkerung, Kinder, Einige, Viele, Wir, Uns, Tote, Lebende, Eingeborene, Nachbarn, Engel, Genies, Flüchtlinge, Angestellte, Deutsche usw. usw.

Ganz hintergründig haben Grammatik- und Sprachschöpfer (oder auch Sprachschöpferinnen?) ja tatsächlich die weiblichen Personen berücksichtigt, denn es heißt ja „der Mensch" und in der Mehrzahl „die Menschen". Und die „Personen" sind ja sowohl einzeln (die Person) als auch in der Mehrzahl (die Personen) weiblichen Geschlechts. Das gilt so ähnlich auch für die Wähler. Da es das Wahlrecht für Frauen bei uns bereits seit mehr als 160 Jahren gibt, hat man unter „Wählern" stets beide Geschlechter zu verstehen. Das gilt ebenso für Bürger, Verbraucher, Kunden, Gläubige, Moslems, Christen, Heiden und viele, viele andere Worte mehr.

„Haltet die deutsche Sprache rein!" Das war und ist das Bemühen der Gesellschaft für Deutsche Sprache, die damals den Leitsatz für gepflegte Sprache geprägt hat:

Plural-Worte für Personen dürfen in femininer und maskuliner Grammatik nur dann gleichzeitig formuliert werden, wenn berechtigte Zweifel bestehen, ob tatsächlich beide Geschlechter gemeint werden! Beispiel: Prinzen und Prinzessinnen.
Im Übrigen: Für die globale Verständigung gibt es ja jetzt die englische Sprache, für die fortlaufend neue Worte erfunden werden, die aber nach Geschlechtern getrennte Formulierungen normalerweise nicht verwendet!

Aber dann gibt es noch ein anderes wichtiges Thema, das seit Jahrtausenden die Köpfe der gesamten Menschheit beschäftigt und in meinem Jahrhundert eine grundlegende Wandlung erfahren hat und immer noch erfährt. Meine Generation ist dabei Zeitzeuge und nicht nur das: Sie hat nämlich einen gehörigen Einfluss auf die veränderte Denkweise gehabt, die das weite Feld der Religionen betrifft.

Ich habe mit Interesse mein ganzes Leben lang verfolgt, wie sich die Kirche – zum Glück letztlich vergeblich – dagegen gewehrt hat, gesetzlich verordnete oder medizinisch begründete Abtreibungen zu tolerieren, gleichgültig aus welchem Grund. Besonders aber haben sich die Kirchen dagegen gestemmt, die weltweit beschlossene Zwei-Kinder-Begrenzung zu akzeptieren.

Natürlich gibt es das fünfte Gebot „Du sollst nicht töten" nach wie vor. Das muss es auch, denn wo kämen wir hin, wenn man ungestraft nach Belieben jeden unbequemen Nachbarn umbringen dürfte? Aber im Anfangsstadium der Menschwerdung muss es hier Ausnahmen von der Regel geben, denn sonst würde in absehbarer Zeit die Menschheit so lawinenartig anwachsen, bis auch noch der letzte Baum gefällt werden müsste, um mehr Platz für Felder zur Nahrungsmittelerzeugung zu schaffen. Aber um neue Felder zu schaffen, muss man Wälder roden. Dann aber – ohne schützende und den Wasserhaushalt regulierende Wälder – würden die Felder nach kurzer Zeit unfruchtbar werden, weil Sturzregen, Orkane oder Dürren alles, was noch an guter Erde vorhanden ist, vernichten würden. Hungersnöte unvorstellbaren Ausmaßes wären die Folge.

Somit gilt heute: Übermäßig viele Kinder zu gebären, ist gleichzusetzen mit einem Mordversuch an den nachfolgenden Generationen. Wenn die Kirchen hier nicht mitmachen und die notwendige Ausnahmeregelung vom fünften Gebot nicht mittragen, würden sie sich des Verbrechens gegen die Menschlichkeit mitschuldig machen.

Das war und ist die Lage, und wer das nicht einsieht, macht sich ebenfalls schuldig am Untergang der Menschheit.

Aber diese Einsicht in die Köpfe strenggläubiger Christen, Moslime oder Hindus hineinzubekommen, war und ist eine schwierige Aufgabe, auch noch für weitere Jahrzehnte. Jetzt, in den achtziger Jahren unseres Jahrhunderts ist die Einsicht endlich weit fortgeschritten aber noch längst nicht abgeschlossen.

Doch zum Glück gibt es ja die neue christliche Kirche „Christus heute", die Jesus von Nazareth als Persönlichkeit und nicht mehr als Gott verehrt. Und ein Dauer-Aufenthalt im Himmel ist – wie jeder inzwischen weiß – ohne ausgefeilte technische Hilfsmittel gar nicht möglich. Der Himmel ist erforscht und bedeutet: Kälte, Dunkelheit, Gamma-Strahlung, Schwerelosigkeit und Luftleere.

Als junge Frau hätte ich auch gern drei Kinder gehabt. Aber ich musste mich genauso wie alle anderen Frauen an die Regel halten: zwei Kinder, dann ist Schluss. Schließlich wollen – wie schon gesagt – alle späteren Generationen auch noch etwas zu essen haben. Und die erneuerte christliche Kirche akzeptiert das inzwischen auch. Ebenso hat sie sich inzwischen von dem schlichten Gottglauben weitgehend entfernt und anerkannt, dass das riesige Universum nicht von einem Gott erschaffen worden sein kann, der als Person wahrgenommen und auch angesprochen werden könnte. Diese gewaltige und als „Gott" bezeichnete Kraft, durch die das Universum entstand, ist viel zu groß und zu weit entfernt, um mit Gebeten, egal in welcher Sprache der Welt, angesprochen werden zu können. Diese Kraft, in welcher Form sie auch immer beschrieben worden ist, kann auch nicht jeden Einzelnen beschützen, so sehr man auch dafür beten mag. Es ist die späte Einsicht unseres Jahrhunderts, dass wir Menschen uns selbst durch unsere eigenen Möglichkeiten beschützen müssen. Kurzum: Eine Fernsteuerung „von oben" kann es nicht geben. Auch die Frage, ob irgendwo im Himmel entschieden wird, wer gut oder böse war, also „Himmel: ab nach oben" oder „Hölle: ab nach unten", ist inzwischen weitgehend zu den irdischen Akten gelegt worden.

Es war mir schon lange unverständlich, wie gebildete Menschen, ausgestattet mit naturwissenschaftlichem Hintergrund, ernsthaft glauben konnten, was beide, der deutsche Kardinal Ratzinger zusammen mit Papst Johannes Paul II 1992 schriftlich von sich gegeben haben. Ihr umfangreiches Machwerk namens „Fidei Depositum" bezeichneten sie als „Kathechismus der Katholischen Kirche".

Ich habe dieses Werk während meines Studiums gründlich gelesen und mich als akademisch gebildeter Mensch geschämt, welcher – wissenschaftlich längst widerlegte – unhaltbare Unsinn da verzapft wurde. Es ist ein gewaltiges Werk, vollgestopft mit Jahrhunderte alten Irrtümern.

Nun, die meisten dieser alten, starrköpfigen Kirchenmänner, die diesen naiven (oder geheuchelten) Glauben vertraten, sind ja inzwischen gestorben, und die nachfolgende (recht spärliche) Priestergeneration dürfte meines Wissens nach kaum noch Gebrauch von dieser theologischen Vorlage machen.

Die Katholische Kirche gibt es zwar noch, sie hat aber – zumindest in unserem Land – keine Bedeutung und zum Glück auch keine Macht mehr. Die Evangelische Kirche hat sich ja bekanntlich selbst aufgelöst und ist 2040 in Gänze zum Bekenntnis „Christus heute" übergetreten. Die Zahl der Kirchenaustritte und der chronische Priestermangel ist deutliches Indiz dafür, dass die heutige Jugend als Lebensorientierung lieber erworbenes Wissen als einen unsicheren Glauben wählt, der sich immer öfter als Irrtum erwiesen hat.

Die Moslems sind leider immer noch nicht so weit fortgeschritten. Dort ist ein Abtrünniger und zum Ungläubigen Mutierter laut Koran immer noch ein Todeskandidat.

Meine Eltern haben mich schon als kleines Kind dazu angehalten, alle Lehren, die ich nicht vollständig verstehe, zu hinterfragen. So habe ich meinen Religionslehrer einmal gefragt: Woher kommt eigentlich Gott, der das alles hier und draußen im All erschaffen hat? Und wie ist Gott selbst entstanden? Und hatte Gott eigentlich auch einen Namen außer „Gott"?

Darauf habe ich nie eine richtig verständliche Antwort erhalten.

Ich meine, da hatten schon die alten Griechen eine etwas verständlichere und nachvollziehbarere Religion, unter der man sich etwas Lebendiges vorstellen konnte. Ihr Gott hieß Zeus, und der hatte sogar einen Papa, und der hieß Chronos. Man kannte sogar einige von den Liebschaften, die Zeus mit verschiedenen Frauen hatte, wie zum Beispiel mit der Leda, die er in Gestalt eines Schwans beglückte.

Übrigens hat mein Opa durch sein Buch „Und die Wahrheit wird siegen!" ebenfalls einen gewissen Anstoß zum gründlichen theologischen Umdenken gegeben. Er hat darin die Idee der neuen Religion „Christus heute" aufgegriffen und die alten, verstaubten theologischen Dogmen, denen noch spürbar der üble Geruch verbrannten Menschenfleisches anhaftete, gründlich durcheinander geschüttelt. Das hatte wohl doch eine gewisse Wirkung. Jedenfalls werden die 1992 verkündeten naiven Thesen des „Fidei Depositum" heute weitgehend verschwiegen.

Das von Opa zitierte Glaubensbekenntnis, das heute als Glaubens-Standard gilt, habe ich viele Jahre lang allen meinen Viertklässlern beigebracht. Deswegen habe ich anfangs zwei Abmahnungen kassiert, die mich beinahe meinen geliebten Beruf gekostet hätten.

Ich hatte mich auch von der berühmt gewordenen Aussage des bekannten englischen Astrophysikers Stephen Hawkin leiten lassen, der behauptet hatte: „Man kann die Nicht-Existenz Gottes zwar nicht beweisen, aber die moderne Wissenschaft macht Gott überflüssig!"

Die meisten Menschen in Deutschland, Österreich und der Schweiz kennen das Buch meines Opas, denn es ist ja inzwischen schon weit verbreitet. Die heute gültige Fassung des modernen

Glaubens wiederhole ich hier, weil der mein eigenes Lebensbild so stark geprägt hat:

Ich glaube:

An die Existenz eines Universums, das sich auf ewig selbst erneuert, vergeht und wieder neu ersteht;

An die Endlichkeit unseres Planeten, den wir in Verantwortung vor uns selbst und unseren Nachfolgern behüten und bewahren müssen;

An die Mündigkeit der Menschen, auf dass sie lernen, ihr Handeln vom Wissen herzuleiten und nicht vom Glauben allein bestimmen zu lassen;

Dass die Erhaltung der Pflanzen- und Tierwelt, der wir unsere menschliche Existenz verdanken, lebensnotwendig ist.

Ich bekenne mich:

Zur Gewaltlosigkeit und zu den Lehren Christi, die mit Vernunft und Toleranz undogmatisch zu verstehen und anzuwenden sind;

Zu den Moralgesetzen der christlichen Welt, die die Maxime unseres Handelns sein sollen.

Ich glaube nicht:

An die Existenz eines aus menschlicher Sicht geschaffenen Gottesbildes;

An die Göttlichkeit Jesu, und nicht an einen Heiligen Geist noch an anbetungswürdige Heilige oder sonstige „Göttliche Gesandte";

An die Trennung von Leib und Seele, an Auferstehung und ein Weiterleben nach dem Tode, weder mit paradiesischen Freuden noch höllischen Qualen eines göttlichen Strafgerichtes;

An Himmel, Hölle, Engel oder Teufel, auch nicht an menschliche Unfehlbarkeit durch göttliche Inspiration;

An Wunder, ausgenommen: der Beginn des Universums und das Leben.

Ich hoffe:

Dass die Menschen ihre existenzbedrohende, ungezügelte Vermehrung zu beherrschen lernen;

Dass es mit meiner eigenen Mitwirkung gelingt, den tödlichen Raubbau an Flora und Fauna, Energiequellen und Rohstoffen zu beenden und die Umwelt als Lebensraum zu schützen.

Amen

Ergänzen möchte ich noch, dass auch in den reformierten Gemeinden nach wie vor das christliche Abendmahl gefeiert wird, aber nicht als Sakrament, sondern im Gedenken an Jesus Christus. Brot und Wein wird mit den schlichten Worten gereicht:
Dies ist mein geistiges Erbe. Lebe in Frieden!
Mein Opa hat wahrscheinlich zu Beginn der umfassendsten Theologie-Reform unseres Jahrhunderts mit seinen Gedanken auch etwas Sinnvolles dazu beitragen können.

Mit den Religionen eng verbunden ist auch die Frage nach der Entstehung des Universums und nach den Kräften, die hier wirksam sind. Dieses Thema hat mich schon immer brennend interessiert. Kann man die Naturgesetze wirklich erklären?

Nach jahrzehntelangen Berechnungen hat Albert Einstein die genial einfache Formel $E = mc^2$ entwickelt, die die gewaltige Energie erklärt, die in jeder Materie steckt, wenn deren Atome gespalten oder fusioniert werden. (Energie = Masse mal dem Quadrat der Lichtgewindigkeit.)

Mein Opa hat die Schöpfung ebenfalls ganz einfach erklärt. Er behauptete, dass alle Entwicklungen im All und auf der Erde in der letzten Konsequenz auf zwei Phänomäne zurückzuführen sind, nämlich auf die Gravitation (Schwerkraft/Anziehungskraft) im Zusammenwirken mit dem Faktor „Zeit".

Das habe ich lange Zeit nicht verstanden. Heute glaube ich aber, er hatte recht.

Das Universum soll ja vor etwa 13,7 Milliarden Jahren durch den Urknall entstanden sein. Ob es vor dieser unvorstellbar langen Zeit nur einen oder auch mehrere „Urknalle" gegeben hat, kann man auch heute noch nicht mit Sicherheit sagen, und wie es überhaupt dazu kam, wird wohl auch niemals irgendjemand genau erklären können. Jedenfalls wurde Einstein zufolge beim Urknall die offenbar vorhandene Ur-Energie in Materie verwandelt (oder: Materie in Energie und diese wieder in Materie). Opa behauptete, dass es mehrere solcher „Knalle" gegeben haben müsste, denn sonst könnte es ja nicht sein, dass sich einige Galaxien als Produkt von Materie-Zusammenballungen aufeinanderzu bewegen können. Das Zusammentreffen zweier sehr ferner Galaxien ist ja schon durch das Weltraum-Teleskop „Hubble" fotografiert worden. Bei nur einer Riesen-Explosion wie dem Urknall müsste alle Materie im schwerelosen Raum für immer auseinanderdriften. Wie dem auch sei – die Gravitation ist das physikalische Phänomen, das alle weiteren Vorgänge im Raum verursacht oder zumindest beeinflusst.

Durch die Urknall-Explosion sind gemäß geltender Theorie zunächst kleinste Materie-Teilchen entstanden. Jedes dieser Teilchen besaß eine winzige Gravitation. Im Laufe der Zeit haben sich diese Teilchen gegenseitig angezogen, verdichtet und sind schließlich zu riesigen Masseällen zusammengewachsen, bis im Inneren dieser Riesen der (Gravitations-)Druck auf die Atome so stark wurde, dass sie – wie bei unserer Sonne – anfingen, ineinander zu verschmelzen, wobei die gewaltige, von Einstein beschriebene, Energie freigesetzt wurde und immer weiter erzeugt wird. Die Urmaterie besteht aus Wasserstoff (H). Allmählich verwandelt sich Wasserstoff infolge dieses Verschmelzungsvorganges in Helium. Das geht über einen sehr langen Zeitraum so weiter, bis letztlich Eisen entsteht, und dies ist dann der Anlass, dass sich die Sonne – oder irgendein anderer Stern –ausdehnt, zu einem sogenannten „Roten Riesen" anschwillt und am Ende explodiert. Man spricht dann von einer Nova oder, je nach Größe des sterbenden Himmelskörpers, von einer Super-Nova, die ihre Bestandteile mit unvorstellbarer Gewalt ins All hinausschleudert. Dabei entstehen weitere, höherstufige Elemente.

Unser Sonnensystem ist vor 4,5 Milliarden Jahren aus den Trümmern einer solchen Supernova entstanden.

Überall bei diesen Vorgängen hatte die Gravitation ihre „Finger" im Spiel. Himmelskörper, die nicht so viel Masse wie eine Sonne zusammenballen konnten, wurden zu Planeten. Die Anziehungskraft des größten Massekörpers innerhalb eines Sternensystems – also der Sonne – bewirkt, dass die einzelnen Planeten mit ihrer Eigengeschwindigkeit nicht ziellos durch das All wandern können, sondern von der Gravitation der Sonne eingefangen sind und gezwungen werden, während der gesamten Lebensdauer des Sterns oder der Sonne, um sie herum zu kreisen. Hier halten sich jetzt Fliehkraft und Anziehungskraft für immer die Waage und bestimmen so die Art und Weise der Planeten-Umlaufbahnen.

Mein Opa hat viel über den Kosmos nachgedacht. Ich zitiere hier mal ein tiefsinniges Gedicht, das er in seinem Gedichtband „Gereimtes und Ungereimtes" veröffentlicht hat:

Zeit und Vergänglichkeit

„Wie fass' ich Dich, unendliche Natur?"
So fragte einst ein großer Dichter.
Wer weist uns einst die wahre Spur?
Wer ist der Schöpfer, wer Vernichter?

„Der Krieg sei Vater aller Dinge hier auf Erden!"
So sprach ein Weiser vor Tausenden von Jahren.
Doch kann aus Krieg je etwas Gutes werden?
Nicht Krieg – die Zeit ist Schöpfer alles Wahren!

Könnt' ich zum Augenblicke sagen:
„Vverweile doch, du bist so schön"?
Ich kann es nicht. Und wie so viele Fragen –
auch diese bleibt im Raume stehn.

Gott Chronos*) schöpft (und dies meist leise).
Er wandelt die Dinge von Urbeginn an.
Er macht aus Kindern gebrechliche Greise.
Er ist's, den niemand stoppen kann.

Die Zeit regiert uns, doch niemals allein.
Sie ist liiert mit der magischsten Kraft,
(für sich betrachtet – kaum spürbar und klein,)
hat SIE mit der Zeit die Welten erschafft.

Mit Trägheit zu kämpfen, ist ihr Gesetz.
So schreitet sie fort seit Milliarden von Jahren,
Galaxien zu formen als kunstvolles Netz,
die anfangs chaotische Masse nur waren.

Ganz langsam fängt sie die Stäubchen ein.
Man kann sie nicht sehen, stumm, ohne Ton,
verbindet Atome allmählich zu Stein:
Unfassbar weit wirkt Gravitation!**)

Sie hat – mit der Zeit – das Licht erschaffen,
Materie als Staub zu Planeten verbündet.
Sie lässt – obwohl riesige Räume klaffen –
Galaxien rotieren, hat auch Sterne entzündet.

Die Zeit und die Schwerkraft, sie steuern das All;
sie lassen entstehen, sie nehmen und geben.
Sie wirken dynamisch – in jedem Fall –
Dynamik beherrscht das Sternenleben!

Gesetze des Kosmos gelten verbindlich.
Sie waren von Anfang an in der Welt.
Wer sie geschaffen, bleibt unergründlich.
Sie werden bestehn, bis das Weltall zerfällt.

*) *Chronos (altgriechisch: die Zeit). Galt als Gottheit, noch über Zeus stehend*
**) *Schwerkraft*

Wie entsteht nun Leben auf einem Planeten? Vermutlich so: Wenn die Temperaturverhältnisse auf einem Planeten ähnlich denen der Erde sind, und wenn flüssiges Wasser vorhanden ist (man spricht daher von einer habitablen Zone), dann finden sich dort im Laufe vieler Jahrtausende verschiedene Atome zu unterschiedlichen Molekülen zusammen, auch wieder mittels ihrer Gravitation, bis – rein zufällig – eine Substanz entsteht, die sich selbst kopieren kann. Dies nennt man dann „das Leben". Auch hier spielt die Zeit wieder eine entscheidende Rolle, bis sich aus Einzellern Mehrzeller entwickeln können, aus denen später Tiere und Pflanzen entstehen und schließlich der Mensch als Krönung dieses Schöpfungsvorgangs hervorgeht. „Schöpfung" ist wahrscheinlich hier nicht der richtige Ausdruck, denn Schöpfung setzt ja einen Schöpfer voraus, den es in Wirklichkeit gar nicht geben kann, jedenfalls nicht als ansprechbare Person. Ich wähle da besser das Wort „Entwicklung", weil hier der Zeitbegriff enthalten ist, der allmählich Neues erschafft. Jedenfalls sind die Naturzeitalter auf der Erde als allmähliche oder auch plötzliche Entwicklungen zu betrachten. Ob es im All ähnliche Vorgänge gibt oder gegeben hat, ist unbekannt, doch wegen der gewaltigen Zahl von Planeten mit ähnlicher Beschaffenheit wie die Erde ist das doch recht wahrscheinlich, obwohl auch ein ähnliches Alter wie das der Erde eine Rolle spielt, um so weitentwickelte Wesen hervorzubringen, wie eben uns Menschen.

Nach diesem Gedankengang sind also Gravitation und Zeit die Urformen und Grundlage allen Lebens. Diese haben dann im Laufe der Zeit zusammen zahlreiche weitere Naturerscheinungen hervorgebracht.

Ich habe aus den Büchern von meinem Opa, der mit seinen einfachen Worten und seinem logischen Denken das alles erklärt hat, einiges gelernt. Die in den vergangenen Jahrzehnten gewaltig angewachsenen naturwissenschaftlichen Erkenntnisse konnten nicht ohne Einfluss auf die Denkweise der Menschen bleiben.

Ja, es hat sich vieles gewandelt in den vergangenen Jahrzehnten!

Fast unverständlich war es, wie trotz zunehmender Kenntnis über die Spätfolgen in einigen Ländern weiter mit der Zerstörung der Natur gesündigt werden konnte.

Es war erschreckend, über die weltweit verbreiteten Fernseh-Bilder mit ansehen zu müssen, wie in Brasilien und auch in anderen, meist tropischen Ländern, der Sauerstoff spendende Urwald abgefackelt wurde, um Platz zu schaffen für riesige Soja-Felder als Kraftfutter, um noch mehr Rinder für die menschliche Ernährung heranzüchten zu können. Massen von Rinderherden verpesten die Luft mit ihren Methan-Abgasen und verunreinigen dazu auch noch das Grundwasser durch die produzierte Jauche. Zum Glück ist dieser Aberwitz nach zahlreichen eingetretenen Unwetter-Katastrophen und letztlich auch durch menschliche Vernunft, die sich im allerletzten Moment durchsetzen konnte, gebremst worden. Ich selbst esse seit meinem 19. Lebensjahr kein Fleisch mehr. Ich gestehe aber: Hin und wieder mache ich eine Ausnahme.

Die neu geschaffenen Gemüse- und Obst-Anbauflächen Nordafrikas, wo auch Soja erzeugt wird, haben bewirkt, dass die Brasilianer ihre massenhaften Soja-Überschüsse jahrelang nicht mehr losgeworden sind – bis auf die Ausnahme, von der ich noch berichten werde.

Die Afrikaner können den inzwischen gesunkenen Bedarf viel billiger befriedigen: dank der Kombination von Sonnen- und Windkraftwerken, mit denen zahlreiche Meerwasser-Entsalzungsanlagen betrieben werden, die ihrerseits Süßwasser in die Sahara pumpen, um dort die neu entstandenen Felder zu bewässern.

Nordafrika ist wieder zu dem Zustand zurückgekehrt, den es einst zur Römerzeit besaß, nämlich die Kornkammer Europas zu sein.

Ich habe als Lehrerin übrigens auch dabei mitgewirkt, durch massive Aufklärung zu erreichen, dass heute wesentlich weniger Fleisch konsumiert wird als noch vor 30 oder 40 Jahren. Es ist schon ganz erfreulich zu spüren, wie die menschliche Vernunft allmählich zunimmt, indem das Verhalten vieler Menschen umwelt- und gesundheitsbewusster wird.

Das fing vor 100 Jahren mit der Kampagne zur Reduzierung des schädlichen Tabak-Konsums an. Durch fortgesetzte Aufklärung sank dann auch der übermäßige Drogen- und Alkohol-Konsum. Nun wissen es die meisten Menschen:

Überleben heißt: vernünftig zu leben!

NON RATIONE – KATASTROPHIS DISCIMUS

(„Nicht dank unserer Vernunft – erst durch Katastrophen lernen wir!") Zu ergänzen wäre hier noch: „… lernen wir, unsere globalen, liebgewordenen aber umweltschädlichen Gewohnheiten zu ändern, wenn es denn sein muss."

Dies war ja ein Untertitel des Buches von meinem Opa, das er „Zukunft? Ja – wir schaffen das!" genannt hatte.

Was hat sich Opa bei diesem Titel eigentlich gedacht? Dass er „Zukunft" mit einem Fragezeichen versehen hat, zeigt an, dass viele Menschen der damaligen Zeit um 2019/2020 Zweifel hatten, dass die Erde als Lebensraum für uns Menschen überhaupt noch zu retten ist. Aber dann siegte doch sein Optimismus, und er nahm einen Ausspruch der damaligen deutschen Kanzlerin Angela Merkel auf, die trotz aller Zweifel aus ihrer Umgebung bezüglich ihrer christlich-sozialen Flüchtlingspolitik ausrief: „Ja, wir schaffen das!", womit sie die Bewältigung der damaligen, auf Europa und vor allem auf Deutschland zuströmenden Flüchtlingswelle meinte.

Auch Opa ist wegen seines Optimimus' jahrelang als Phantast belächelt worden. Aber er hat ja nachgewiesen, dass die menschliche Vernunft allein meistens nicht ausreicht, sondern dass erst Katastrophen sich andeuten oder passieren müssen, bevor menschliches Fehlverhalten global korrigiert werden kann.

Ein Beispiel: Der Neu-Belebung des superschnellen schwebenden Transrapid-Schnellzuges ging bekanntlich eine furchtbare ICE-Katastrophe voraus. Die allerdings hat dann auch die letzten Zweifler überzeugt.

Ich selbst habe jahrelang mit der heimlichen Angst gelebt, ob all die politischen Anstrengungen ausreichen würden, das gestörte Weltklima wieder in Ordnung zu bringen. Es hat auch lange gedauert, bis die von der UNO 2028 bechlossenen Maßnahmen weltweit durchgesetzt werden konnten.

Der erschreckend schnell voranschreitende Klimawandel, der das gewaltige Abschmelzen der polaren Eismassen und damit den Anstieg der Meere verursacht hat, wurde mir zum ersten Mal bewusst, als ich 20 Jahre alt war. Immer öfter hörten und sahen wir im Fernsehen, dass Küstenorte, meist Seebäder, selbst bei harmlosen Herbststürmen überschwemmt wurden. Einige an Strandpromenaden gelegene Hotels der Ostseebäder mussten aufgegeben werden, weil immer öfter Wasser in die Parterreräume eingedrungen war. Ganz schlimm wurde es dann 2026, als der französische Badeort La Baule von einem Hurrikan im Zusammenhang mit einer verheerenden Flutwelle zerstört wurde. Einige Jahre später hörten wir von den Überschwemmungen, die die Malediven, die Seychellen und weite Teile von Bangladesch zerstört hatten. Fast alle in der Südsee gelegenen Atolle mussten in den Folgejahren geräumt werden.

Es war ein Glück, dass Australien viele der von den Inseln geflüchteten Menschen als neue Siedler noch aufnehmen konnte. Auch Australien hat ja inzwischen begonnen, mit der Energie von Sonnen- und Windkraftwerken Meerwasser zu entsalzen und damit weite Wüstengebiete im sogenannten Outback zu kultivieren, das heißt, als erstes mit Waldbäumen zu bepflanzen. Dass Australien insgesamt über viel zu wenig Wasser verfügt, um die wachsende Bevölkerung ausreichend zu versorgen und auch vor Waldbränden schützen zu können, hatte man schmerzlich feststellen müssen, als 2019 bis 2020 verheerende Waldbrände wüteten, deren Ausmaß fast der ganzen Fläche Deutschlands entsprach.

Nach dieser verlustreichen Waldbrandschlacht begannen die Australier, im ganzen Land Meerwasser-Entsalzungen zu installieren, mit denen sie große Seen als Wasser-Reservoire anlegten. Diese Aktion dauert noch weitere zehn bis 20 Jahre.

Aber, wie meistens im Leben: Wo Schatten ist, gibt es auch Licht. Die im Süden von Grönland lebenden Eskimos und die neuen Bewohner, die aus Zentral-Afrika wegen der dortigen Gluthitze, der Dürren und dem Versiegen ihrer Brunnen geflüchtet waren, freuten sich, dass sich die Gletscher immer weiter zurückzogen. Wälder waren früher in Grönland unbekannt.

Die seit einigen Jahrzehnten bestehende Welt-Forstbehörde sorgte dafür, dass dort winterfeste Nadelbäume angepflanzt wurden, die ihrerseits die neu geschaffenen Ackerflächen schützen sollen. Inzwischen tun sie das auch. Der grönländische Kartoffel- und Wintergemüse-Export floriert. Allerdings mussten für die arktischen Verhältnisse spezielle Sorten gezüchtet und zum Teil auch genmanipuliert werden, die die langen arktischen Winter, verbunden mit monatelanger Dunkelheit, überstehen konnten.

Die gleichen Experimente wurden vor einigen Jahren auch in der Antarktis und den vorgelagerten Inseln durchgeführt – soweit diese höherliegende Landflächen besaßen. Wie die Versuche gelaufen sind, Menschen auf Dauer dort anzusiedeln, erzähle ich später.

Schon während meines Studiums (2019 bis 2024) wurde viel über die bedrohliche Entwicklung des Klimawandels diskutiert, von dem die damals lebenden 7,4 Milliarden Menschen mehr und mehr betroffen wurden.

Als Opa sein Buch „Zukunft?" veröffentlichte, lebten die Menschen in den meisten Ländern im Wohlstand oder sogar im Luxus. Andererseits wurden zahlreiche machtpolitische Kriege und Bürgerkriege in Syrien, Libyen, im Jemen, Sudan, Kongo, in Mali etc. geführt, die Millionen von Flüchtlingen und Tausende von Toten und Krüppeln hervorbrachten. Vergebens waren alle zaghaften Bemühungen der Großmächte, diesem Wahnsinn ein Ende zu bereiten. Im Gegenteil: die Wehretats wurden kräftig aufgestockt.

All diese Verhältnisse, gute wie schlechte, vergeudeten die immer knapper werdenden Rohstoffe der Welt, als würden die Erde und ihre Schätze im gleichen Tempo nachwachsen wie auch – trotz allem – die Erdbevölkerung anwuchs.

Viele Wissenschaftler haben allerdings schon im 20. Jahrhundert deutlich gewarnt, dass es nicht gut gehen kann, wenn wir weiter so verschwenderisch leben wie in den wirtschaftlich auf Hochtouren laufenden Jahren nach Beendigung des Zweiten Weltkrieges. Ganz allmählich entstand vereinzelt ein Bewusstsein, dass wir selbst etwas tun müssen, um unsere Lebensgrundlagen zu schützen.

Es wurden zahlreiche Welt-Klimakonferenzen abgehalten, aber wirklich „abgehalten" haben diese Veranstaltungen kaum jemanden, auf liebgewordene Luxusgüter oder Luxusreisen in ferne Länder zu verzichten.

Die Politik verfügte in den demokratischen Ländern nicht über die Machtmittel, einschneidende Maßnahmen zu erzwingen – aus Angst, sich bei den Wählern beiderlei Geschlechtes unbeliebt zu machen und die nächste Wahl zu verlieren.

Die Jahre meines Studiums waren angefüllt mit Schreckensmeldungen. Jedes Jahr wurden die Hurrikans, Taifune und Zyklone heftiger und zerstörten Städte, Wälder und Ernten. Waldbrände aufgrund langer Dürreperioden verminderten die Waldbestände und damit den Sauerstoffgehalt der Erdatmosphäre immer weiter, ganz abgesehen davon, dass viele Waldbäume durch fehlenden Regen auch von allein abstarben. Andererseits sorgten örtlich starke Regenfälle – meist in Begleitung der Hurrikans – dafür, dass weite Landstriche unfruchtbar wurden, weil die Ackerkrume hinweggeschwemmt wurde. Dass wir mit unseren Verkehrs- und Industrieabgasen zusätzlich die Luft verpesteten, war auch schon hinlänglich bekannt. Dies geschah alles, während die Weltbevölkerung gleichzeitig noch wuchs und wuchs. Eine künstliche Begrenzung der Geburtenrate kam erst viel später ins Gespräch. Abtreibung war lange Zeit ein Tabu-Thema. Sogar der Gebrauch von Kondomen wurde seitens der Kirchen noch lange Zeit verpönt.

Die Weltbevölkerung am weiteren Wachstum zu hindern, war wohl der schwierigste Teil des Wandlungsprozesses, den ich erlebt habe. Selbst ganze Regierungen (beispielsweise in Irland und Brasilien) haben sich – mit unterschiedlichen Argumenten – dagegen gewehrt, Abtreibungsgesetze zu erlassen. Irland: „Wir sind gläubige Christen und halten uns an das fünfte Gebot. Du sollst nicht töten!" Brasilien: „Wir besitzen so viel Land – wir können noch viele Menschen ernähren!"

Doch nicht viel weniger schwierig war es, den bedrohlichen Anstieg der Meeresspiegel aufzuhalten. Ich wohnte mein ganzes

Leben lang im Rheinland. Dort waren wir von der Bedrohung durch steigendes Meerwasser nicht direkt betroffen. Aber Bilder davon, wie etwa New York mit wachsenden Überschwemmungen zu kämpfen hatte, haben mich mehr und mehr erschreckt.

Auch unser Nachbarland, die Niederlande, hatte bereits gewaltige Anstrengungen unternehmen müssen, um seine Küsten zu schützen, denn weite Teile des Landes lagen ja auch schon vor dem Anstieg der Meere unter dem Meeresspiegel. Nach der schwersten Sturmflut, die 1953 die Niederlande betroffen hatte, wurden gewaltige Wasser-Sperranlagen an der niederländischen Küste errichtet. Ohne diese technische Meisterleistung würde das Land nicht mehr existieren. Mit gewissem Recht sagen die Niederländer ganz offen: „Gott schuf die Welt, aber die Niederländer schufen die Niederlande." Aber nachdem der Meeresspiegel offenbar unaufhaltsam anstieg, mussten die niederländischen Sperrwerke noch einmal kräftig erhöht werden. Welthäfen wie Rotterdam mussten vor ihre Einfahrten Schleusentore bauen, anderenfalls wäre die gewaltige Hafenanlage und fast die ganze Stadt überflutet worden. Die Frage dabei ist jedoch: Wie lange können auch diese Maßnahmen noch den täglichen Angriffen der Wasserfluten standhalten?

Als die Weltvorräte an Nahrungsmitteln infolge gewaltiger Ernteverluste nicht mehr ausreichten, um dort Hilfe leisten zu können, wo wieder einmal eine Naturkatastrophe alles vernichtet hatte, erst da setzten sich die Regierenden – zunächst in Europa und bald danach in der ganzen Welt – zusammen, um die Beschlüsse zu erarbeiten, wie man die Welt noch vor dem Untergang retten könnte.

FRIDAYS FOR FUTURE

Ein gewisses Bewusstsein dafür, dass die Entwicklung der Menschheit allmählich in eine falsche Richtung abdriftet, in eine Richtung nämlich, die sich für den Fortbestand der gesamten Menschheit zu einer Gefahr auswirken könnte, entwickelte sich erstmals in den 60er-Jahren des 20. Jahrhunderts.

Naturwissenschaftler bemerkten zuerst, dass sich das Weltklima zunächst ganz langsam veränderte. Die Weltwirtschaft hatte sich nach Überwindung des Zweiten Weltkrieges schnell entwickelt. Der Bedarf an Rohstoffen aller Art stieg weltweit rasant an. Eine Gruppe von Wissenschaftlern begann, sich Sorgen um die Zukunft der Menschen zu machen. Was im Laufe von zig Millionen Jahren an Rohstoffen in der Erde verfügbar war, wurde mit wachsendem Tempo abgebaut, um den steigenden Bedarf zu befriedigen.

Sie waren entschlossen, ein Umweltgewissen für die Menschheit zu entwickeln und gründeten dafür den „Club of Rome". Regelmäßig veröffentlichten sie Artikel mit ihren Berechnungen, wie lange die bekannten Vorkommen an Öl, Kohle, Erdgas und Metallen noch ausreichen würden, wenn weiter in gleichem Maße Raubbau an den Ressourcen der Erde betrieben würde.

Leider nahm man die Mahnungen des Clubs nicht so ernst, wie es nötig gewesen wäre, denn es wurden ja jedes Jahr neue Erdöl-, Gas- und Metallvorkommen entdeckt und erschlossen, sodass die Berechnungen immer wieder entkräftet werden konnten und weiter in die Zukunft verschoben werden mussten.

Allmählich taten die Club-Ermahnungen aber doch ihre Wirkung, wenn auch zunächst in einer anderen Richtung als vom Club beabsichtigt, denn Rohstoffe wurden für die wachsende Auto-Industrie, für Computer, Handys, Smartphones, Roboter etc. in rasant ansteigenden Mengen verbraucht. Das galt ebenso für Öl, Gas, Kohle und auch für Holz.

Man begann aber nun weltweit, Klimaveränderungen zu registrieren und über Ersatzrohstoffe nachzudenken. Damit nahm auch die Kunststoff-Forschung und -Industrie einen gewaltigen Aufschwung.

Viel wurde nun über das Klima und seine Erwärmung weltweit diskutiert. Konferenzen in Kyoto, Paris und Madrid wurden abgehalten, Beschlüsse wurden erarbeitet – aber nichts Wesentliches zur Eindämmung klimagefährdender Abgase geschah wirklich. Es gab zwar Einsparungen, doch der Weltbedarf wuchs weiter, weil ja die wachsende Weltbevölkerung am (durchschnittlich) wachsenden Welt-Wohlstand teilhaben wollte.

Andererseits machten sich jetzt immer mehr Menschen Sorgen um die langfristige Zukunft.

Nun begann aber auch die Jugend Anfang des 21. Jahrhunderts, sich spürbar einzuschalten, nachdem immer häufiger Klima-Katastophen und das rasante Abschmelzen des Polareises und der Gletscher aller Gebirge in der Welt durch Presseberichte bekannt wurden.

Die junge Schwedin Greta Thunberg war die erste, der es gelang, der Stimme der Jugend weltweit Gehör zu verschaffen. Dass sie jeden Freitag die Schule schwänzte, um lautstark und mit Plakaten bewaffnet vor den Regierungsgebäuden in Stockholm zu demonstrieren, weckte die Aufmerksamkeit der Weltpresse. In kürzester Zeit folgten ihrer Bewegung weltweit andere Jugendliche und auch fortschrittliche Erwachsene. Ihr gelang es sogar, eine Anklage-Rede vor der UNO-Vollversammlung zu halten und die politisch wichtigsten Menschen dieser Erde wachzurütteln, mit dem Vorwurf: „Wenn Ihr nicht endlich etwas wirklich Wirksames tut, zerstört Ihr unaufhaltsam unsere Zukunft! Wie könnt Ihr das wagen?!" Was sie meinte, könnte man volkstümlich auch so formulieren: „Nun hört doch auf zu quatschen. Tut endlich was!"

Weltweit wurde jetzt mit allem Ernst über Rettungsmaßnahmen für das Weltklima diskutiert.

Die Erwachsenen haben aber auch darüber nachgedacht, was denn die demonstrierende Jugend ihrerseits für die Reinhaltung der Erde beitragen kann.

„Fridays for Future" war dann auch das Stichwort, das die Kultusministerien vieler Länder dankbar aufnahmen und in Aktionen umsetzten.

So entstanden die inzwischen in fast allen Ländern der Erde durchgeführten Aktionen, die „Clean-Fridays" genannt werden.

Alle Kinder ab der vierten Klasse bis zum Schulabgang müssen jeden Freitag nach Ende des Unterrichts – solange das Tageslicht dies erlaubt – eine Stunde dranhängen, um die Umwelt von Papier-, Glas- und Plastikabfällen zu säubern. Die Ortsverwaltungen sollen in Zusammenarbeit mit den Schulleitungen sinnvolle Abfall-Beseitigungs-Aktionen organisieren, die zu säubernden Bezirke für die einzelnen Schulen festzulegen und dafür zu sorgen, dass die Abfälle bei bestimmten Sammelstellen abgeliefert werden.

Diese Maßnahmen hatten überall dort, wo sie stattfanden, eine frappierende Wirkung: Herumliegender Müll verschwand nach kurzer Zeit aus den Städten, den Feldern und Wäldern. Die Schüler selbst lernten dabei, was Ordnung und Sauberkeit bedeutet. Das Empfinden, dass herumliegender Abfall das Wohlbefinden stört, wurde dabei automatisch mitentwickelt.

In den Bevölkerungskreisen, in denen die Sauberhaltung der Umwelt weniger oder gar nicht üblich war, wurde der Jugend durch diese Aktionen das Bewusstsein eingeimpft, dass man in einer sauberen Umwelt besser, gesünder und ungezieferfreier leben kann und dass jeder Einzelne eine gewisse Verantwortung für eine entgiftete, saubere Umwelt hat. Demonstrieren allein würde ja bedeuten, Missstände zwar aufzuzeigen, die Beseitigung aber anderen Menschen zu überlassen. Umwelt-Aktivität ist von allen gefordert, auch von den Kindern ab einem gewissen Alter!

Meinen Schülern habe ich das von meiner ersten Unterrichtsstunde an beigebracht.

Bei dieser Gelegenheit fällt mir ein, dass mein Opa in seinem Gedichtband unter anderem den Schriftsteller Erich Kästner zitiert hat, von dem der kernige Satz stammt:

*„Es gibt nichts Gutes –
außer man tut es!"*

Opa hat diesen Satz ergänzt:

*„Doch gibt es Gutes dann und wann,
das man noch besser machen kann!"*

Ich habe in meinem Leben sowohl politisch als auch klimatisch so viele Veränderungen erlebt wie wohl keine Generation vor mir.

Mein Studium habe ich 2025 als Dr. phil. beendet. Mir hat der Hochschulbetrieb so viel Freude gebracht, dass ich noch weitere drei Jahre als Dozentin gearbeitet habe.

Ich gebe zu, das hatte auch noch einen anderen Grund. Ich hatte mich in meinen Professor verliebt, mit dem ich seit 2025 verheiratet bin. Mit ihm bin ich bis heute sehr glücklich. Wir sind auch oft zusammen verreist, aber Auslandsreisen aus privaten Gründen lehnt er ab. So haben wir gemeinsam beschlossen, dass ich zukünftig meine Auslandsreisen entweder alleine, mit Freundinnen oder mit meinen Schwestern unternehmen werde. Und dabei ist es bis heute geblieben.

Meinen Dienst als Lehrerin habe ich 2030 begonnen, nachdem meine Söhne geboren waren und die Kita besuchen konnten. Dies war kurz nachdem die Grundsatzbeschlüsse der UNO verkündet worden waren und ihre ersten Auswirkungen zeigten. Aber schon während meines Studiums sind wir Studenten (natürlich beiderlei Geschlechts*)) darauf hingewiesen worden, wie ernst es um das Weltklima steht. Doch eigentlich war das gar nicht nötig, denn man konnte über die Auswirkungen fast täglich etwas in der Zeitung lesen. Zu unserem Glück waren wir hier in Deutschland nur in gemäßigter Form betroffen.

*) *ich sage absichtlich „Studenten" und nicht „Studierende", weil ich mich weigere, die deutsche Sprache zu verunstalten. Es ist doch klar, dass auch Frauen darunter zu verstehen sind! Ich habe mich schon früher darüber geärgert, wenn Politiker (und Politikerinnen) um die Gunst der Bürger* *und der Wähler buhlten, indem sie in monotoner Hirnrissigkeit durch ihre permanten Wiederholungen der männlichen wie auch der weiblichen Wortform die so elegante deutsche Sprache beleidigten.*

Die großen Hitzewellen der zwanziger Jahre unseres Jahrhunderts ließen in den Folgejahren plötzlich nach, und auch die Winter wurden wieder kälter. Die Klima-Skeptiker triumphierten: „Der ganze Klima-Rummel war ja doch nur Hysterie!" Aber sie irrten schon wieder.

Die Ursache war das allmähliche Versiegen des Golfstromes. Wissenschaftler hatten dieses Ereignis schon lange vorhergesagt. Die Erwärmung des an der Oberfläche dahinfließenden Stroms war so stark geworden, dass die Abkühlung auf dem Weg ins nördliche Eismeer nicht mehr ausreiche, um das noch zu warme Wasser wieder in die Tiefe sinken und es von da aus den Rückweg Richtung Persischer Golf antreten zu lassen.

(Zur Erklärung: Kaltes Wasser ist etwas schwerer als warmes Wasser und sinkt daher Richtung Meeresboden ab. Somit entsteht/entstand ein Warmwasser-Kaltwasser-Kreislauf. Hinzu kommt jetzt aber die Abnahme des Salzgehaltes infolge des ins Meer strömenden Gletscher-Schmelzwassers, wodurch das Golfstrom-Oberwasser leichter wird. Statt in die Tiefe zu sinken, verteilt sich das noch zu warme Wasser im Nördlichen Polarmeer.) Die Folge war ein noch schnelleres Abschmelzen des Polareises. Zusätzlich erlahmte der Sog des vormals abgekühlten nördlichen Wassers.

Als das Wasser aus dem Golf von Mexiko mangels Nachschub nun auch nicht mehr in gewohnter Menge nach Norden fließen konnte, wurden die Hurrikans an der Ostküste Nordamerikas immer heftiger und zerstörerischer. Bei uns dagegen wurden nicht nur die Winter etwas kühler, sondern auch die Sommer wieder feuchter. Ich las in der Zeitung, dass die Palmen in den Seebädern Südenglands eingegangen waren, was eindeutig auf das Fernbleiben des Golfstroms zurückzuführen war. Viele Menschen glaubten, die erneute Klimaveränderung sei ein Weg zurück zur Normalität. Aber das war, wie schon gesagt, leider eine Täuschung. Die klimatischen Verhältnisse hatten sich nur verschoben.

In den zwanziger Jahren, während meines Studiums und danach, häuften sich die Katastrophen auf der Welt. Die Lage wurde immer mehr zum Fürchten.

DIE ZWEI-KINDER-ANORDNUNG

Die ab 2029 in Kraft getretenen grundsätzlichen Beschlüsse, die für alle Länder der Welt verbindlich sind, haben gewaltige Veränderungen im menschlichen (Fehl-)Verhalten bewirkt. Einige Länder hatten schon vorher aufgrund intelektueller Einsicht umweltfördernde Einschränkungsmaßnahmen durchgeführt, andere haben mehr oder weniger freiwillig die UNO-Beschlüsse innerhalb der gesesetzten Fristen auf gesetzliche Grundlagen gestellt. Nur wenige Länder haben das nicht geschafft und mussten deshalb erhebliche Sanktionen in Kauf nehmen.

Die schwierigste Maßnahme war in ihrer Durchsetzung wohl die Anordnung, pro Paar nicht mehr als zwei Kinder zu zeugen (oder falls doch geschehen, das dritte abtreiben zu lassen). Diese Maßnahme greift ja in den intimsten Bereich aller Paare, vor allem in den aller Frauen ein. Zusätzlich erschwerend war ja auch die heftige Gegenwehr der Religionsgemeinschaften und ihrer Gläubigen.

Es war beinahe ein Glücksfall, dass kurz nach Anordnung der Maßnahmen zur Zwei-Kinder-Begrenzung eine bahnbrechende Erfindung gemacht wurde: die Anti-Baby-Impfung. Ohne dieses epochale Verfahren wäre nach meiner Einschätzung der überlebensnotwendige Vorsatz, die Vermehrung der Weltbevölkerung zu stoppen, wahrscheinlich gescheitert.

Jede Frau hat sich also obligatorisch nach der Geburt des zweiten Kindes einer solchen Impfung zu unterziehen, die eine weitere Schwangerschaft für den Rest des Lebens verhindert.

Das klingt zwar unendlich brutal, ist aber – wie gesagt – für das Überleben der nächsten Generationen bitter nötig.

Nun erhebt sich die Frage, was geschieht, wenn ein zweites Kind bedauerlicherweise tot auf die Welt kommt? Ja, in diesem Fall, aber auch nur in diesem, wird zunächst auf die Zwangsimpfung verzichtet.

Wenn aber ein lebend geborenes Kind noch vor der Zwangsimpfung stirbt, entfällt diese zunächst. Danach ist aber nichts mehr rückgängig zu machen. Ihr steht danach nur der Weg der Adoption anderer Kinder offen, die aus Familienverhältnissen stammen, in die der Staat eingreifen musste oder die aus Vergewaltigungen entstanden sind oder solche von Jugendlichen, die nicht in der Lage sind, schon selbst Kinder zu ernähren oder von Müttern, die freiwillig Kinder zur Adoption freigeben o. ä.

Das Zwei-Kinder-Begrenzungsgesetz hatte in der Praxis zunächst einen möglichen Sonderfall unbeachtet gelassen, der aber öfter vorkommt und der in den einzelnen Ländern separat geregelt werden musste: Was geschieht, wenn die zweite Schwangerschaft eine Zwillings- oder Drillingsgeburt ist? Ganz einfach: In diesen Fällen passiert gar nichts weiter, nur, dass weitere Geburten auch bei diesen Müttern verhindert werden. Eine weitere Regelung wurde nachträglich noch ergänzt: Wenn die Erstgeburt eine Mehrlingsgeburt ist, so ist die Anti-Baby-Impfung gleich nach der ersten Schwangerschaft fällig.

Abschließend sei gesagt, dass die Methode der Anti-Baby-Impfung eine gewaltige moralische Entlastung der Gläubigen bedeutete, denn hierbei kam man ja nicht mehr mit dem fünften Gebot „Du sollst nicht töten!" in Konflikt. Ich glaube, nur diese Erfindung, für die der Medizin-Nobel-Preis 2040 verliehen wurde, ermöglichte überhaupt die weltweite, bitter nötige medizinische Durchsetzung des Zwei-Kinder-Gebotes.

Es hat jahrelanger Verhandlungen und letzlich strenger Maßnahmen zur Durchsetzung der Zwei-Kinder-Begrenzung bedurft, bis dies einigermaßen sicher weltweit wirksam werden konnte. Das Entscheidende war aber, dass mit der erfogreichen Impfmethode der Widerstand der Kirchen aufhörte.

Ich habe mich schon immer für die Nachrichten aus aller Welt interessiert und die Zeitungsmeldungen nach Möglichkeit alle gelesen. Nachdem die UNO-Beschlüsse von 2028 in Kraft getreten waren, hat es mich besonders interessiert, wie das schwierige Vorhaben, die Weltbevölkerungsvermehrung in den Griff zu bekommen, realisiert werden kann. In den ersten beiden Jahrzehnten unseres Jahrhunderts hat es doch gewaltige Flüchtlingsströme gegeben. Die Rekultivierung der Sahara hat diese Menschenströme, die aus Not und/oder Lebensgefahr ihre Heimatländer verlassen mussten, zum Glück statt als Flüchtlinge übers Mittelmeer nun in die einst menschenleere Sahara zu neuen Lebens- und Einkommensquellen gelenkt. Aber wie wollte man denn bei den vielen Zu- und Abwanderungen in den einzelnen Ländern die Übersicht über die Gesamtzahl der Menschen auf der Welt behalten? Wie kann man die Kontrolle wirksam in den Griff bekommen?

DAS WELT-EINWOHNERAMT

Damit musste ich mich noch eingehend beschäftigen.

In die bisher so troslose Einöde der Sahara sind inzwischen Hunderttausende von Menschen eingewandert, um dort eine sichere Existenz aufzubauen. Die einstigen übervollen Flüchtlingslager Nordafrikas, Griechenlands und der Türkei sind heute wie leergefegt. Sie wurden zu nützlicheren Dingen umfunktioniert.

Auch in den kommenden Jahrzehnten werden sich diese positiven Wanderungsbewegungen noch fortsetzen. Statt in Flüchtlingslagern zu landen oder auf offener See zu ertrinken, haben die Menschenströme aus Afrika oder aus dem Nahen Osten eine andere, bessere Richtung eingeschlagen: Sie landen jetzt als Neu-Siedler in den Rekultivierungsgebieten. Sie fallen niemandem mehr zur Last, sondern führen ein nützliches Dasein, wenn sie denn arbeiten wollen oder können.

Wie soll nun die neu geschaffene Weltbehörde für die Kontrolle der Weltbevölkerungszahl bei all den Wanderungsbewegungen die Übersicht behalten, ob die einzelnen Länder ihre Verpflichtungen einhalten, die Menschenvermehrung zu stoppen?

Man kann doch nicht die Zuwachsraten infolge von Einwanderungen gleichsetzen mit der Vermehrung durch Geburtenzunahme! Andererseits kann man auch nicht die Bevölkerungsabnahme eines Landes als Verdienst anrechnen, wenn die Menschen aus Not das Land verlassen!

Da musste sich die Welt-Einwohnerbehörde tüchtig den Kopf zerbrechen, wie dieses Problem zu lösen ist.

Nach meinen Informationen geht das so:

Entsprechend dem Beschluss, ein Welt-Einwohneramt zu schaffen, fiel die Wahl auf die Firma Google in den USA, die bereits über die leistungsfähigsten Computer der Welt verfügte. Sie erhielt den Auftrag, ein Welt-Einwohner-Register einzurichten. Alle Länder der Welt leiten ihre statistischen Daten an dieses Register weiter. Das dürfte inzwischen (2080) etwa neun Milliarden Registrierungen umfassen. Mit jedem Zugang und mit jedem Abgang wird auch die Staatsangehörigkeit registriert, gleichgültig, wo der Zu- oder Abgang gerade stattfindet. Die Zwei-Kinder-Begrenzung gilt natürlich auch für Menschen, die sich in einem anderen Land als in dem ihrer Staatsangehörigkeit aufhalten.

Wie wird nun ein gewünschter und genehmigter Wechsel der Staatsangehörigkeit behandelt? Die Antwort ist: gar nicht – jedenfalls für die Weltbehörde nicht. Somit wird die Einwohnerzahl eines Landes nur anhand jener Menschen erfasst, die bei Geburt die Staatsangehörigkeit des Landes hatten.

Doch wie werden die Geburten von Bewohnern mit Migrationshindergrund behandelt?

Solange die Zahl der Kinder solcher Mütter unter zwei bleibt, ist alles in Ordnung. Geht die Zahl der Kinder darüber hinaus, weil sich die Mutter der Anti-Baby-Impfung entzogen hat, ist der Staat verpflichtet, dieser Familie die neue Staatsangehörigkeit zu entziehen und sie in das Land ihrer Herkunft zurückzuschicken. Und so wird das dann bei Google registriert und kontrolliert.

Nochmals: Das erscheint brutal aber es ist im Interesse der Weltbevölkerungs-Begrenzung dringende Notwendigkeit. Anders wäre eine wirksame Steuerung dieses Problems nicht möglich.

DIE POLITISCHE ENTWICKLUNG

Während meines Studiums habe ich es noch erlebt, dass Großbritannien nach vielen Turbulenzen aus der Europazone ausgeschieden ist. Kurz danach erklärte Schottland seinen Austritt aus dem britischen Empire. Auch Irland feierte wenig später die Wiedervereinigung mit Nord-Irland.

In den folgenden Jahren verfiel die britische Wirtschaft. Alle europäischen Behörden, die in London angesiedelt waren, zogen um nach Brüssel, Paris oder Berlin. Die britischen Banken gingen reihenweise bankrott. Das Volk ging auf die Straße, es kam zu Straßenschlachten. Aber allmählich sah die britische Regierung ein, dass der eingeschlagene politische Sonderweg ein grober Fehler war. 2028 beantragte London den Wiedereintritt in die EU. Doch Nordirland war inzwischen eine Provinz des Vereinigten Irlands geworden, und Schottland hatte sich in seiner gewonnenen Selbstständigkeit wirtschaftlich gut entwickelt. Eine Rückkehr ins Empire wurde strikt abgelehnt.

Aber das zur Lebensbedrohung entwickelte Weltklima führte allmählich alle Völker mehr oder weniger freiwillig wieder zusammen. Es sorgte für die Einsicht in die Notwendigkeit zum gemeinsamen Handeln. Dies setzte sich allmählich infolge des Druckes der klimatischen Verhältnisse tatsächlich durch (was einige Jahre zuvor niemand geglaubt hatte).

Die USA hatten 2019 das Pariser Klima-Abkommen gekündigt, das allen Völkern strenge Auflagen zur Klima-Rettung übertragen hatte. Wenn die USA als einer der größten Luftverschmutzer sich an keinerlei Regeln für eine saubere Zukunft hielten, dann würden dies andere Länder auch nicht tun – ein sicherer Weg, die Klima-Katastrophe weiter zu beschleunigen. Angst breitete sich aus bei allen Menschen, die sich über das Tagesgeschehen auf dem Laufenden hielten.

Ich hatte schon ein ganz schlechtes Gewissen, zwei Kinder geboren zu haben. Was würde meinen Kindern noch alles bevorstehen? Würden meine Söhne noch in Frieden und unter menschenwürdigen Verhältnissen bis zu ihrem hoffentlich erst im hohen Alter eintretenden Tode leben können? Nach der Geburt meines zweiten Sohnes nahm ich freiwillig die Pille, obwohl ich gern noch ein Mädchen gehabt hätte. Aber die unsichere politische Entwicklung, die weltweit immer wieder ausbrechenden Kriege und Bürgerkriege, die klimatischen Verhältnisse und die bedrohliche Überbevölkerung: Ja, deshalb hatte ich mich damals, schon vor der Zwei-Kinder-Regelung entschlossen, auf weitere Kinder zu verzichten.

Aber zurück zur Weltpolitik.

Ab dem Jahr 2021 normalisierten sie die politischen Verhältnisse in den USA allmählich wieder. Die unter dem damaligen Präsident Trump üblichen und gefährlichen Politik-Eskapaden unterblieben bei dessen unmittelbaren und späteren Nachfolgern. Es zogen wieder normale freundschaftliche Verhältnisse in die deutsch-amerikanischen Beziehungen ein. Die USA traten dem Pariser Klima-Abkommen wieder bei.

Heute sehe ich wieder mit Zuversicht in die Zukunft unserer Erde. Meine beiden Söhne sind heute 52 und 54 Jahre alt und Professoren für verschiedene Zweige der Umwelt-Technik.

Aber schauen wir noch einmal zurück in die Jahre der Ungewissheit darüber, ob man die selbstgeschaffenen Probleme des Klimawandels noch einmal rückgängig machen könnte.

Der Untergang zahlreicher Inselstaaten veranlasste Politiker in der ganzen Welt, bis auf wenige Ausnahmen, in vielen Konferenzen über vernünftige Beschlüsse nachzudenken, wie man das Weltklima wieder in den Griff bekommen könnte. Nach jahrelangen, heftigen Debatten siegte aber – trotz zahlreicher Rückschläge – doch die menschliche Vernunft. So entstanden die europäischen und kurz danach auch die UNO-Beschlüsse zur Erhaltung – besser: zur Rettung des Weltklimas.

Zur Erinnerung: Als die weltweit gültigen Beschlüsse zur Erhaltung des menschlichen Lebens beschlossen wurden, war die

Not so groß und die Ängste waren so stark geworden, dass die scheinbar unmöglichen Beschlüsse tatsächlich zustande kamen. Der Ausgangspunkt dafür war ja die fatale Situation: Zwölf Inselstaaten existierten nicht mehr, Hunderttausende von Todesopfern waren zu beklagen infolge der Orkane, der Dürren, der Flächen-Waldbrände und Überschwemmungen. In Bangladesch, das teilweise mit ganzen Landstrichen auf Meereshöhe lag und jetzt überschwemmt ist, toben verheerende Bürgerkriege im Kampf um bewohnbare Grundstücke. In Nepal hatten die abgetauten Himalaya-Gletscher riesige Geröllhalden hinterlassen, die infolge andauernder Regenfälle ins Rutschen gerieten und zahlreiche Dörfer und ganze Städte unter sich begruben. Die nackte Angst führte schließlich zum Erfolg. Selbst ältere Politiker, denen man das früher niemals zugetraut hätte, rieten überzeugend zur Einsicht – was dann schließlich auch gelang.

Aber nun mussten gewaltige Aufgaben zur politischen Umsetzung der Beschlüsse organisiert und endlich auch noch gelöst werden. Nur wenn sich alle Länder – arm oder reich – an die Beschlüsse hielten, konnte die Rettung unserer Erde gelingen. So einfach das klingt, so schwierig war es, dies in alle Politiker-Köpfe einzuhämmern und in den Bevölkerungen letztlich auch durchzusetzen.

Fast allen Politikern war aber endlich klar: Wenn es nicht eine machtvolle Weltregierung geben würde, die im äußersten Fall die Beschlüsse auch mit strengen Maßnahmen durchsetzen könnte, würde eine wirksame Einhaltung der getroffenen Regelungen wohl kaum gelingen. Es musste also eine oberste Welt-Behörde geschaffen werden, der sich alle Staaten dieser Erde unterzuordnen hatten. Nach jahrelangen Verhandlungen kam tatsächlich eine Weltregierung zustande.

Bis heute hat sich das Verfahren der Regierungsbildung noch mehrmals geändert, bis endlich alle mit den Beschlüssen zufrieden und noch vorhandene Unklarheiten ausgeräumt waren.

Im Unterrichtsfach „Zeitgeschehen und Politik" musste ich meinen Schülern der Grundschule schon die wesentlichen Grundzüge der politischen Organisationen beibringen. Also habe ich mich auch nach meinem Studium über die politischen Entwicklungen auf dem Laufenden gehalten.

Heute sieht die Organisation unserer politischen Welt etwa so aus:

Die Beschlüsse der Weltregierung sind verbindlich und betreffen alle Staaten dieser Erde. Es müssen also in einer solchen Regierung die Interessen aller Länder der Erde soweit wie möglich berücksichtigt werden.

Infolge der Super-Dimension der Aufgaben und der Verantwortung muss ein Regierungs-Konsortium aus mehreren hochqualifizierten Personen gebildet werden, das dann mehrheitlich seine Entscheidungen trifft.

Etwa je 500 Millionen Einwohner wird ein „Weltkommissar" entsandt.

Heute (2080) leben ca. neun Milliarden Menschen auf der Erde.

Bei der Vielzahl der auf der Welt vorhandenen Staaten ist eine solche Kommissar-Auswahl ein äußerst komplizierter Vorgang. Deshalb wurde Folgendes festgelegt und beschlossen:

China und Indien stellen gemäß ihrer Bevölkerungszahlen und ihrer wirtschaftlichen Bedeutung je zwei Kommissare, das restliche Asien weitere zwei. Europa darf infolge seiner Wirtschaftskraft zwei Kommissare stellen. Russland einen, Nordamerika drei, Südamerika zwei, Afrika drei und Australien einen = 18.

Die Weltregierung besteht also aus 18 hochqualifizierten Personen beiderlei Geschlechts, die von ihren Erdteilen in komplizierten Auswahlverfahren alle vier Jahre neu vorgeschlagen und von der UNO-Vollversammlung gewählt werden.

Die Weltregierung wählt ebenfalls alle vier Jahre einen Vorstand aus ihren Reihen, der aus fünf Personen besteht. Dieses Gremium wird als „Special Committee" bezeichnet. Es setzt sich aus Vertretern aller fünf Kontinente zusammen. (Der Sonderfall hier ist, dass der einzige australische Kommissar immer im Vorstand sitzt.)

Der Vorsitz des Special Committee wechselt alle halbe Jahr routinemäßig von Erdteil zu Erdteil.

Die Organisation der Weltregierung ist so konstruiert worden, dass möglichst alle Interessen und Probleme gerecht für alle

Länder berücksichtigt werden. Als Fachpersonal stehen dem Komittee sieben Experten zur Seite, und zwar für die Sparten 1.) Forstwirtschaft, 2.) Geburten-Kontrolle und Soziales, 3.) Luftüberwachung und Verkehrswesen, 4.) Fischerei und Landwirtschaft, 5.) Gewässer- und Grundwasser-Reinhaltung, 6.) Wirtschaft und Finanzen sowie 7.) Gesundheit.

Diese Fachminister werden alle vier Jahre vom Special Committee auf Vorschlag der Ländervertreter neu ernannt, sie können aber auch für zwei Amtsperioden im Amt bleiben. Die Nationalität ist variabel. Jedem Minister untersteht ein Fachministerium, dessen Mitarbeiterzahl auf 100 begrenzt ist. Die Minister haben der Weltregierung regelmäßig zu berichten, die mehrheitlich auch weisungsberechtigt ist.

Sitz der Weltregierung ist New York.

Alle Experten sind mit weitgehenden Vollmachten ausgestattet, um die von ihnen angeordneten Maßnahmen auch mit allen Mitteln – im Äußersten auch mit Zwangsmaßnahmen – durchsetzen zu können.

Alle Aufgaben der Ministerien besitzen den höchsten Schwierigkeitsgrad. Sie hatten jahrelang auch mit Rückschlägen zu kämpfen, und in einer Welt mit so vielen unterschiedlichen Problemen werden sie wohl auch niemals enden.

Am schwierigsten war wohl die Aufgabe, die Welt-Bevölkerungszahl in den Griff zu bekommen und zu halten. Wie das funktioniert, habe ich ja schon beschrieben.

Der Beginn der Maßnahmen war in den ersten Jahren jedenfalls ziemlich heftig.

Nachdem um 2032 die Anti-Baby-Impfung eingeführt worden war, musste sich per Gesetz jede Frau auf der Welt im Alter über 18 und unter 50 Jahren, die bereits zwei oder mehr Kinder hatte, sofort dieser Pflichtimpfung unterziehen. Ländern, die dies nicht per Gesetz durchsetzen konnten, wurden nach Abmahnung sämtliche Fördermittel und Stimmrechte entzogen.

Welche Machtmittel stehen nun der Weltregierung zur Verfügung? Dies war eine lange kontrovers diskutierte Frage mit verschiedenen Aspekten: Finanzierung, Welt-Armee-Stationierungen (Blauhelme) u. ä. Endlich, 90 Jahre nach Beendigung des Zweiten Welltkrieges, kamen die Großmächte, zu denen seit langem auch Algerien, Nigeria und Brasilien gehören, zu der Einsicht, dass die ungeheuren jährlichen Ausgaben für die Rüstungsindustrie angesichts der dringenden Umweltprobleme ein Wahnsinn sind und nützlicheren Dingen zugeordnet werden müssen.

Anstatt Rüstung brauchte man riesige Investitionen für die Klima-Restaurierung der bereits so stark gebeutelten Erde zu Wasser, zu Lande und in der Luft. Allein die Finanzierungsfrage hatte viele Jahre harter Debatten bedurft, bis dann endlich eine vernünftige Entscheidung zustande kam:

50 Prozent der zuletzt in allen Ländern angesetzten Mittel der Verteidigungshaushalte (Verteidigung – gegen wen eigentlich??) werden der Weltregierung zur Verfügung gestellt, die die Mittel zur Umweltsanierung dort einsetzen werden, wo es am nötigsten ist. 25 Prozent gehen zum Aufbau und zur Erhaltung an die Umwelt-Polizei, deren Einsätze durch das Special Committee angeordnet werden. Weitere 25 Prozent dienen der Verstärkung der innerstaatlichen Polizei, die den teilweise erheblichen Widerstand der Bevölkerung gegen die strengen Einschränkungen der liebgewonnenen aber umweltschädlichen Einrichtungen (Swimmingpools, Diesel-Motorjachten, Rennwagen, Flug-Fernreisen) bisweilen mit wirksamen Maßnahmen brechen musste. Allerdings können die Länder auch andere Projekte damit finanzieren, die der Förderung des Umweltschutzes dienen. Grundgesetzliche Bürgerrechte und Klagerechte gegen Entscheidungen der Welt-Regierung mussten hierbei auf der Strecke bleiben, um eine möglichst schnelle Auswirkung der getroffenen Maßnahmen zu erreichen. Heute gibt es aber wieder Klagerechte bei einer unabhängigen Weltjustiz.

Der Supreme Court in Den Haag ist die oberste Instanz der globalen Justiz. Zusätzlich wurde ein Senat zur Verurteilung von schwersten Umweltsünden eingerichtet, die aufgrund der Klimasituation der Erde als gleich schwer eingestuft wurden wie ein Massenmord-Versuch.

Ein paar Worte zu den Streitkräften:
Anstatt einer Blauhelm-Weltarmee gibt es seit etwa 40 Jahren, also seit 2040 eine Welt-Polizei, die dem Special Committee direkt unterstellt ist. Alle Atomwaffen wurden ab 2035 abgeschafft – bis auf etwa zehn Stück, die unter strengstem Verschluss an verschiedenen geheimen Standorten auf der ganzen Welt verteilt sind und ausschließlich der Verfügbarkeit des Special Committees unterliegen. Innerhalb des Committees darf nur einstimmig und in höchster Gefahr über einen eventuellen Einsatz entschieden werden. Eingeweiht über die Standorte sind nur die höchsten Kommandeure der Weltpolizei.

Nach meiner Information wurden die noch verbliebenen Atomwaffen insofern etwas „entschärft", als nach einer Zündung keine Verstrahlung des Einsatzgebietes mehr zurückbleibt. Eingesetzt wurde bisher zum Glück noch keine. Ich erinnere mich aber, dass der nordkoreanische Machthaber Kim Jong-Un trotz des einstimmigen Beschlusses, seine Atomraketen zu vernichten, einige Exemplare behalten hatte. Ihm wurde eine Frist gesetzt, dies unverzüglich nachzuholen und einem Komitee die Vernichtung zu beweisen, da andernfalls auf sein Land eine Rakete abgeschossen würde. Man hat damals dafür gesorgt, dass die gesamte koreanische Bevölkerung davon erfuhr, damit dieser nicht mehr ganz zurechnungsfähige Machthaber unter Druck gesetzt werden konnte. Das hat gewirkt.

Die Weltpolizei besteht zurzeit aus 44.000 jungen Männern und Frauen aller Nationen. Die Zulassung und Einstellung unterliegt strengen Aufnahmeprüfungen. Voraussetzung ist eine abgeschlossene Berufsausbildung, möglichst mit Praxis. Dies gilt sowohl für den handwerklichen als auch für den wissenschaftlichen Bereich. Die Dienstzeit beträgt mindestens fünf Jahre. Man kann sich aber auch für längere Zeit verpflichten. Die Dienstsprache ist Englisch, die jeder Weltpolizist in Wort und Schrift beherrschen muss. Die Offiziere rekrutieren sich ausschließlich aus den eigenen Reihen.

Mir fällt auf, dass die Mehrheit der Mannschaft chinesischer Abstammung ist. Die Bezahlung ist offenbar attraktiv, denn es bewerben sich wesentlich mehr junge Menschen als angenommen werden können.

Die Ausrüstung besteht aus modernsten Waffensystemen sowohl zu Lande, als auch zu Wasser und in der Luft. Der Einsatz dieser hoch spezialisierten Truppe wird nur nach eindringlichen Vorwarnungen erfolgen. Wenn alle Vorwarnungen vergeblich bleiben, wird der Schlag vernichtend sein. Der Kampf gegen Verbrecherbanden, mit denen die jeweilige Landespolizei nicht klarkommt, wird nach sorgfältiger Prüfung der Sachlage der Weltpolizei zur endgültigen Erledigung zugewiesen.

Meines Wissens ist die Weltpolizei bisher nur zweimal eingesetzt worden. Eimal gegen den sogenannten Islamischen Staat und ein anderes Mal gegen die immer wieder aufmüpfigen Taliban in Afghanistan. Militärisch war der IS-Terror-Staat schon seit 2020 geschlagen. 2019 sprengte sich ihr Anführer Abu Bakr al-Bagdadi selbst in die Luft. Auch sein Stellvertreter starb durch eine amerikanische Präzisionsbombe in seinem Fahrzeug. Dennoch, in den Folgejahren rotteten sich immer wieder fanatisierte Islamisten in verschiedenen Ländern zusammen und verübten tödliche Attentate. Nach eingehender Beobachtung und Vorwarnung erfolgte schon 2035 der endgültig vernichtende Schlag. Leider starben dabei auch unschuldige Zivilisten, zwischen denen die Terroristen sich verschanzt hatten.

Der zweite tödliche Schlag geschah dann zwei Jahre später in Afghanistan, wo man ähnlich vorging wie beim IS. Nach diesen beiden Einsätzen hatte es sich herumgesprochen, dass niemand auf der Welt eine Chance hat, gegen diese Spitzenpolizeitruppe irgendetwas gewinnen zu können. Das tat seine Wirkung, denn seither ist kein weiterer Einsatz erforderlich geworden.

Natürlich gibt es bei der Weltpolizei auch Probleme, wie bei jeder Truppe in der Welt, wenn lange Zeit keine Einsätze stattfinden. Langeweile darf nicht aufkommen, sonst kommt mancher junge Mann oder manche junge Frau auf dumme Gedanken wie an Rauschgift, Alkohol oder geheime Sex-Orgien. Die Truppe muss also sinnvoll beschäftigt werden. Fortbildungs-Lehrgänge und Fernstudien werden neben freiwilligen Ernte- und Aufforstungseinsätzen angeboten. Auch Sport spielt eine wichtige Rolle. Regelmäßige militärische Übungen und Lehrgänge zur neuesten Waffentechnik sind natürlich Pflichtdienste.

Nachdem es dem Borderline-gestörten amerikanischen Präsidenten Donald Trump gelungen war, die gesamte Weltwirtschaft durcheinander zu bringen, hat es Jahre gedauert, bis all die von ihm zerstörten Handelsbeziehungen wieder in Ordnung gebracht werden konnten. In der Zwischenzeit hat China die Gunst der Stunden – besser: der Jahre – genutzt, um sich überall in der Welt auszubreiten und Schlüsselpositionen zu besetzen. In vielen deutschen Konzern-Vorständen wird außer Englisch auch Chinesisch gesprochen.

Die Chinesen haben allerdings auch einiges dazugelernt, nachdem sie die meisten europäischen oder amerikanischen Patente geklaut, gekauft oder elegant umgangen hatten. Mit diesem Knowhow haben sie ihre gewaltige Wirtschaft aufgebaut. Sie haben ihre altertümliche Schrift abgeschafft, die kleingedruckt kaum noch ein älterer Mensch in der Lage war, ohne Lupe zu lesen. Sie haben seit 2050 die lateinische Schrift übernommen. Dafür mussten für einige Vokale Zeichen eingeführt werden, die obendrauf gesetzt werden. Das war aber gar nicht so einfach. Die Chinesen gebrauchen nämlich viele Wörter, die gleich lauten, die aber in unterschiedlichen Tonhöhen gesprochen verschiedene Bedeutungen haben können. Dafür mussten für einige Vokale Zeichen eingeführt werden, die obendrauf gesetzt wurden. Das war eine reife Leistung. Doch in der Geschäftswelt spielt die englische Sprache nun schon seit Jahrzehnten die Hauptrolle, auch bei den Chinesen.

Ich berichte hier hauptsächlich über die letzten 60 Jahre, also etwa von Beginn meines Studiums als Grundschullehrerin im Jahre 2020 an.

Es hat sich in diesen Jahren sowohl technisch als auch politisch so viel verändert, dass ich oft in meinen Ausdrucken blättern muss, um mir das Wichtigste davon noch einmal ins Gedächtnis zu rufen.

Wir Menschen als Spitzenerzeugnis unendlich langer biologischer Entwicklung hatten es ja weitgehend geschafft, unsere eigenen Lebensgrundlagen zu ruinieren.

Aber dank der „in letzter Minute" getroffenen, weltweit wirksamen harten Maßnahmen geht es ja zum Glück auch wieder aufwärts mit den Selbstreinigungskräften der Natur, denen wir jedoch kräftig – als Wiedergutmachung – unter die Arme greifen mussten.

Der Druck, den die Naturkatastrophen jahrzehntelang auf die Völker dieser Welt ausgeübt hatten, hat dabei nachgeholfen, die Beschlüsse von 2028 in seltener Einigkeit zustandezubringen, um unsere eigene Zukunft und die unserer Nachkommen zu sichern – bevor es dafür zu spät war.

„Non ratione – katastrophis discimus." Dieser Leitsatz stimmt also nicht mehr ganz. Er müsste auf Deutsch jetzt heißen: „Durch Katastrophen und kraft unseres Verstandes haben wir gelernt", (die Natur zu verstehen und am Leben zu erhalten.)

Man kann es aber auch etwas zynisch so formulieren: „Es war die Angst vor der finalen Apokalypse, die die Menschen letztlich doch noch zur Vernunft gezwungen hat!"

BIOLOGISCHE RÜCKBILDUNG?

Die zunehmende Automatisierung in der Produktionstechnik führt in immer höhere Dimensionen der technischen Produktivität, aber auch zur Miniaturisierung mit der Folge, dass immer kleinere Geräte immer mehr Funktionen gleichzeitig übernehmen können. Das klassische Beispiel dafür sind die Smartphones.

Da diese Geräte in immer größerer Stückzahl mit immer weiter verbesserten Leistungen hergestellt werden, können sie zu günstigen Preisen verkauft werden, sodass sich heute fast jedes Schulkind ein „Phone" oder „Smarty" leisten kann.

Das hat aber auch verschiedene Nachteile: Ich merke das an mir selbst. Ich kann mein Smarty alles fragen, was mir an Unklarheiten über den Weg läuft – ich bekomme eine umfassende Antwort. Oder wenn mich ein Schüler mit wachem Verstand etwas fragt, was ich selbst nicht oder nur unzureichend beantworten kann, dann frage ich mein Smarty und erhalte die richtige Antwort.

Der Nebeneffekt davon ist: Ich brauche mich nicht anzustrengen, um mir die Auskunft zu beschaffen und sie mir auch zu merken. Also wird mein Gedächtnis heutzutage viel weniger gefordert als früher.

Oder ich fahre mit dem Auto in eine mir noch unbekannte Gegend: Ich stelle das Ziel in mein Smarty, Abteilung „Navi" ein – und schon werde ich auf dem schnellsten oder dem kürzesten Weg dorthin geleitet, wo ich hin will. Eine Straßenkarte zu lesen, entfällt, also brauche ich das auch nicht mehr zu lernen. Und den Rückweg muss ich mir im Detail auch nicht merken. Auf die Navi-Funktion meines Smartys ist ja Verlass!

Noch meine Großmütter hatten eine handwerkliche Geschicklichkeit, mit der sie Pullover oder Socken selbst stricken konnten. In der Adventszeit hat mein Opa als Junge mit Hilfe seiner Laubsäge aus Sperrholz Krippen oder Christbaum-Anhänger hergestellt. Wer kann denn so etwas heute noch? Dafür kann ich mir über „YouTube" jedes gewünschte Musikstück in bester Tonqualität herunterladen. Wozu muss ich dann selbst ein Musikinstrument beherrschen und meine kostbare Zeit mit Üben verschwenden?

Wer schreibt denn heute noch Briefe mit der Hand? Weihnachts- oder Glückwunschkarten zu schreiben, habe ich mir schon lange abgewöhnt. Nur einige Geburtstagsgrüße schreibe ich tatsächlich noch mit der Hand.

Derartige Beispiele könnte man noch stundenlang weiter aufzählen. Mit jeder neuen Generation werden weitere Erledigungen des täglichen Lebens von Maschinen, Automaten und Robotern übernommen. Auch künstliche Intelligenz nimmt mir mehr und mehr das Denken ab! Fazit: Mit fortschreitender Technik werden die nächsten Generationen in der breiten Masse immer dümmer, fauler und handwerklich ungeschickter. Wo wird das in den nächsten Jahrhunderten noch hinführen? Und das betrifft nicht nur die geistige Rückentwicklung. Wer geht denn heute noch zu Fuß kilometerweit, um irgendetwas zu erledigen, das außerhalb seines/ihres Wohnortes liegt? Arme und Beine werden immer weniger gefordert und werden sich demzufolge über Generationen zurückbilden.

Das macht mir schon Sorgen im Hinblick auf die Zukunft unserer Enkel und Ururenkel, denn ich habe diese Erscheinungen in ihren Anfängen jahrzehntelang bei meinen Schülern beiderlei Geschlechts mit Sorge beobachtet. Aufgrund der mangelnden Bewegung sind jetzt viel zu viele Kinder zu dick. Auch die Feinmotorik der Hände hat bereits deutlich nachgelassen.

Der einzige Weg, um der körperlichen Verkümmerung zu entgehen, ist Sport zu treiben (wobei hier Schach und Angeln ausgeschlossen sind). Aber das Problem bleibt trotzdem noch weitgehend ungelöst: Die Schüler müssen – jedenfalls in den Oberstufen – heutzutage so viel und so lange lernen, dass kaum Zeit für das körperliche Training übrig bleibt. Nicht einmal genügend Zeit bleibt, um zusammen mit den Freundinnen oder Freunden Filme anzuschauen oder gar interessante Gesellschaftsspiele zu spielen. Dafür chattet man übers Internet.

Statt persönlicher Begegnung hat man eben nur Bild und Ton auf dem Smartphone-Display.

Das sind die Schattenseiten des technischen Fortschritts.

Die Auswirkungen der technischen Entwicklung der letzten 150 Jahre auf das soziale Leben kann man von zwei Seiten betrachten. Dies meine ich hier vorwiegend aus deutscher und mitteleuropäischer Sicht.

Für den einzelnen Menschen betrachtet, war es ab Mitte des 20. Jahrhunderts ein Vorteil, dass Autos zu Preisen hergestellt werden konnten, die sich fast jeder Berufstätige leisten konnte. Das ermöglichte große Mobilität. Man konnte im Grünen, also auf dem Land wohnen, wenn man das wollte, und in der Stadt arbeiten. Man konnte im Urlaub an die See fahren oder im Winter in die Berge. Die Kehrseite dieser Entwicklung war aber dies: verstopfte Straßen und Autobahnen, übervolle Strände, gefährlich überfüllte Skipisten, zersiedelte Landschaften, Luftverschmutzung und Lärmbelästigung in den Städten und noch einiges mehr. Vieles davon ist leider auch heute noch so, obwohl sich der Straßenverkehr etwas entspannt hat, da sich viele Bürger inzwischen eine Flugdrohne leisten können. Aber dort, wo es schön ist, seinen Urlaub zu verbringen, ist es nach wie vor meist überfüllt. Das Skifahren in den Alpen ist ja auch nur noch in ganz wenigen Höhenlagen möglich. Der Schnee früherer Jahre ist verschwunden.

Nun erhebt sich die Frage: War in der „guten alten Zeit", also noch vor der rasanten technischen Entwicklung, alles besser?

Ja, in mancher Hinsicht schon, aber in den meisten Dingen nein. Was sich damals nur betuchte Familien leisten konnten, steht seit der Zeit nach dem Zweiten Weltkrieg einer breiten Bevölkerungsschicht zur Verfügung. Dafür gab es bis ins vorige Jahrhundert für unsere Eltern und Großeltern noch breite und unverschmutzte Badestrände, Tiefschnee-Skipisten in den Mittelgebirgen und den Alpen, Motorbootfahrten auf Seen und Meeren, uneingeschränktes Kinderzeugen (ab dem vierten Kind gab es mal einen „Mutterkreuz"-Orden) und so weiter.

Aber heutzutage stehen uns dank technischer Fortschritte ganz andere Möglichkeiten offen, an die unsere Goßeltern noch nicht einmal im Traum denken konnten.

WANDEL DURCH TECHNIK

Der moderne Haushalt

Ich beginne mal damit zu beschreiben, was sich zunächst im Haushalt meiner Eltern und später in meinem eigenen im Laufe der vergangenen 60 Jahre verändert hat.

Meinen eigenen Haushalt habe ich dank meiner jahrzehntelangen Berufstätigkeit, dem Gehalt meines Mannes und auch nach seiner Emeritierung dank seiner Rente immer den neuesten Entwicklungen anpassen können.

Das Leben einer Hausfrau war noch zur Zeit meiner Urgroßeltern höchst beschwerlich, denn fast alle Tätigkeiten mussten per Hand und mit Muskelkraft erledigt werden.

Zum Beispiel das Waschen der Weißwäsche.

In den meisten Häusern gab es damals im Keller einen Waschraum mit einem großen Wasserkessel. Darin wurde mindestens einmal im Monat die „große Wäsche" erledigt. Die wurde gekocht. Dafür musste aber erst einmal der Kessel befüllt, das Feuer darunter mit Briketts beschickt und angezündet werden. Es dauerte dann eine ganze Weile, bis das Wasser zum Kochen kam und man den Kessel mit der Wäsche füllen konnte. Im Kochwasser wurde zunächst Seifenpulver, in späteren Jahren Soda und schließlich das damalige Waschpulver aufgelöst. Die gekochte Wäsche wurde dem Kessel mit einer großen hölzernen Wäschekelle entnommen und auf einem Waschbrett gerubbelt, um nach Möglichkeit die hartnäckigsten Flecke herauszuzwingen. Dann wurde die Wäsche noch einmal gekocht. Anschließend war das Spülen dran, um die Waschmittelreste herauszuspülen. Das erfolgte, falls vorhanden, in einem zweiten Kessel mit warmem Wasser. Die nasse und noch heiße Wäsche musste anschließend mit äußerster Kraft ausgewrungen werden. Später lieferte die

Technik einen per Hand drehbaren Wäschewringer zur Erleicherung. Nun war die Wäsche einigermaßen sauber, aber noch lange nicht trocken. Dort, wo ein sauberer Rasen vorhanden war, wurde nun die feuchte Weißwäsche bei schönem Wetter auf dem Rasen ausgebreitet, um letzlich ein reinweißes Waschergebnis zu erzielen. Wenn es sehr heiß draußen war, musste die Wäsche per Gießkanne wieder befeuchtet werden, denn die Sonne weigerte sich, trockene Wäsche zu bleichen.

Wir sind aber immernoch nicht fertig. Nach dem Bleichen musste die Wäsche auf Wäscheleinen zum Trocknen aufgehängt werden. War sie dann endlich trocken, musste sie gefaltet werden.

Um sie zu glätten, gab es zwei Möglichkeiten: Entweder die Hausfrau bügelte die Wäsche mit einem Bügeleisen, das mittels eines im Küchenherd glühend gemachten Eisenkerns aufgeheizt wurde. Oder man schaffte die Wäsche zu den damals häufig vorhandenen kostenpflichtigen „Mangeln". Das waren schwere Ungetüme, die durch langsames Hin- und Herrollen die über Holzrollen aufgewickelten Wäschestücke glattpressten. Anschließend musste die Wäsche wieder abgewickelt, zusammengelegt und endlich im Wäscheschrank, meistens zusammen mit einem Stück edel duftender Feinseife, eingeräumt werden.

Hinzuzufügen wäre noch, dass die Mangeln zunächst per Hand in Bewegung gesetzt werden mussten. Später gab's dann elektrische Mangeln, allerdings auch elektrische Bügeleisen.

Nach so einem anstrengenden Groß-Wäschetag waren die Hausfrauen und ihre Helferin – soweit man sich eine solche leisten konnte – fix und fertig.

Nicht ganz so anstrengend, aber doch kraftaufwendig war die Teppichsäuberung. Die Teppiche wurden ins Freie geschleppt, im Hof über eine Klopfstange gezogen und mit einem Teppichklopfer regelrecht durchgeprügelt. (Das Klopf-Instrument aus Peddigrohr, einem Korbmaterial, wurde auch zuweilen bei der Kindererziehung benutzt.)

Später wurden Staubsauger und Klopfsauger erfunden und willkommen in den Haushalten aufgenommen, sofern man sich die damals noch recht teuren Geräte leisten konnte.

Heute erledigt ja ein Robot-Staubsauger automatisch die Reinigungsarbeit. Nur Staubwischen oder Fensterputzen wird noch per Hand erledigt.

Ich selbst beschäftige einmal pro Monat ein Reinigungsinstitut, das solche Arbeiten für mich erledigt.

Auch die Essenzubereitung und die Gartenarbeit waren damals viel schwieriger, zeitaufwendiger und kraftraubend.

Ich habe an meinem Haus einen kleinen Garten, in dem wunderbare Blumen und blühende Sträucher wachsen. Auch einige Exoten sind dabei, die früher hier niemals gewachsen wären, weil sie die viel zu kalten Winter nicht überstanden hätten. Rasen schneiden und Unkraut jäten auf den Wegen wird durch einen lernfähigen kleinen Garten-Roboter übernommen.

Das Unkraut-Jäten in den Beeten kann der Roboter leider immer noch nicht, weil er nicht in der Lage ist, Unkraut und Zierpflanzen voneinander zu unterscheiden.

Zweimal im Jahr kommt eine Gärtnerei-Mannschaft zu mir, um Laub und Garten-Abfälle zu beseitigen. Das Unkraut-Jäten erledige ich mit einem elektrischen Grubber in Minutenschnelle.

Es gibt ja den dummen Spruch von der „guten alten Zeit", den ich schon einmal bemüht habe. Nein, also so, wie ich sie hier hinsichtlich der Haus- und Gartenarbeit beschrieben habe, war die Zeit damals zwar alt, aber gut war sie sicher nicht.

Wie viel besser geht es uns doch heute!

Für die Wäsche steht mir eine Waschmaschine mit verschiedenen Programmen für Weiß- oder Buntwäsche zur Verfügung. Der moderne Trockner mit Zusatzgerät liefert mir die Weißwäsche schrankfertig gefaltet, natürlich trocken und blitzsauber zurück. Beschädigte Wäschestücke werden automarisch aussortiert. In gewaschene Hosen kann ich mir sogar eine Bügelfalte einpressen lassen.

Zum Kochen verwende ich meistens einen Thermomix, den es seit etwa 70 Jahren gibt, der aber heute viel mehr erledigen kann als zu Beginn. Es gibt zwar heute noch vereinzelt Supermärkte für Lebensmittel und Waren des täglichen Bedarfs,, aber dafür muss man ja außer Haus gehen oder fahren. Ich mache das meistens so:

Ich stelle im Fernseher, der mit dem Internet verbunden ist, die Sendung an: „Was essen wir heute und morgen?" und lasse die mit Nummern bezeichneten Vier-Gänge-Mahlzeiten an mir vorübergleiten, bis ich eine mir zusagende Speisenfolge entdeckt habe. Diesen Vorgang kann ich beliebig oft wiederholen. Ein Richtpreis ist für jeden einzelnen Gang angegeben. Auf meinem Smartphone tippe ich ein: COR für Corinna (das ist das Kürzel dieser Sendung) und die Zahlen 1, 2, 3 oder 4 etc. für die Personenzahl, für die das Essen bestimmt ist, dann die Dinner-Nummer, wenn ich den Vorschlag komplett akzeptiere.

Ich kann mir aber auch aus dem gesamten Vorschlagspaket ein Menü oder auch nur einen einzigen Gang zusammenstellen durch Eingabe der Menü-Nummer plus der Bezeichnung +a für das Vorgericht, +b für die Suppe, +c fürs Hauptgericht und evtl. +d für den Nachtisch. Darauf folgt die Frage, ob ich das Gewünschte verzehrfertig (in der Mikrowelle, außer dem Nachtisch, noch zu erwärmen) oder vorbereitet für den Thermomix geliefert haben will. Ich treffe diese Entscheidung.

Dann gebe ich von einer gleich darauf erscheinenden anderen Liste, die die infrage kommenden Lieferanten zeigt, per Mausklick den gewünschten Lieferanten ein – falls ich diesen nicht schon als Hauslieferanten gespeichert habe. Nach kurzer Zeit erscheinen der Preis, mein Name, die Lieferadresse und das Konto, von dem der Preis des Menüs abgebucht werden soll. Auch die gewünschte Lieferstunde und -Minute wird erfragt. Das wird mit einem Klick beantwortet, akzeptiert oder abgelehnt. Zur gewünschten Zeit brummt es in der Luft, und eine Drohne setzt das Ganze entweder direkt auf meinem Balkon oder auf dem nächsten, in meiner Straße gelegenen Drohnen-Landeplatz ab. Per Telefon werde ich von der erfolgten Lieferung benachrichtigt.

Natürlich geht das auch anders. Zum Beispiel wähle ich auf meinem Thermomix ein Gericht nebst Personenzahl aus. Auf meinem Smarty erscheint eine Liste mit den benötigten Zutaten und den erforderlichen Mengen. Nun entscheide ich, ob ich das Essen selbst zubereiten und mir nur die Zutaten liefern lassen will. Dieses Verfahren ist natürlich etwas billiger, als das Essen verzehrfertig kommen zu lassen.

Einfacher geht es wohl nicht.

Dass seitens der Lieferanten eine enorme Computerleistung und Organisation erforderlich ist, damit alles so klappt, versteht sich von selbst. Die preiswerteste Lösung ist allerdings, wenn ich eine komplette Wochenbestellung durchgebe. Was auch immer ich wähle – ich muss dafür keinen Schritt aus dem Haus gehen, fliegen oder fahren.

Meine eigene Flugdrohne habe ich allerdings schon vor vier Jahren abgeschafft.

Eigentlich sollte ich auch nicht mehr Auto fahren, denn ich sehe nicht mehr sehr gut. Aber seit zwei Jahren fahre ich ein vollautomatisches Auto, das viel besser sieht als ich selbst. Es erkennt Gefahren-Situationen viel früher, als irgendein Mensch dazu in der Lage wäre. Es fährt elektrisch, bewahrt mich vor Unfällen, hilft beim Einparken, und ich kann es zu Hause auftanken. Ich hätte mir auch ein Brennstoffzellen-Auto kaufen können, das nur alle 700 Kilometer eine Wasserstoff-Füllung braucht. Aber ich muss nicht mehr so weite Strecken fahren, und wenn doch, dann fahre ich mit der superschnellen unterirdischen Transrapid-Bahn. Davon werde ich später noch berichten. Aber vorweg: Das finde ich einfach toll, unterirdisch auf langen Strecken schneller als ein normales Passagierflugzeug zu sein.

Was mein Opa in seinem Buch „Zukunft?" angeregt hat, ist wahr geworden, und wie! Das war und ist ein Welterfolg. Auch heute werden immer noch neue unterirdische Hochgeschwindigkeits-Strecken gebaut, die ja obendrein umwelt- und naturschonend sind.

Aber die Transrapids brauchen auch eine ganze Menge elektrische Energie.

Atomstrom

Eine der raffiniertesten Entwicklungen unseres Jahrhunderts sind die neuen Atomkraftwerke, die auf dem Prinzip der Kernverschmelzung aufgebaut sind.

Nach hundert Jahren Einsatz der alten Atommeiler hatte sich eine Unmenge von gefährlich strahlendem Müll angesammelt, bestehend aus abgebrannten Urandioxid- oder Plutoniumdioxid-Brennstäben. Wohin damit?

Die Finnen hatten entdeckt, dass ein großer Teil des Untergrundes ihres Landes aus massivem Granit besteht. Sie kamen auf die schlaue und auch hochwillkommene Idee, ein riesiges unterirdisches Atom-Endlager zu bauen. Sie haben – trotz vieler Proteste der Bevölkerung – Unmengen von ausgebrannten Brennstäben aus aller Welt dort eingelagert und damit Milliarden von Euro und Dollar verdient.

Doch dann machten französische Wissenschaftler in Zusammenarbeit mit internationalen Wissenschaftlern eine bahnbrechende Erfindung. Sie entwickelten in Aix-en-Provence (Südfrankreich) einen Kernfusionsreaktor, der zwar sehr teuer in der Herstellung, aber auch in der Lage ist, große Energiemengen ohne strahlenden Abfall zu erzeugen.

Die Chinesen haben dazu ein Verfahren entwickelt, in den neuen, umweltfreundlichen Kernverschmelzungs-Kraftwerken als Brennstoff die ausgedienten strahlenden Uran- oder Plutomium-Brennstäbe zu verheizen und die tödlichen Strahlen in nützliche Energie umzuwandeln.

Nun ist Finnland plötzlich, anstatt als Atommüll-Endlager zu dienen, zum bedeutendsten Lieferanten von Brennstoff für Kernverschmelzungs-Kraftwerke geworden und verdient noch einmal einen Batzen Geld damit!

Aber mit dieser Entwicklung steht die Menschheit auch heute wieder vor einer Grundsatzfrage: Wenn die Kernverschmelzungs-Kraftwerke den alten Atommüll strahlenfrei schlucken, dann können wir doch alle weiterhin Atomkraftwerke nach der alten Methode der Kernspaltung bauen. Eine Kernfusionsanlage kostet ein Mehrfaches davon, ist sehr schwierig anzuheizen und auch aufwendig in der Unterhaltung des Betriebes.

Eine Million Grad Hitze mit enormen Druckverhältnissen stellt dazu noch im Falle eines Super-Gaus eine große Gefahr für die Öffentlichkeit dar.

Somit werden also eines Tages wieder mehr herkömmliche Atomkraftwerke auch wieder mehr Atommüll erzeugen, als die vorhandenen Kernfusionsanlagen als Brennstoff schlucken können. Damit hätten wir also dann wieder das alte Problem: „Wohin mit dem gefährlichen Atommüll?" Nun, die Finnen werden sich jedenfalls über jede Lösung freuen.

Der Flugverkehr

Die seit 2026 gebauten unterirdischen Transrapid-Strecken haben der Luftfahrt-Industrie schwere Verluste zugefügt. Auch die mehrfach erweiterten Flughäfen haben infolge der Konkurrenz der superschnellen Transrapid-Schwebebahnen schwere Einbußen erleiden müssen. Andererseits waren die Flugzeuge an die Grenzen ihrer Leistungsfähigkeit herangekommen – wie auch vorher schon die ICE-Züge.

Das Überschall-Flugzeug Concorde, das zwischen 1976 und 2003 in Betrieb war, erreichte in 18.000 Metern Höhe eine Geschwindigkeit von maximal 2.200 km/h. Der schnellste Flug von New York nach London dauerte gerade mal zwei Stunden und 53 Minuten.

Doch das Ende nahte mit dem Absturz einer Concorde an 25. Juli 2000, einen Tag nach meiner Geburt. Damit ging erst einmal eine hoffnungsvolle Äera in der Entwicklung des Flugverkehrs zu Ende. Man kann das durchaus mit dem damaligen, vorläufigen Ende der linearmotorbetriebenen Transrapid-Entwicklung vergleichen, das ebenfalls durch einen tragischen Unfall eingeleitet wurde.

Auch bei der Concorde hatte das Unglück nichts mit einer fehlerhaften Konstruktion des Flugzeuges zu tun. Ein Stück

Metall war auf dem Flugfeld Paris Charles de Gaulle von einer vorher gestarteten Maschine verloren worden und lag nun auf der Startbahn. Ein Reifen der mit hoher Startgeschwindigkeit dahinrasenden, kurz vor dem Abheben befindlichen Maschine Flug 4590 berührte das Metallteil und platzte. Die Reifenfetzen durchschlugen ein Kabel des Fahrgestells und trafen danach die Unterseite des linken Tragflügels, in dem ein Kerosintank untergebracht war. Es entstand ein Loch im Tank. Das auslaufende Kerosin traf auf das zerrissene Kabel, wodurch ein Kurzschluss-Funken die Maschine sofort in Brand setzte. Zum Startabbruch war es zu spät. Die brennende Maschine stürzte auf ein Hotel. Alle 109 Menschen an Bord und vier Bewohner des Hotels kamen ums Leben.

Nach dem Unglück wollte kaum noch jemand einen teuren Flug mit der Concorde buchen. Aus heutiger Sicht wären Überschall-Flüge mit den damaligen Maschinen ohnehin nicht mehr erlaubt, denn der umweltschädliche Treibstoffverbrauch war ungeheuer hoch.

Eine Abgas-Konzentration in einer Höhe von 18.000 Metern ist zudem ein Klima-Risiko erster Güte.

Doch der Gedanke an Überschallflüge zur schnellen Verbindung zwischen den Kontinenten ist danach durchaus nicht für alle Zeit begraben worden.

Seit etwa 30 Jahren gibt es nun Überschall-Flugzeuge, die mit Wasserstoff betankt werden und die in einer Höhe von 30.000 Metern vierfache Schallgeschwindigkeit erreichen können. Deren Abgase bestehen aus reinem Wasserdampf, der in dieser Höhe sofort zu winzigen Eiskristallen gefriert. Diese sind für die Erholung des Klimas sogar nützlich, denn Schneeflocken, die aus großen Höhen langsam zur Erde herabsinken, funktionieren ähnlich wie die zum großen Teil geschmolzenen Polkappen. Und die kleinen Eiskristalle reflektieren, wie einst die Polkappen, Teile der Sonneneinstrahlung. Ersetzen können sie die Funktion der Polkappen allerdings nicht.

Die für lange Flugstrecken eingesetzten Wasserstoff-Überschall-Maschinen fliegen wesentlich billiger als damals die Concorde, denn sie brauchen mengenmäßig weniger Treibstoff, sind dadurch beim Starten wesentlich leichter und – Wasserstoff ist im Gegensatz zu Kerosin steuerfrei. (Zu Zeiten der Concorde war Kerosin allerdings auch noch steuerfrei.)

Ein neues Verkehrssystem

Nachdem der Welt-Flugverkehr etwa 2025 Ausmaße angenommen hatte, die weder umweltfreundlich noch personell sicher beherrschbar waren, wurde unter deutscher Federführung ein neuartiges, unterirdisches Verkehrssystem entwickelt. So ganz neu war das System in seinen Einzelkomponenten allerdings nicht. Bis 2011 gab es schon Versuche mit einer Magnet-Schwebebahn, die mit einem Linearmotor angetrieben wurde. Diese Bahn erreichte schon damals eine Geschwindigkeit von 450 km/h. Die Versuche wurden aber nach einem schlimmen Unfall eingestellt.

Nachdem auch noch ein schlimmes Unglück mit einem ICE-Zug passiert war, wurde nun nach einem Verkehrssystem gesucht, das den umweltschädlichen Kurzstreckenflügen den Kampf ansagen sollte. Man nahm also die Versuche und Weiterentwicklung der superschnellen, linearmotorbetriebenen Transrapid-Bahnen wieder auf.

Neu war nun allerdings der Gedanke, die schnelle Magnetbahn gänzlich unter die Erde zu verlegen und gleichzeitig die Tunnelstrecken auf Weltraumbedingungen zu reduzieren, das heißt, jeden Luftwiderstand zu beseitigen, wodurch viel höhere Geschwindigkeiten mit weniger Energieaufwand erzielt werden können.

Um Hunderte von Kilometern Fahrstrecke unter die Erde zu verlegen, bedurfte es der Entwicklung neuartiger Tunnel-Vortriebs-Bohrmaschinen, die gleichzeitig mit ihren Zusatzgeräten auch die Abstützung, die Absicherung und die Tunnelverkleidung übernehmen können. Außerdem musste das Problem der Grundwasserableitung gelöst werden.

Nachdem auch die Evakuierung und damit eine stabile Luftleere der Tunnel-Röhren erreicht war, mussten weitere neuartige Aufgaben gelöst werden. Die Züge müssen zwar im luftleeren Raum fahren, doch müssen sowohl an den Haltestellen als auch bei Notfällen auf der Strecke die Passagiere unter normalen Luftdruckverhältnissen aussteigen können.

Es hat einige Jahre gedauert, bis alle diese technischen Probleme bis zur Verkehrssicherheit gelöst waren. Die Züge sollten ursprünglich mit 600 km/h Geschwindigkeit dahinschweben. Doch nachdem die Russen eine zu 100 Prozent dichte Auskleidungsfolie erfunden hatten, die in einem Arbeitsgang mit der Tunnelbohrung aufgetragen wird, konnte das Vakuum in der Fahrstrecke weiter verbessert werden, was eine noch höhere Geschwindigkkeit ermöglicht.

Solch enorme Geschwindigkeiten erfordern natürlich eine fast schnurgerade und glatte Fahrstrecke. Bei Zielen mit unterschiedlichen Höhenlagen darf die Steigung auch nur ganz allmählich erfolgen. Eine Holperstrecke ist ganz undenkbar bei 800 bis 1.000 km/h. Aber um das ausgeglichene Fahrniveau auf Dauer unverändert zu erhalten, bedarf es einer permanenten, millimetergenauen Überwachung der Fahrstrecke. Besonders unterhalb von Gebirgen wackelt hin und wieder der Untergrund, denn einige Gebirge, zum Beispiel die Alpen, befinden sich ja noch in der Wachstumsphase. Um einen völlig ungestört ebenen Strecken-Untergrund bei festgestellten Bergbewegungen zu bewahren, musste für kleinere Bewegungen eine Automatik für die Korrektur einer Minimal-Verschiebung erdacht werden.

Die Montage des Linear-Motors erfolgt auf einer nahtlosen, dicken Stahlbetonplatte, die in einer Wanne auf einem elastischen Untergrund eingebettet liegt. Kleinere Erdbewegungen werden so automatisch aufgefangen, ohne dass eine Veränderung der eigentlichen Fahrbahn eintritt. Die absolut korrekte Lage der Fahrstrecke wird von hochempfindlichen Sensoren überwacht. Bei plötzlichen, größeren Bergbewegungen muss aber eine Techniker-Mannschaft eingesetzt werden, die die notwendige Reparatur vornimmt. Dann, aber nur dann, müsste der Zugbetrieb für die Dauer der Reparatur stillgelegt werden.

Die Automatik zur Korrektur der kleineren Veränderungen des Untergrundes zu perfektionieren, war wohl eines der schwierigsten Probleme. Die Lösung lautet: Die obersten Schichten der elastischen Masse, auf der die Betonplatte ruht, auf welcher der Linear-Motor montiert ist, besteht aus einer bestimmten Mischung aus Plastikkügelchen, die durch elastischen Klebstoff zusammengehalten werden. Bei Veränderungen des Untergrunds durch den Berg oder durch andere Einflüsse wird durch eine mitverlegte Leitung mittels eines von den hochempfindlichen Sensoren gesteuerten Robotors Plastikmasse eingefügt oder entnommen, um die haargenau berechnete alte Position wiederherzustellen. Kontrolliert wird der ganze Vorgang in Deutschland von der Fahrsicherheitszentrale in Berlin, die ja für alle deutschen und zum Teil auch für europäische Strecken zuständig ist.

Ein Unfall unter der Erde bei 800 oder gar 1.000 km/h ist undenkbar und darf – ähnlich wie ein Supergau im Atomkraftwerk – einfach nicht vorkommen.

Am 4. Mai 2027 waren aber alle Probleme gelöst, und eine ausreichende Anzahl von Probefahrten war unfallfrei absolviert.

Der öffentliche Fahrbetrieb konnte aufgenommen werden.

Ganz nebenbei gesagt, wurde der Kurzstreckenflug zwischen Hamburg und Berlin am gleichen Tag verboten. Der erste wirklich wirksame Schritt zur Verbesserung der irdischen Luft war getan.

Heute, 53 Jahre nach Eröffnung der ersten Transrapid-Strecke, existieren nach der neuesten Statistik bereits ca. 500.000 Kilometer unterirdische Schwebebahn-Strecken auf allen Kontinenten.

Die Außerirdischen

Ein unvergessliches Erlebnis war es für mich im Jahre 2025, am Fernseher die erste Mondbesiedelung des 21. Jahrhunderts mitzuerleben. Davor waren zwar auch schon Menschen auf dem Mond gewesen, aber seit 1972 war in dieser Hinsicht Sendepause. Die

Frage war ja: Was wollen wir dort? Eine Reise zum Mond kostet Unsummen, und was hat uns das alles eingebracht?

Ein Karnevalsschlager belehrte die Welt sehr weise über die Erkenntnisse solcher Reisen:

> *Die Fahrt zum Mond hat sich gelohnt!*
> *Nun weiß die Wissenschaft*
> *im Grunde ganz gewissenhaft,*
> *dass sich die Fahrt zum Mond nicht lohnt.*
> *Drum hat die Fahrt zum Mond*
> *sich schließlich doch gelohnt!*

Die tatsächliche Erkenntnis war, dass das Mondgestein aus dem gleichen Material besteht wie das der Erde auch, nur dass dort jegliche organischen Einschlüsse fehlen. Die Schlussfolgerung daraus ergab sich automatisch: Der Mond muss lange vor der Entstehung irdischen Lebens aus dem Erdmaterial entstanden sein. Folglich muss der Mond bei einem Zusammenprall der Erde mit einem eingefangenen Himmelskörper aus der Erdmasse herausgeschleudert worden sein. Ob dieser Vorgang im Schöpfungskonzept einer „Höheren Macht" gelegen hat, weiß natürlich niemand wirklich.

Also, was wollte man nun Mitte der zwanziger Jahre wieder auf dem Mond veranstalten?

Wie wir heute alle wissen, galt als nächstes Reiseziel bei der Erforschung des Sonnensystems die Landung auf dem Mars. Der Mond musste dabei als Zwischenstation und Tankstelle für die weite Reise dienen. Bekanntlich hat der Mond nur ein Sechstel der Erdanziehungskraft. Ein Start von dort spart also enorm an Treibstoff. Dennoch hätte die Reise zum Mars allein auf dem Hinweg mehrere Monate gedauert, je nachdem, wie weit der Mars gerade von der Erde entfernt ist. Und der Rückweg zur Erde wäre auch noch ein gewaltiges Risiko gewesen, ganz abgesehen davon: Welchem erwachsenen Menschen, Mann oder Frau, könnte man eine solch lange und gefährlich ungewisse Reise mit einer jahrelangen Trennung von der Familie zumuten? Mit den bisher erreichten Geschwindigkeiten bei der Fortbewegung im All wäre das Unternehmen kaum machbar gewesen. Es musste also ein neuer Weltraum-Treibstoff erfunden werden.

Mit dem neuen, nahezu gewichtslosen Mikrowellen-Antrieb „EM-Drive", der im Raumschiff selbst durch Sonnen-Energie erzeugt wird, gelingt das Vorhaben. Der Vorschub ist zwar gering, daher kann er nur eingesetzt werden, wenn das Raumschiff bereits im schwerelosen Raum unterwegs ist. Der Ausstoß aber erfolgt mit annähernder Lichtgeschwindigkeit, so dass damit tatsächlich etwa ein Viertel der Lichtgeschwindigkeit durch das Raumschiff selbst erreicht werden kann. Die Marsreise verkürzt sich daher vom Mond aus auf ca. 50 Tage.

Das Viertel Lichtgeschwindigkeit (das sind 75.000 Kilometer pro Sekunde!) kann auf der Reise natürlich nur für kurze Zeit erreicht werden (wenn überhaupt), denn bei der schwachen Schubkraft des neuartigen Antriebs und wegen der begrenzten körperlichen Belastbarkeit der Besatzungsmitglieder dauert es viele Tage, bis diese Geschwindigkeit überhaupt erreicht werden kann.

Und genau so ist es umgekehrt auch bei der Abbremsung.

In der Zwischenzeit sind bis heute nun mehrere Mondlandungen erfolgt. Man hat in drei verschiedenen Gegenden des Mondes Aufenthaltsräume errichtet, die den Astronauten umfangreiche Versuche mit dem neuen Treibstoff ermöglichen. Die bemannte (und „befraute") Reise zum Mars soll nun in diesem Jahr stattfinden, nachdem schon einige Roboter mit Hilfe der neuen Antriebstechnik dort innerhalb von 40 Tagen erfolgreich gelandet sind. Einem Roboter kann man ja höhere Beschleunigungsbelastungen zumuten als einem Menschen.

Die drei Mondniederlassungen gehören der USA, Europa (einschließlich Russland) und China, die ihre Stationen getrennt mit Nachschub versorgen. Die wissenschaftliche Zusammenarbeit scheint aber sehr gut zu funktionieren.

Die seit einigen Jahren zur Verfügung stehenden Quanten-Computer ermöglichen den dort arbeitenden Wissenschaftlern, die umfangreichsten Berechnungen in unglaublicher Schnelligkeit vorzunehmen. Für eine monatelang andauernde Marsmission sind Hunderttausende von Details zu bedenken, damit die mutigen Astronauten und Astronautinnen eine faire Chance haben, heil wieder zur Erde zurückzufinden.

MACHT EUCH DIE ERDE UNTERTAN!

Erste subterrestrische Reise

Dank des Erbes meines Opas konnte ich es mir leisten, schon in meinen Semesterferien mehr oder weniger ausgedehnte, aber immer besonders interessante Reisen zu unternehmen. Ich habe als junge Dozentin zum ersten Mal eine Fahrt mit dem superschnellen unterirdischen Transrapid von Hamburg nach Berlin unternommen. Das war im Jahr 2029. Meine Schwester Paula konnte mich begleiten, denn sie hatte gerade ihren ersten Urlaub von ihrem Forschungslabor bekommen, wo sie nach ihrem Chemie-Studium arbeitete.

Das neue Verkehrssystem gänzlich unter der Erde war beeindruckend.

Paula hatte anfangs noch ein bisschen Angst, wegen der hohen Geschwindigkeit, die unter der Erde im künstlich hergestellten luftleeren Raum erreicht wird. Auch ich hatte ein wenig Angst. Das gestehe ich heute, damals habe ich mir aber nichts anmerken lassen.

Doch die nahtlos eingebauten Überwachungssensoren sorgen für absolute Sicherheit und bemerken rechtzeitig, wenn im Bereich der Strecke irgendeine Erdbewegung oder eine andere Störung stattfinden sollte. Selbst Erdbeben können heute bei den üblichen kleinen Vorbeben (aufgrund japanischer Erfahrungen) vorausberechnet werden. Der Zugbetrieb würde dann sofort angehalten. Bis heute ist jedenfalls noch kein ernsthafter Unfall passiert.

Seit dieser ersten Fahrt bin ich ein Transrapid-Fan und habe schon viele tausend Kilometer unterirdisch zurückgelegt. Mein Smartphone-Tagebuch stand mir stets treu zur Seite, um über die wechselvolle Zeit meiner Unternehmungen berichten zu können.

Die ersten unterirdischen Transrapid-Fahrten zwischen Flughafen Hamburg und Flughafen Berlin (BER) dauerten ca. 70 Minuten einschließlich der Wartezeiten an den beiden Hauptbahnhöfen. Heute schafft der Transrapid das in 40 Minuten, wobei der Zug die Strecke zwischen den beiden Hauptbahnhöfen in jeweils 20 Minuten bewältigt. Die erste Fahrt vom Flughafen Hamburg-Fuhlsbüttel bis zum Hauptbahnhof dauerte damals allein schon ca. 25 Minuten einschließlich Haltezeit. Aber am Anfang der Transrapid-Entwicklung betrug die Höchstgeschwindigkeit der Züge noch 600 km/h, während heute auf den längsten Strecken schon 1.000 km/h erreicht werden.

Meine Schwester und ich fuhren zunächst mit dem ICE von Aachen nach Hamburg Hbf. und wollten von dort aus über die erste fertiggestellte unterirdische Strecke nach Berlin Hbf. „schweben". Ein Hotelzimmer hatten wir in der Nähe gebucht.

In Hamburg angekommen, hatten wir noch zehn Minuten Zeit, bis der Transrapid, der von Kopenhagen kam, ab Hamburg weiterschweben sollte.

Wir mussten uns vom ICE-Bahnsteig entweder per Fahrstuhl oder über eine lange Rolltreppe in die unterste Bahnhofsebene begeben. Unten angekommen, durften wir aber noch nicht auf den Bahnsteig, sondern mussten in einem Wartesaal – wo man auch etwas essen und trinken konnte – auf die Ankunft des Zuges warten. Der kam auch auf die Minute pünktlich an – genau wie der Gegenzug aus Berlin. Erst nachdem alle Reisenden, die hier aussteigen wollten, den Zug verlassen hatten, wurde die Tür zum Bahnsteig geöffnet. Wir wussten durch die Anzeigetafel, wo der Waggon mit unseren numerierten Plätzen hielt. Einen Zug ohne Fenster hatten wir vorher noch nie gesehen. Es sah futuristisch und etwas unheimlich aus.

Kaum hatten wir Platz genommen, ging es los. Zuerst mussten zwei Schleusen passiert werden, bis der Vacuum-Teil der Strecke begann. Von da an wurden wir sanft in unsere Sitze gepresst. Auf einem Anzeigenmonitor konnten wir unsere Beschleunigung ablesen: 300 – 350 – 400 – 450 – 500 – 550 – 600 – 630 km/h war zu lesen. Nach wenigen Minuten verminderten sich die Anzeigen, bis sie wieder bei 0 gelandet waren. Dies erfolgte etwa 30 Minuten, nachdem wir in Hamburg losgefahren waren. Wir konnten kaum glauben, dass wir unser Ziel schon erreicht hatten. Während der Fahrt konnte man auf dem Monitor zwischen den Geschwindigkeitsanzeigen Bilder der Städte und Landschaften sehen, die wir gerade unterirdisch passiert hatten. Gehört hat man auf der ganzen kurzen Fahrt nur leise Musik, die kaum wahrnehmbar von einem leisen Summen untermalt war. Dies war auch das einzige Fahrgeräusch.

Also das war schon ein tolles Erlebnis – nur leider viel zu kurz. Übrigens: Wir haben auf der Fahrt und auf den beiden Transrapid-Halte-Ebenen keinen einzigen Bahnangestellten zu Gesicht bekommen.

Unsere Fahrkarten mussten wir vor dem Einsteigen zwecks Kontrolle der Gültigkeit unter einen Bildschirm halten. Hätten wir keine gültige Fahrkarte gehabt, hätte uns eine Stimme aufgefordert, uns den Wegweisern nach ins Stationsbüro zu begeben. Bei Nichtbefolgung wäre unser Konto, das auf jeder Fahrkarte als Pflichtangabe vermerkt ist, mit etwa 500 Euro belastet worden. Aber das nur nebenbei.

Paula und ich fuhren über Rolltreppen nach oben und mussten uns erst einmal in dem riesigen Berliner Hauptbahnhof zurechtfinden. Doch unser Smartphone, Abteilung Navi, wies uns den kürzesten Weg zu unserem Hotel.

Seit meinem ersten Besuch in Berlin 2014, damals mit meinen Eltern, hatte sich schon wieder so vieles verändert. Vor dem Bahnhof standen jede Menge Taxis, die wenigsten mit Fahrern, die meisten vollautomatisch. Die sogenannten Robotaxis sind eine feine Sache. Die älteren Menschen kommen mit der Bedienung allerdings nicht so richtig klar. Die nehmen eben lieber ein Taxi mit Fahrer. Wir machten noch einen Stadtbummel und erreichten bequem zu Fuß unser Hotel.

Wir wollten am Abend ein Konzert in der Philharmonie besuchen, auf das wir uns schon lange gefreut hatten. Die Karten mussten wir schon Monate vorher bestellen. Die Taxi-Fahrt dorthin war schon etwas abenteuerlich. Per Handy riefen wir die

Nummer für automatische Taxen an. Fünf Minuten später meldete das Handy, dass der Wagen vor der Tür steht. Wir begaben uns zum Hotel-Ausgang und stiegen ein, nachdem sich die Wagentüren automatisch geöffnet hatten. In das aufblinkende Zahlungsgerät im Wagen schob ich meine Scheckkarte ein und gab durch das Mikrofon das Fahrziel an. Die Fahrzeugtüren schlossen sich automatisch, sobald wir Platz genommen hatten – sicher in der Absicht, dass wir nicht vor dem Bezahl-Vorgang im Freien stehen mussten. Die Berliner hatten gerade ein neues Zahlungs-Verfahren eingeführt (wahrscheinlich aufgrund schlechter Erfahrungen), damit das Taxi-Unternehmen sicher an sein Geld kommt. Bevor der Wagen losfuhr, zeigte das Gerät, in dem meine Karte steckte, den ungefähren Fahrpreis an. Auf dem Display erschien: „Zu unserer und Ihrer Sicherheit buchen wir ... Euro plus zehn Prozent von Ihrem Konto ab." Nachdem die Bank automatisch bestätigt hatte, dass das Konto ausreichend gedeckt war, ging es los. Eine Stimme bat höflich: „Bitte anschnallen!" Und schon reihte sich der Wagen elegant in den fließenden Verkehr ein. Wie sich dieser Wagen mit ziemlich hoher Geschwindigkeit durch den dichten Verkehr hindurchwurschtelte, war schon beeindruckend. Am Ziel angekommen, rief die bekannte Stimme wieder: „Bitte entnehmen Sie Ihre Karte. Der Fahrpreis beträgt ... Euro." Und tatsächlich sah ich auf meinem Smartphone, dass nur der tatsächliche Fahrpreis abgebucht war.

Das war alles. Den Preis habe ich inzwischen vergessen. Es war aber nicht teuer. Wohin der Wagen, nachdem wir ausgestiegen waren, anschließend fuhr, weiß ich nicht.

Ich fragte mich: Was wäre passiert, wenn meine Bank die Zahlung verweigert hätte? Ganz einfach. Die Türen hätten sich wieder geöffnet, die Stimme hätte verkündert: „Bitte steigen Sie wieder aus. Es gibt ein Problem mit Ihrer Bank. Bitte versuchen Sie es später noch einmal."

Wenn wir nach zwei Minuten nicht ausgestiegen wären, hätte der Wagen die Polizei um Hilfe gerufen. Das wäre dann sehr teuer geworden, denn schließlich ist es die Aufgabe der Taxis, Personen zu befördern und nicht, nutzlos herumzustehen.

Es war schon etwas gespenstisch zu erleben, wie alles ohne einen Menschen zu Gesicht zu bekommen bestens funktionierte.

Eine Weile später nahmen wir auf unseren numerierten Sitzen in der Philharmonie Platz.

Die schon etwas ergraute, weltberühmte Geigen-Virtuosin Anne Sophie Mutter, für die ich schon lange geschwärmt hatte, gab in Begleitung der Berliner Philharmoniker ein Konzert mit Werken von Beethoven, Mozart und Dvorák. Es war überwältingend, was diese Frau auf ihrer Geige an zauberhaften Tönen hervorbringen konnte. Ich bin sicher, wenn die drei Komponisten noch erlebt hätten, wie diese Künstlerin ihre Werke interpretiert – sie wären ihr begeistert um den Hals gefallen.

Nach langanhaltendem Beifall gab sie als Zugabe noch ein für sie persönlich komponiertes Solostück von John Williams zum Besten – wohl als Beweis, dass sie die Interpretation moderner Musik ebenfalls perfekt beherrscht.

Beglückt nach diesem ereignisreichen Tag sanken wir – etwas erschöpft – in unsere weichen Hotelbetten.

Den nächsten Vormittag nutzten wir für einen ausgedehnten Stadtbummel. Im Gegensatz zu unserer Heimatstadt Aachen fiel uns der starke Verkehr an Luft-Taxi-Drohnen auf, die in allen Richtungen – fast lautlos – durch die Luft wirbelten. Das sah schon etwas beängstigend aus. Aber das 5G-netzgesteuerte Navigationssystem funktioniert bestens, reibungslos und schnell.

Ich habe bisher nur von zwei Unfällen gehört. Die sind in Köln in der Nähe des Flughafens passiert. Die Ursache war kaum zu glauben: Alle Drohnen-Parkplätze waren besetzt. Die Drohnen fielen nach langer und vergeblicher Parkplatz-Suche schließlich vom Himmel, weil ihnen der Treibstoff ausgegangen war.

Wir hatten vorher noch nie ein Lufttaxi benutzt. Bei unserem Stadtbummel hatten wir eine Werbung für „Berlin von oben" bemerkt, die uns neugierig gemacht hat. Per Drohnen-Lufttaxi wurden Rundflüge angeboten für eine oder zwei Stunden Flugdauer. Der Preis war nicht gerade niedrig, aber das wollten wir als Abschluss unserer Kurzreise am nächsten Vormittag noch ausprobieren.

Ich bestellte per Smarty/Handy für zehn Uhr unter der angegebenen Nummer ein Lufttaxi zum Hotel für einen einstündigen Rundflug. Ziemlich pünktlich landete die Drohne für maximal sechs Personen auf dem Dach unseres Hotels. Die finanzielle Abwicklung lief genau so ab wie bei unserer gestrigen Taxifahrt. Und gleich danach waren wir bei schönstem Wetter in der Luft über Berlin. Während des vollautomatischen Fluges erklärte uns eine angenehme Frauenstimme, was wir unter uns aus etwa 200 bis 400 Metern Höhe zu sehen bekamen. Die Details habe ich inzwischen vergessen, aber Regierungsviertel, Wannsee und Müggelsee, Spree und Havel waren natürlich dabei. Um den Funkturm sind wir in Augenhöhe herumgeflogen, auch um den Fernsehturm und dabei konnten wir den Besuchern der Kuppel zuwinken. Nach genau einer Stunde landeten wir wieder auf dem Dach unseres Hotels.

An der raffinierten Technik der Lufttaxis fiel mir noch auf, dass man als Fahrgast absolut nicht auf den automatischen Ablauf des integrierten Software-Programms angewiesen ist. Durch ein Drücken auf einen gut gekennzeichneten Knopf hätte ich Kontakt mit der Zentrale aufnehmen können, z. B. um die Fahrt abzubrechen, oder.wenn ich das Schaukeln in der Luft nicht vertragen hätte. Das war schon 2029 eine perfekte Konstruktion.

Wir beendeten unsere Berlinreise natürlich wieder per Transrapid auf der Strecke Berlin-Hamburg. Am späten Abend waren wir wieder zu Hause.

Die Fahrt von Hamburg nach Köln dauerte auf unserer Reise an reiner Fahrzeit am längsten, obwohl die ICEs schon wieder mit 250 km/h dahinbrausten, aber wie früher leider schon immer, musste man in Köln umsteigen, um nach Aachen zu kommen. Aber der schnelle französische Thalys schaffte das auf der Strecke von Köln nach Paris bis Aachen auch schon in 25 Minuten.

Aus heutiger Sicht wäre unsere Reise natürlich anders verlaufen, denn die Transrapid-Strecke Berlin-Köln-Aachen-Brüssel ist ja längst fertiggestellt. Für die 540 Kilometer lange Strecke zwischen Berlin Hbf. und Aachen braucht man mit dem Transrapid heute einschließlich der kurzen Aufenthalte in Magdeburg, Hannover, Dortmund, Düsseldorf und Köln ca. eine Stunde und 40 Minuten. Pro Station beträgt der Aufenthalt ca. fünf bis zehn Minuten. Als reine Fahrzeit verbleiben somit 50 Minuten. Das entspricht einer durchschnittlichen Geschwindigkeit von 648 km/h.

Erste Afrika-Reise

Außer für die Berlin-Reise hatte ich während meines Studiums und in den nachfolgenden Jahren für längere Reisen keine Zeit. Nach meiner Hochzeit habe ich mich erst einmal um meinen Mann und die Kinder gekümmert. Außer zwei Babypausen musste ich meinen Beruf nicht einschränken oder gar aufgeben. Meine Arbeit hat mir immer Freude gemacht. Ich war auch bei den allermeisten Schülern, den Mädchen wie den Jungen, recht beliebt, denn ich habe viele Beweise von Zuneigung bekommen, sogar von einigen ehemaligen Schülern. Seit meinem 67. Lebensjahr bin ich pensioniert, obwohl ich gerne noch länger gearbeitet hätte.

Nachdem mein Mann mir erklärt hatte, dass er sein Leben ganz seinem Beruf als Wissenschaftler widmen wollte und private Fernreisen nicht zu seinem Lebensplan gehörten, haben wir uns darauf geeinigt, dass ich allein oder mit meinen Schwestern Auslandsreisen unternehmen werde. Wir leben nun mal in einer Zeit des Wandels, der die ganze Welt verändert, und das bewusst zu erleben, möchte ich in meinem Leben nicht verpassen. In unserer Ehe bleibt jedenfalls alles so harmonisch wie immer.

Ich wollte auch meinen Schülern und Schülerinnen – möglichst spielerisch – eine Wissensgrundlage vermitteln, die eine weitere Fortbildung ermöglicht und auch das Interesse wecken, die Ereignisse in der Welt besser verstehen zu lernen. Mir ist das – wie schon gesagt – auch recht gut gelungen.

Ab meinem 45. Lebensjahr habe ich dann begonnen, längere Reisen zu unternehmen, soweit das die Großen Ferien ermöglichten.

Meine erste Afrika-Reise habe ich aber erst 2056 erlebt.

Finanziell hatte ich kein Problem, denn das Vermögen meines Opas, das aus seinen Buchverkäufen stammte, ist über meine Eltern an mich und meine beiden Schwestern übergegangen.

Mein Opa hatte ja in seinem Buch „Zukunft?" darüber berichtet, dass von der RWTH (Rheinisch-Westfälische Techische Hochschule) Aachen, Außenstelle Jülich, ein leistungsstarkes Sonnenkraftwerk entwickelt wurde, das durch die Bündelung der Sonnenstrahlen Dampf, Wasserstoff und elektrischen Strom erzeugen kann.

Nachdem sich immer mehr wasserstoffbetriebene Brennstoffzellen-Fahrzeuge in der Welt durchgesetzt hatten, war das eine verlockende Möglichkeit, Wasserstoff in Nordafrika herzustellen und die Welt damit zu beliefern. Aber zur Dampferzeugung gehört Wasser, viel Wasser. Nachdem in Europa die ersten Versuche erfolgreich abgeschlossen waren, wurden in einem vergrößerten Maßstab einige Kraftwerke dieser Art mit deutschem Kapital in Marokko gebaut. Aber woher sollte man nahe der Sahara das Wasser nehmen? Aus dem Mittelmeer oder aus dem Atlantik natürlich. Man musste dann nur eine Vorrichtung erfinden, um das als Nebenprodukt verbleibende Salz weiterzuverarbeiten.

Der nächste Schritt war dann, mit dem reichlich erzeugten Strom einige Meerwasser-Entsalzungsanlagen zu bauen, mit dem die Städte mit Brauch- wie auch mit Trinkwasser versorgt werden konnten. Darüber hinaus wurde ein gigantisches Programm zur Bewässerung der Sahara entwickelt, mit dem zunächst einmal der nördliche und westliche Rand der Wüste mit Wasser versorgt werden konnte, womit dann Anpflanzungen möglich wurden.

Mit ein wenig Kunstdünger und dem nun reichlich zur Verfügung stehenden Wasser konnten Wälder und Äcker angelegt werden, wo vorher nur Sand und Stein war.

Die Chinesen haben mit sicherem Spürsinn sofort gewaltige Geschäfte mit den nordafrikanischen Ländern gewittert. Unter Umgehung deutscher Patente haben sie noch weit größere Sonnenkraftwerke errichtet und Ländereien in großem Stil aufgekauft, um Saatzuchtbetriebe und Baumschulen anzulegen, die die

Pflanzen zur land- und forstwirtschaftlichen Nutzung der einstigen Wüstengebiete liefern würden. Und so geschah es dann auch.

Ich habe in der Presse in all den Jahren verfolgt, wie sich zunächst Marokko allmählich wirtschaftlich entwickelt hat. Mit einiger Verzögerung setzte dann auch eine rasante wirtschaftliche Entwicklung in Algerien, Tunesien und etwas später in Libyen und Ägypten ein.

Ströme von Flüchtlingen aus den unerträglich heißen Gebieten der Sahelzone siedelten sich in den aufblühenden Ländern an, fanden leicht eine gut bezahlte Arbeit und mussten nicht mehr die lebensgefährliche Reise in viel zu kleinen, nicht mehr seetüchtigen Booten übers Mittelmeer antreten, um in Europa einer ungewissen Zukunft entgegenzusehen.

Nach den ersten erfolgreichen Versuchen, mit den riesigen neuen Sonnenkraftwerken die Energie für die Meerwasser-Entsalzung zu erzeugen, wurden weitere Kraftwerke installiert, die zunächst den erzeugten Wasserstoff für die Nachfrage der Autoindustrie nach Brennstoffzellen liefern sollten.

Doch gleichzeitig mit dem Aufbau der ersten Solarkraftwerke in Kombination mit der Meerwasser-Entsalzung entstand das gewaltige Projekt der Sahara-Rekultivierung.

Marokko zeigte sich als erstes afrikanisches Land sofort bereit für die zahlreichen gleichzeitig anfallenden Investitionen:
eigenes Kapital einzusetzen,
Kredite aufzunehmen,
ausländische Investoren, private wie staatliche, zuzulassen und Fremdarbeitern Arbeitsgenehmigungen zu erteilen.

Nun musste auch noch das Problem eines kostengünstigen Transportweges zwischen Afrika und Europa gelöst werden.

Etwa gleichzeitig mit dem ersten Solar-Großkraftwerk in Marokko wurde mit dem Bau der ersten unterirdischen Transrapid-Hochgeschwindigkeitsstrecke begonnen, die von Agadir als vorläufigem Endpunkt durch die Straße von Gibraltar unter dem Grund des Mittelmeeres und unter Gibraltar bis nach Cadiz in Südspanien geführt werden sollte.

Wegen der großen Mengen an Transportmaterial, mit denen ja richtigerweise gerechnet wurde, mussten die Röhren für die Bahnstrecken parallel für beide Richtungen gleichzeitig gebaut werden. Für später wurde eine weitere unterirdische Transrapidstrecke geplant, die ausschließlich dem Material- und Warentransport dienen sollte. In der Röhre Richtung Afrika verliefen neben der Bahnstrecke selbst auch die Starkstromleitungen aus dem südspanischen Kernfusions-Atomkraftwerk, das zunächst den benötigten Strom lieferte, der für den Aufbau der unterirdischen Transportstrecke und auch für den Bau der ersten Solarkraftwerke benötigt wurde. Gleichzeitig wurden große Windkraftanlagen errichtet, die den benötigten Strom auch nachts liefern konnten.

Die vordringlichste Aufgabe war es aber, die Meerwasser-Entsalzugsanlagen zu errichten, die ja das benötigte Wasser für die Wasserstoff-Erzeugung und für die Bewässerung der Wüste liefern sollten.

So entstanden Meerwasser-Entsalzungsanlagen und die dazu erforderlichen Energiequellen sowohl an der Mittelmeer- als auch an der Atlantikküste.

Zum Zeitpunkt meiner Reise war inzwischen auch die Personenverkehrsstrecke Madrid-Gibraltar-Tetouan-Rabat-Agadir fertiggestellt, sodass ich meine Reise von Aachen aus mit dem Transrapid und zweimaligem Umsteigen direkt bis Agadir einplanen konnte. Ein Flugzeug zu bemühen, erübrigte sich somit.

Ich fand es hochinteressant, selbst einmal an Ort und Stelle zu erleben, wie mit Hilfe modernster Technik eine trostlose Wüste in Wald- und Ackerland umgewandelt werden kann. Um nicht ganz unwissend vor der modernen Technik dazustehen, habe ich mich erst einmal informiert, wie so eine Meerwasser-Entsalzung funktioniert:

Mehrstufige Entspannungsverdampfung
Hierbei handelt es sich um ein thermisches Verfahren mit der Abkürzung „MSF" (englisch: Multi Stage Flash Evaporation). Es ist das am häufigsten eingesetzte Verfahren zur Meerwasserentsalzung.

Bei diesem Verfahren wird das zugeführte Meerwasser auf eine Temperatur von 115 Grad Celsius erwärmt. Das aufgeheizte Salzwasser verdampft in nachgeschalteten Entspannungsstufen unter Vakuum, der Wasserdampf schlägt sich als Kondensat innerhalb dieser Stufen an mit Meerwasser-Kühlflüssigkeit gefüllten Rohrleitungen nieder und wird als salzfreies Wasser in Kunststoffrohren abgezogen.

Das durch den Verdampfungsprozess immer stärker mit Salz angereicherte Meerwasser wird auch Brine (Salzlake) genannt und in einem nachgeschalteten Wärmeüberträger auf die Kondensationstemperatur des Dampfes (ca. 40° Celsius) abgekühlt. Es dient dann anschließend in den Rohrleitungen als Kühlflüssigkeit. Die Rohrleitungen selbst werden kontinuierlich mit Schwammgummikugeln von auskristallisierendem Salz gereinigt. Zuletzt wird dem Brine frisches Salzwasser zugeführt und das Gemisch erneut, vorwiegend durch Sonnenenergie, aufgeheizt. Der gesamte Vorgang stellt also einen geschlossenen Kreislauf dar. Der Überschuss des sich im Kreislauf konzentrierenden Salzes wird wieder ins Meer zurückgeführt oder zu Speisesalz weiterverarbeitet. (Wikipedia)

Die von Siemens in der Nähe von Agadir gebaute Entsalzungsanlage ist die weltweit größte dieser Art und entsalzt täglich 2,135 Millionen Kubikmeter Meerwasser. Üblicherweise werden mit dem Verfahren täglich bis zu 500.000 Kubikmeter Trinkwasser aus dem Meerwasser gewonnen. Da einige Pflanzen in den Bewässerungszonen auch leichtes Salzwasser vertragen, werden zu der Süßwassermenge zeitweise wieder – je nach Bedarf – zehn Prozent Meerwasser zugesetzt, um damit Energie zu sparen und den Pflanzen mit dem geringen Salzwasserbedarf die optimale Wachstumshilfe zu gewährleisten. Auch für die Weiterverarbeitung zu Trinkwasser müssen dem Kondenswasser noch mineralische Zusätze beigefügt werden.

Nachdem alle theroetischen und praktischen Vorbereitungen abgeschlossen waren, konnte die Reise beginnen.

Es war Sonntag, der 6. August 2056.

Die Fahrt Aachen-Agadir kostete damals hin und zurück 820,00 Euro. Für Nachtfahrten zwischen null und sechs Uhr gab es zehn Prozent Rabatt.

Man konnte damals wie heute auch die Fahrt beliebig unterbrechen. Kaufen konnte man damals – und selbstverständlich auch heute – die Fahrkarten nebst Platzreservierung per Smartphone. Der Zahlungsverkehr ist ja heute viel flexibler als zur Zeit meiner Eltern und Großeltern. Aber das begann erst mit der Einführung der superschnellen, intelligenten Quantencomputer, die in Blitzesschnelle jeden Vorgang kontrollieren und danach entsprechend handeln können.

Ich wählte also den Nachtzug. Er hielt zum ersten Mal nach wenigen Minuten Fahrzeit in Lüttich. Dort wurde der Zug in Sekundenschnelle neu zusammengestellt. Die Brüsseler, die in Richtung Paris fahren, werden angehängt, und die Waggons Richtung Brüssel werden mit denen aus Richtung Paris zusammengekoppelt. Und schon ging es weiter. Die nächsten Haltestellen waren Luxemburg, Reims und Paris. Spontan hatte ich mich entschlossen, in Paris meine Reise zu unterbrechen, um mir die Stadt anzusehen, die ich zuletzt vor 20 Jahren einmal besucht hatte. Ich bestellte noch während der Fahrt über mein Smartphone ein Hotelzimmer in der Nähe des Haltepunktes Gare du Nord. Mein Reisegepäck hatte ich vorher schon nach Agadir geschickt und hatte daher nur einen Rucksack mit dem Nötigsten dabei. Da es nachts gegen zwei Uhr war, bestellte ich mir per Smartphone eine Robot-Taxe für die kurze Fahrt zum Hotel. Ich dachte darüber nach, wie einfach heute unser Leben ist, alles per Handy innerhalb von Minuten erledigen zu können. Noch meine Großeltern hätten jetzt vor dem Bahnhof gestanden, um zu Fuß die in Bahnhofsnähe liegenden Hotels abzuklappern, ob vielleicht noch ein Zimmer frei ist. Aber nachts um zwei Uhr hätten sie das ohnehin nicht getan.

Mit dem Taxi landete ich nach fünf Minuten Fahrt im Hotel, checkte ein, und zehn Minuten später lag ich im Bett.

Am nächsten Morgen bemerkte ich mit Befriedigung, dass das französische Frühstück inzwischen internationalen Standard erreicht hat.

Ich begann meine Stadtbesichtigung mit einem kleinen Spaziergang durch die Innenstadt.

Im Gegensatz zu meiner früheren Reise stellte ich fest, dass die Luft jetzt viel sauberer war als vor 20 Jahren. Der Verkehr floss reibungslos dahin, und alle Wagen, die mit ihren Auspuffgasen die Luft verpestet hatten, waren aus dem Verkehr verschwunden.

Der alte Eiffelturm war vor ein paar Jahren wegen Baufälligkeit abgerissen worden. Dafür war an der gleichen Stelle ein prächtiger Fernsehturm mit mehreren Aussichtsplattformen gebaut worden, der fast doppelt so hoch ist, wie es der Eiffelturm war. Ich ließ es mir nicht entgehen, diesen tollen Turm in mehreren Etappen zu besichtigen.

Abends besuchte ich eine Revue im uralten Moulin Rouge. Was die dort zeigen, ist zwar alles perfekt, aber ich habe im Fernsehen schon bessere Aufführungen gesehen. Überdies war das Molin Rouge sehr teuer. Mein Handgepäck, Rucksack und Handtasche, hatte ich in einem Schließfach am Bahnhof hinterlegt. Ich holte es rechtzeitig wieder ab und bestieg den Transrapid-Zug zur Weiterfahrt kurz nach Mitternacht.

Die nächste Strecke verlief über Orleans und Tours nach Bordeaux. In dieser Zeit konnte ich auf meinem Sitz, den man auf Liegestellung einstellen konnte, etwas schlafen. Die etwa 580 Kilometer schaffte der Zug trotz drei Haltepunkten in ca. einer Stunde. Obwohl der Zug hier noch einmal neu zusammengestellt wurde, konnte ich in meinem Abteil bleiben. Für die nächsten ca. 780 Kilometer bis Madrid brauchte der Zug über Saragossa weitere eineinhalb Stunden.

Pünktlich um drei Uhr morgens habe ich den Zug in Madrid Hauptbahnhof verlassen. Auch hier wollte ich noch einen weiteren Tag dranhängen, um mir einen Überblick über diese Stadt zu verschaffen. Ich kannte von Madrid nur den weltberühmten Prado mit seinen unvorstellbar wertvollen Gemälden. Die wollte ich mir anschauen. Auf die gleiche Art wie in Paris bestellte ich mir wieder ein Hotelzimmer, denn ich wollte nach der anstrengenden Stadtbesichtigung und den beiden Nachtfahrten mal richtig ausschlafen.

Nach einem sehr reichlichen Frühstücksbuffet nahm ich mir wieder eine Robotaxe und gab ein: zwei Stunden Stadtrundfahrt, Endstation Prado: Palacio Real, Bernabeu-Stadion, Plaza de Cibeles, Plaza Mayor und Retiro-Park waren die Haltepunkte. Eine angenehme Frauenstimme gab zu den einzelnen Haltestellen einige knappe Erklärungen auf Deutsch. Die gewünschte Sprache konnte man vorher natürlich auswählen. Am Abend besuchte ich noch eine Flamenco-Show, denn sowas gehört ja bei einem Spanien-Besuch dazu.

Ich hatte von meinem fünften Lebensjahr an bis Ende meines Studiums selbst Ballett-Unterricht und bin nach wie vor sehr an Tanz-Darbietungen interessiert. Es war wirklich sehenswert, was da geboten wurde. Und dazu eine hinreißende Musik!

Zehn Minuten nach Mitternacht ging mein Transrapid weiter bis zur Endstation Agadir über Toledo, Sevilla, Cadiz, Gibraltar Rabat und Casablanca bis Agadir, etwa 1600 Kilometer. Gegen vier Uhr morgens war ich endlich angekommen. Mein Hotel war ja vorbestellt. Eine Robotaxe gab es nicht, und so musste ich zu Fuß zum nahe gelegenen Hotel. Mein Smartphone-Navi zeigte mir den Weg.

Ich hatte mich telefonisch von zu Hause aus bei dem deutschen Geschäftsführer der staatlich geförderten Biologischen Station mit dem Namen „Garten Eden" in der Nähe von Agadir für ein Interview angemeldet, weil ich nach meiner Rückkehr nach Deutschland einen ausführlichen Artikel über die biologische Entwicklung der West-Sahara schreiben wollte.

Ich rief Herrn Hermann Böhmer vom Hotel aus an und verabredete mit ihm einen Besuch am nächsten Tag. Mein Hotel besorgte mir einen Geländewagen, der mir für die gesamte Dauer meiner Reise zur Verfügung stand.

Der Garten Eden

Mein unentbehrliches Smartphone-Navi führte mich zum Verwaltungsgebäude, das etwa eine Stunde Autofahrt südlich von meinem Hotel entfernt lag.

Schon während der Fahrt dorthin hat es mir den Atem verschlagen. Wo einst trostlose Wüste war, wuchsen jetzt Bäume der verschiedensten Arten. Ich fuhr an zahlreichen Gemüsefeldern entlang, die alle mit dichten Baumreihen umgeben waren. Sie sollten ein wenig Schatten spenden, Wasser speichern und die Pflanzen vor den zum Teil heftigen Winden schützen. Nach einer Fahrt über die etwas holprige Piste parkte ich vor einem schlichten Verwaltungsgebäude im typisch marokkanischen Baustil.

Im angenehm klimatisierten Büro empfing mich Herr Böhmer sehr herzlich. Er sagte mir, dass er sich schon lange einen interessierten Besuch aus Deutschland gewünscht hätte. Nach einigen privaten Worten begann ich mein Interview. Da dieser Besuch schon 24 Jahre zurückliegt, muss ich jetzt meine damaligen Aufzeichnungen und den später erschienenen Zeitungsartikel zur Hand nehmen.

Herr Böhmer berichtete:

„Die Forschungs- und Entwicklungsstation wurde schon lange vor Fertigstellung der Transrapid-Strecke von und nach Spanien gegründet. Das war im Jahr 2026. Die marokkanischen Behörden gaben organisatorische und teilweise auch finanzielle Unterstützung, aber im Wesentlichen wurden hier Gelder aus Deutschland investiert.

Südöstlich der Stadt Guelmim wurde ein etwa 50 Quadratkilometer großes Wüstengebiet erworben, das allerdings fast nichts gekostet hat. Im gleichen Jahr wurde hier, süddlich von Agadir, die erste Meerwasser-Entsalzungsanlage in Verbindung mit einem Solarkraftwerk für uns selbst und für Algerien fertiggestellt, mit dessen zuständigem Ministerium wir einen Vertrag zur Lieferung von Strom und Wasser abgeschlossen haben. Die Algerier bauten dort, wo ihre erste Rekultivierung der Sahara stattfinden sollte, ebenfalls ein modernes Solarkraftwerk, um die Anlage mit Strom und Energie zu versorgen. Um das Solarkraftwerk herum, das sich in der Nähe zur Grenze Marokkos mitten in der Wüste, in der Nähe der Stadt Tindouf befindet, wurde eine neue Stadt gegründet, die sie Al-Jadi(d)maya (Neuwasser) nannten. Wasser konnten wir allerdings erst ab 2028 liefern, nachdem die erste Meerwasser-Entsalzungsanlage fertiggestellt und lieferfähig war. Wasser ist in diesem Klima lebenswichtig. Daher drängten wir unsere Regierung, so viele moderne Sonnenkraftwerke wie möglich aus Jülich herbeizuschaffen, mit deren Energie Meerwasser-Entsalzungsanlagen betrieben werden können. Da wir aber auch nachts abgasfreien Strom benötigen, wurden entlang der Atlantikküste bis jetzt um die 200 Windkrafträder errichtet, die in Deutschland vorproduziert und hier zusammengebaut wurden. So nutzen wir den vom Atlantik wehenden starken Wind optimal.

Bis zur Fertigstellung der ersten kombinierten Anlagen mussten wir einen Tiefbrunnen nutzen, der uns leicht brackiges Wasser lieferte, das als Trinkwasser nicht geeignet war. Unsere Idee war, eine für das hiesige Klima und die sandigen Bodenverhältnisse geeignete Baumzüchtung herauszufinden, die auch mit möglichst wenig Wasser auskommt, aber viel Wasser im Boden binden kann.

Das brackige Wasser brachte uns auf die Idee, eine Reissorte zu züchten, die auch in Brackwasser gedeihen kann. Dafür engagierten wir einen chinesischen Wissenschaftler, der sich schon mit neuen Reiszüchtungen befasst hatte. Nach fünfjähriger Forschung gelang es tatsächlich, eine ernteergiebige Reissorte zu kreieren, die viel Wasser benötigt, das aber mit zehn Prozent Meerwasser versetzt wird. Und Sie werden staunen: der Reis schmeckt tatsächlich genau so wie ein speisefertig gewürzter Reis erster Qualität. Als Milchreis ist er allerdings nicht geeignet.

Wir beliefern Algerien nun schon seit 2026, seit der ersten Versuchsanlage, mit Süßwasser für Jadimaya.

Unsere erste Anpflanzung mit jungen Bäumen, die wir hier aus importierten Samen gezogen hatten, endete leider in einem Desaster. Wir hatten gerade herausgefunden, wie viel Wasser wir für eine ausreichende Bewässerung benötigen und welche Menge Kunstdünger welcher Art wir als Starthilfe für die jungen Pflanzen zuführen müssen, als ein gewaltiger Sandsturm ausbrach, der den größten Teil unserer Anpflanzungen vernichtete. Die Bäumchen waren zum größten Teil verschüttet und zum anderen Teil umgeknickt. Dadurch wurde uns unmissverständlich klargemacht, dass sich die Wüste nicht ohne Widerstand kultivieren lässt. Schützender Wald muss her, bevor man an andere Bepflanzungen denken kann – dies war unsere grundlegende Erkenntnis aus unserer ersten Panne. Und bevor man die jungen Bäume ins Freiland pflanzen kann, müssen sie erst einmal geschützt in Treibhäusern bis zu einer widerstandsfähigen Größe herangezogen werden.

Was war zu tun?

Wir mussten die riesigen Sanddünen aus der Umgebung unserer Anlage erst einmal mit Hilfe schwerster Geräte einebnen und die neu gewonnene ebene Fläche zwecks Verfestigung des gefährlich lockeren Bodens mit Dünengras bepflanzen. Dafür musste aber die ganze Umgebung bis zehn Kilometer um die Anlage herum leicht feucht gehalten werden, damit kein Sand mehr aufgewirbelt werden kann.

Bei der Bepflanzung mit dem Dünengras halfen uns die hiesigen Schulkinder, und in den Schulferien kamen Kinder und Jugendliche aus dem ganzen Land als Pflanzer und zum Bewässern. Die ganze Bevölkerung hier war bereit, den Kindern Unterkunft zu gewähren. Einen wichtigen Punkt mussten wir dabei auch noch bedenken.

Eine jahrtausendelang sich selbst überlassene Wüste entwickelt ihre eigene Tierwelt, soweit überhaupt noch Tiere existieren können. Es gibt hier sehr giftige Schlangen, Skorpione und sehr lästige Sandfliegen. Wir mussten daher die Kinder mit entsprechender Schutzkleidung ausrüsten. Falls aber ein Kind mal von einer Sandviper gebissen wurde, musste das passende Serum zur Entgiftung in kürzester Zeit bereitstehen und angewendet werden können. Das alles musste vorher organisiert werden.

Nachdem das geschafft war, legten wir als erstes mehrere Reisfelder an, um Saatgut für unsere neue Salzreis-Züchtung zu produzieren. Für die Ernte holten wir uns 1.000 Erntehelfer aus dem überfüllten Flüchtlingslager in Libyen. Für die mussten wir aber zunächst menschenwürdige Unterkünfte bauen. Wir brauchten für den Windschutz unserer Reisfelder sturmfeste Zäune, wie sie auch für den Schallschutz beim Autobahnbau in Deutschland eingesetzt werden, jedenfalls so lange, bis unsere Waldbäume groß genug gewachsen sein würden, um sie als Windschutz gebrauchen zu können. Aber die mussten wir ja erst mal wieder neu anpflanzen. Inzwischen haben wir auch mehrere hundert Treibhäuser gebaut, in denen wir Baumschößlinge heranzüchten, bevor wir sie in die freie Natur entlassen können.

Man kann sich vorstellen, dass dies alles Unsummen an Investitionen gekostet hat. Inzwischen ist aber auch die Bill-Gates-Stiftung, die vom Gründer und Hauptaktionär der Firma Microsoft (WINDOWS) ins Leben gerufen wurde, mit einigen Millionen Dollar bei uns eingestiegen. Einige weitere Milliardäre sind seinem guten Beispiel gefolgt.

Heute verdienen wir mit unserem Reisexport so viel, dass sich unsere laufenden Kosten tragen.

Nun zu unseren Wald-Anpflanzungen.

Wir haben dafür einen Professor aus Israel gewinnen können, der seine große Erfahrung mit der Neu-Anpflanzung von Wäldern auf heißen und verkarsteten Böden eingebracht hat. Mit Erfolg. Zunächst wird eine Kiefernsorte angepflanzt, die auf magersten Böden schnell wächst und mit wenig Wasser auskommt. Dazwischen werden Libanon-Zedern im Abstand von 15 Metern eingesetzt, und alle 25 Meter wird eine afrikanische Akazie gepflanzt. Wir haben auch Versuche gemacht, amerikanische Mammutbäume (Sequoia sempervirens und Sequoiadendron giganteum) anzupflanzen, wobei uns ein amerikanischer Förster aus Oregon mit einschlägiger Erfahrung zur Seite stand. Diese Bäume werden bis zu 3.000 Jahre alt und erreichen Wachstumsgrößen bis über 100 Meter Höhe. Die Sorte sempervivens kann noch älter werden und einen Stamm-Umfang von 30 Metern erreichen. Aber diese urtümliche Pflanze aus der Zeit der Dinosaurier ist die größte Pflanze der Erde. Ein ausgewachsener Mammutbaum kann ein geschätztes Gewicht von 2.400 Tonnen erreichen, was einem Gewicht von vier Airbussen Typ B680 entspricht. Diese Ungetüme haben aber eine Eigenart. Sie brauchen zur Vermehrung Waldbrände. Ihre Samenkapseln springen erst bei Temperaturen auf, die bei Waldbränden entstehen. Sie sind zu der Zeit, als bei uns die Braunkohle entstand, auch in Europa anzutreffen gewesen. Aber mit dem Einsetzen der Eiszeit sind sie ausgestorben, denn da wurde es ihnen offenbar zu kalt.

Um nun die jungen Setzlinge aufziehen zu können, brauchten wir eine Holzasche-Schicht als Bodendecker, die wir erst aus Gegenden, wo kürzlich Waldbrände aufgetreten sind, importieren mussten.

Heute, 30 Jahre nach den ersten Versuchen, befinden sich bereits 15 Meter hohe Mammutwälder in der Umgebug unseres ersten Wasser-Abnehmers aus Jadimaya.

Der Bedarf an Süßwasser ist in unserem Klima enorm. In Marokko gibt es jetzt bereits 15 große Solarkraftwerk-Anlagen, die alle alten fossilen Kraftwerke ersetzen. Ein Teil des tagsüber dort erzeugten Wasserstoffes wird dazu verwendet, um in der Nacht, wenn die Solaranlagen pausieren, zusammen mit den Windkrafträdern mehrere Dampfkraftwerke anzutreiben, die den Strombedarf für die Nacht liefern, natürlich auch für die Meerwasser-Entsalzung. Somit wird die Wasserversorgung rund um die Uhr gesichert. Natürlich ist auch unser Wasserbedarf für die Anpflanzungen und die nachfolgende Bewässerung nicht gleichbleibend, während die Wasser-Anlieferung stets auf dem höchstmöglichen Stand gehalten wird.

Daher ist es erforderlich, einen Puffer einzuschalten. Dieser besteht aus einem See oder einem großen Teich, der bei allen neuen Wüsten-Siedlungen gleichzeitig mit angelegt wird. Diese Art Seen unterliegen in unserem heißen Klima starker Verdunstung. Obwohl der Salzgehalt der entsalzten Wasserströme niedrig ist, werden wir fortlaufend Wasser aus diesen Reservoirs in die neu zu erschließenden Oasen wieder abführen, um eine konstante Wasser-Qualität zu erhalten. Auf diese Weise dringen wir immer tiefer in die Wüstengebiete hinein, um dort, wo immer nur Trockenheit und Öde vorherrschte, nun Wälder wachsen zu lassen. Der dritte Schritt ist dann, natürlich auch Wiesen, Felder und Plantagen anzulegen, wo sich Menschen niederlassen sollen, die sonst als Klima-Flüchtlinge anderen Völkern zur Last gefallen wären.

Ganz nebenbei produzieren unsere jungen Wälder auch große Mengen an Sauerstoff, der zur Reinigung der Erdatmosphäre beiträgt.

Mit der Erweiterung unserer Aufgaben als verantwortliches Institut für das gewaltige Sahara-Rekultivierungs-Projekt steigt natürlich auch unser Bedarf an Wasser und Energie. Es ist doch nach all den Jahren der klimatischen Katastrophen ein gutes Gefühl, jetzt und in Zukunft unendlich viel Strom erzeugen und Wasser verbrauchen zu können, ohne die Umwelt zu verschmutzen.

Je weiter wir mit unseren Bewässerungsprogrammen in die Wüste vordringen, desto teurer wird allerdings das Vorhaben. Das entsalzte Wasser kommt nämlich nicht von allein in die entlegenen Gebiete, sondern muss über Hunderte von Kilometern durch Leitungen herangeschafft werden. Und nicht nur das Wasser muss weite Wege zurücklegen. Wir brauchen auch an Ort und Stelle neue Solarkraftwerke, und wir brauchen Menschen, deren Ansiedlungen dort auch attraktiv gestaltet werden müssen. Aber je mehr wir Wasserstoff als Treibstoff für die Auto- und Luftfahrt-Industrie verkaufen, desto leistungsfähiger wird unser Finanzhaushalt. Und seit einigen Jahren sind wir ja auch bedeutender Exporteur für die Versorgung der Welt mit Reis.

Was haben die Menschen hier in unseren Breiten über die erbarmungslos brennende Sonnenhitze gejammert! Heute sorgt genau die gleiche Sonne dank technischer Nachhilfe für den wirtschaftlichen Wohlstand Nordafrikas. Ja, die Sonne. Es ist zwar tatsächlich noch die gleiche Sonne wie vor 28 Jahren, und sie wird es hoffentlich noch die nächsten 500 Millionen Jahre bleiben, aber dennoch hat sich bei uns klimatisch in den letzten paar Jahren etwas verändert.

Wir haben in fast drei Jahrzehnten Milliarden Hektoliter Wasser in den Sand der Sahara gepumpt, haben gepflanzt, wo vorher nichts wuchs. Die Pflanzen haben das Wasser aufgenommen und zum Teil wieder in den Boden entlassen. Aber die intensive Sonneneinstrahlung hier hat gewaltige Mengen Wasser durch Verdunstung in die Atmosphäre entlassen. Daraus haben sich allmählich wieder Wolken gebildet. Es ist zwar noch nicht statistisch einwandfrei bewiesen, aber wir, die wir durch unseren Beruf mit der Natur eng verbunden sind, haben bemerkt, dass es in den vergangenen drei Jahren hier doppelt so viel geregnet hat wie in den zehn Jahren davor. Dadurch ist die Stromerzeugung durch unsere Solarkraftwerke etwas rückläufig, doch wir konnten mit dem zur Verfügung stehenden Wasser weitere Gebiete rekultivieren. Inzwischen haben wir sogar Probleme, ausreichend Arbeitskräfte für die neuen Anbaugebiete zu bekommen, denn die Flüchtlingslager hier in Tunesien, Algerien und Libyen sind wie leergefegt. Man kann sagen: Solarkraftwerke zu bauen und sie mit Meerwasser-Entsalzung zu koppeln, war eine epochale Idee. Die Sahara zu kultivieren und auch andere Wüsten, die nicht allzuweit von einem Meer entfernt liegen, ist ein Schritt vorwärts in der Menschheitsgeschichte. Bis die ganze Sahara wieder fruchtbares Land sein wird, dauert es möglicherweise noch Jahrhunderte. Ich bin aber sicher, dass die Bewässerung der Wüsten dieser Erde mit Milliarden von Hektolitern sauberem Wasser auch hier einen Klimawandel bewirken wird, und zwar im positiven Sinne.

Die Entwicklung von Land- und Forstwirtschaft in ganz Nordafrika zieht noch weitere wirtschaftliche Entwicklungen nach sich, was schon jetzt deutlich zu spüren ist. Die Bodenerschließung und die wachsende Landwirtschaft benötigen Maschinen und Geräte, die am besten dort produziert werden, wo sie eingesetzt werden sollen.

Es werden sich hier immer mehr Menschen ansiedeln, die an der Wohlstandsentwicklung teilnehmen wollen. Sie haben also Bedürfnisse, und sie haben Einkommen. Das erzeugt Nachfrage. Es werden sich also in den nächsten Jahren verschiedene Industrien hier und in anderen Ortschaften ansiedeln für Möbel, technische Geräte, Elektronik, Küchenmaschinen, Fahrzeuge aller Art, Textilien usw., um nur einige Beispiele zu nennen. Und neben der wirtschaftlichen Entwicklung wird es auch eine kulturelle geben, nicht zu vergessen, dass sich Infrastruktur und Verkehr rasant weiterentwickeln werden. Die Anfänge von allem sind schon jetzt deutlich sichtbar.

Aber zurück zu unserem Entwicklungsprogramm. Nachdem das Wald- und das Reisproblem gelöst waren, konzentrierten wir uns auf den Obst-Anbau in den neu erschlossenen Wüstengebieten.

Wir haben bei uns jahrelange Versuche gemacht, geeignete Sorten Orangen, Mandarinen, Granatäpfel, Pampelmusen, Pfirsiche, Nektarinen und Aprikosen zu entwickeln, die in der prallen Sonne und den mageren Böden rentable Ernten abliefern. Das ist uns auch gelungen, doch wir arbeiten auch auf diesem Gebiet noch weiter an Verbesserungen. Olivenbäume, Feigen und Dattelpalmen gehören zu unseren Standard-Anpflanzungen. Allein in Marokko ist der Export an Obst der verschiedensten Sorten jährlich um mehr als 100 Prozent in den letzten zehn Jahren angestiegen.

An den Südhängen des Atlasgebirges haben angeworbene Winzer aus Frankreich und Deutschland, aber auch aus Südafrika bereits seit mehr als zehn Jahren ausgedehnte Weinbaubetriebe angelegt. Sie mussten in den ersten fünf Jahren finanziell kräftig unterstützt werden, denn trotz des Einsatzes modernster Maschinen war es eine Knochenarbeit, erst einmal die terrassenförmigen Anlagen herzustellen, dann die Rebstöcke zu pflanzen und großzuziehen. Das bringt in den ersten fünf Jahren keinerlei Geld ein, im Gegenteil. Es wurden staatlicherseits Investitionskosten übernommen, gleichzeitig aber hohe Kredite vergeben. Gleichzeitig gehen die Anlagen in das Eigentum der Winzer über, die später die Kredite mit den zu erwartenden Gewinnen ablösen können. Die ersten Pioniere können bereits auf sehr positive Bilanzen schauen, da ihre Qualitätsweine sich bei den Weinkennern der Welt steigender Beliebtheit erfreuen.

Unsere weiteren Anbaupläne sind:

Gemüse, Getreide, Gewürze und Blumenzucht, letztere in Gewächshäusern.

Das vorletzte Feld unserer Entwicklungsarbeit war und ist auch noch die Erprobung, welche Gemüsearten unter den hiesigen Klima- und Bodenverhältnissen am besten gedeihen. Außerdem sollen solche Gemüse nicht nur der Ernährung der hier in wachsender Zahl lebenden Menschen dienen, sondern auch für den Export geeignet sein.

Wir haben in den letzten zehn Jahren Versuchsfelder angelegt für Zuccini, Stangenbohnen, einige Kartoffelsorten, Rote Bete, Zuckerrüben, Brokoli, Spargel, Erdnüsse, Kapern, Mandeln, Soja, Zwiebeln, Knoblauch, Kümmel, Mangold, Pflücksalate und Raps.

Was wir bisher noch nicht in Angriff genommen haben, sind die verschiedenen Getreidesorten.

Früher war Nordafrika die Kornkammer des Römischen Reiches. Das hatte ja die Begehrlichkeit der Römer auf das Punische Reich (Karthargo, heute Tunis) geweckt, dessen Untergang durch ihren Wohlstand besiegelt war. Unter Hannibal haben sich die Karthager, wie sie auch genannt wurden, kräftig gewehrt – doch letztlich half es ihnen nicht, gegen die Übermacht der Römer anzukommen. („Cetero censeo Karthaginem esse delendam ...", meinte der römische Konsul Cicero.) Aber das ist schon lange her.

Wir haben uns diese Aufgabe bis zuletzt aufgehoben, weil wir zunächst Prioritäten setzen mussten. Es hätte auch keinen Zweck gehabt, Getreide anzubauen, ohne um die Felder einen schützenden Wald zu besitzen. Ein einziger Sahara-Sandsturm hätte die Arbeit eines ganzen Jahres vernichten können, wie wir das ja schon erlebt haben.

Wir werden uns aber in den kommenden Jahren darauf konzentrieren, Nordafrika wieder zur Kornkammer Europas zu entwickeln.

Ich komme jetzt langsam zum Schluss Ihrer Frage, was wir hier in Nordafrika geschaffen haben und noch weiter planen.

Sie haben gehört, es gab viel zu tun. Vieles ist geschafft, worauf wir stolz sein können. Nein, Stolz ist keine gute Sache, wir können aber mit dem Geleisteten bisher recht zufrieden sein.

Ein letztes Forschungsgebiet möchte ich noch erwähnen: Das sind Heilkräuter, Pilze und Wurzeln, die nur in tropischen Feucht- oder Trockengebieten wachsen können, wie zum Beispiel Ginseng-Wurzeln. Die sind vor allem für die Gesunderhaltung von Körper und Geist wichtig, besonders für ältere Menschen.

Seit Tausenden von Jahren hat Ginseng seinen festen Platz in der Kräutermedizin, und auch heute können hochwertige Ginseng-Wurzeln noch Hunderte von Euro pro Kilo einbringen. Geduldige Erzeuger können mit der Anbaumethode des simulierten Wildwuchses oder einer mit der Natur identischen Methode beachtliche Mengen ernten und gutes Geld damit verdienen. Es dauert sieben Jahre, bevor der Ginseng geerntet werden kann, aber die Ernte wird sehr hochwertig sein. Unser Experte für Ginseng kommt aus Namibia. Wir sind natürlich bestrebt, möglichst hochwertige Produkte für den Export zu erzeugen, um die enormen Kosten der Anfangs-Investitionen langsam wieder hereinzubringen.

Zum Schluss möchte ich noch erwähnen, dass in unserem südlichen Nachbarland Spanisch-Westafrika seit etwa zehn Jahren mit dem Geld der Europäischen Union ein Wüstengebiet erschlossen wird, das bisher noch kaum erforscht war. Ich empfehle Ihnen, dort einmal hinzufahren, wenn es Ihre Zeit erlaubt.

Geleitet wird die Station von meinem Kollegen Dr. Mathias Maurer, der seit den allerersten primitiven Anfängen dabei ist und inzwischen Erstaunliches erreicht hat.

Sie können mit Ihrem Wagen gern und nach Belieben in den nächsten Tagen durch unsere Anlagen fahren und sich alles an Ort und Stelle anschauen. Falls Sie einen unserer Spezialisten für das eine oder andere Forschungsgebiet sprechen möchten, sagen Sie mir bitte Bescheid. Sie können mich fast immer telefonisch erreichen. Sie können auch – falls Sie Badesachen dabei haben – in unserem See baden. Das Wasser ist sauber und hat fast Trinkwasserqualität. Für den menschlichen Trinkwasserbedarf haben wir aber eine eigene Aufbereitungsanlage, für die unser Windrad und unsere separate Solaranlage den Strom liefern."

Das war also mein Besuch bei dem netten Herrn Böhmer, nach dessen Vortrag mir der Kopf schwirrte. Mein Smarty hat alles aufgenommen.

Die nächsten drei Tage wollte ich erst einmal die hiesige Anlage erkunden, mit den hier arbeitenden Menschen sprechen (die ja inzwischen alle – jedenfalls die Jüngeren – Englisch können) und Fotos machen.

Die folgenden acht Tage wollte ich dann in Algerien deren erste Sahara-Rekultivierungsanlage anschauen und – falls noch Zeit übrig blieb – nach Spanisch-Westsahara rüberfliegen. Ich hatte ja ein Jahr zuvor meinen Flugschein für wasserstoffbetriebene Kleinflugzeuge gemacht. Da wollte ich in Übung bleiben und mir eine Maschine ausleihen. Herr Böhmer hatte mir seine Privatmaschine dafür angeboten.

Aber zunächst blieb ich im Garten Eden. Ich habe teils per Wagen und teils zu Fuß die riesige Anlage durchstreift, die etwa fünf Kilometer breit war und rund zehn Kilometer tief in die Wüste hinein angelegt war. Auffallend war, dass nirgendwo ein Zaun angebracht war. Einer der Arbeiter erklärte mir, dass man beabsichtigte, die wenigen Säugetiere, die sich noch in der Wüste aufhielten, an die neue Umgebung zu gewöhnen: „Allerdings haben sich bereits einige Antilopen an unsere jungen Akazien- und Zypressen-Setzlinge herangemacht und die junge Rinde abgefressen. Dadurch sind Hunderte von jungen Bäumchen wieder eingegangen. Inzwischen versehen wir alle Setzlinge mit Maschendraht. Man musste eben erst mal gewisse Erfahrungen machen. Sollten sich hier auch wieder Elefanten zeigen, die ja ständig auf der Suche nach Wasser und Grünzeug sind, dann haben wir ein ernstes Problem."

Da der Garten Eden eine Forschungs- und Aufzuchtstation ist, sieht man hier hauptsächlich nur junge Pflanzen. Sobald sie transportfähig sind, werden sie in die neuen Erschließungsgebiete verschickt und dort eingepflanzt.

In der ganzen Anlage sieht man Bewässerungsfontänen, die die Felder und Schonungen immer genau mit der richtigen Menge Wasser versorgen.

Interessant fand ich die Anlage der Edelholz-Anpflanzungen. Hier werden Versuche mit Teakholz, Mahagoni, Palisander, Ebenholz, Schwarznuss und Padouk unternommen. Das ist allerdings schon die zweite Generation der Wüstenbepflanzung. Als Erstbepflanzung in der Wüste mit dem noch mageren Boden eignen sie sich nicht. Erst wenn ein wirklich tropisches Klima mit hoher natürlicher Feuchtigkeit und eine bestimmte Bodenqualität erreicht sind, kann es gelingen, Edelholz-Plantagen mit Erfolg zu betreiben. Doch bis zur ersten Ernte wird man sich wohl noch 80 Jahre gedulden müssen.

Am dritten Tag im Garten Eden konzentrierte ich mich auf die Edelobst-Züchtungen. Jetzt, im August, war gerade Erntezeit. Da man ja möglichst ertragreiche Sorten als Züchtungserfolg erhalten wollte, musste man natürlich alle Bäume erst einmal wachsen lassen, bis sie Früchte tragen konnten. Herrliche Pfirsiche, Nektarinen, auch Orangen und Zitronen, Pampelmusen und Mandarinen wurden gerade geerntet. Ich durfte so viel zum Eigenverbrauch pflücken, wie ich nur wollte. Ich habe so viel von diesem köstlichen Obst gegessen, wie ich nur konnte. Auf die Mahlzeiten im Hotel konnte ich gut verzichten.

Am Abend nahm ich im Eden-See ein angenehmes Bad. Die Wassertemperatur dürfte so um die 27 Grad gewesen sein. Das Badezeug hatte ich zu Hause vergessen einzupacken, aber ich konnte mir in der Stadt Agadir einen schicken Bikini kaufen. Einige Flamingos leisteten mir beim Schwimmen Gesellschaft. Übrigens war ich ziemlich schockiert, wie hässlich Agadir ist. Es liegt direkt an der Atlantikküste und besitzt einen Industriehafen, wo die in der Nähe geförderten Metalle Kobalt, Mangan und Zink verschifft werden. Agadir wurde 1960 von einem starken Erdbeben fast völlig zerstört und anschließend hastig wieder aufgebaut.

Hinter der Innenstadt erhebt sich ein Hügel, an dem in Richtung Meer mit riesigen arabischen Buchstaben eine Schrift angebracht ist. Ich habe mir sagen lassen, dass dies „Gott, Vaterland, König" bedeutet.

Durch den Aufbau der Forschungs- und Entwicklungsstation „Garten Eden" sind auch viele Europäer nach Agadir gekommen. Eine koreanische Reisegesellschaft hat südlich von Agadir vor einigen Jahren eine Reihe von Hotels und Ferienhäusern errichtet, die inzwischen reichlich besucht werden. Der einstmals breite, durch den Meerwasser-Anstieg jetzt nur noch schmale Strand bietet den Urlaubern bestmögliche Erholung. Mir wäre ein reiner Strandurlaub allerdings viel zu langweilig. Inzwischen gibt es von dort aus aber verschiedene Ausflugsmöglichkeiten, unter anderem Bootfahrten zu den Kanarischen Inseln, die ja nicht weit entfernt sind. Bei klarem Wetter kann man die Spitze des 3.715 Meter hohen Teide von Teneriffa sehen.

Am nächsten Morgen ging es los nach Algerien. Ich war etwas aufgeregt, allein nach Algerien zu fliegen, obwohl die Siedlung Jadimaya nicht allzu weit entfernt liegt.

Ich war erstaunt, wie viel Komfort und Automatik die Maschine von Herrn Böhmer besaß. Ich gab die Koordinaten des dortigen Landeplatzes ein (mein Smartphone verriet mir diese), drückte auf „Start", und schon erhob sich die Maschine senkrecht in die Luft, ohne eine Startbahn zu benötigen. Die Maschine war ja so ein Mittelding zwischen Hubschrauber und Drohne. Ich wurde von der Automatik aufgefordert, die gewünschte Flughöhe anzugeben. Da ich möglichst viel von der Landschaft unter mir sehen wollte, gab ich „Mindestflughöhe" ein. Die pendelte sich bei etwa 400 Metern ein.

Nach einer halben Stunde Flugzeit setzte die Maschine auf dem gewünschten Landeplatz auf. Ich fragte mich: Wozu hast du eigentlich eine Flugprüfung abgelegt? Es geht doch heute alles automatisch! Aber es hätte ja sein können, dass die Automatik irgendwann einmal versagt. Da hätte ich den Vogel selbst sicher zur Landung bringen müssen.

In der Nähe des Landeplatzes gab es eine Art Information, bei der ich mich vorher schon für den nächsten Tag zu einer dreitägigen Rundreise angemeldet hatte. Auch in dem daneben liegenden Gästehaus hatte ich mich schon angemeldet und ein Zimmer gebucht. Aber am ersten Tag wollte ich mich erst einmal zu Fuß in dem jungen Ort umsehen. Meinen Rucksack mit den Übernachtungssachen habe ich im Flugzeug zurückgelassen. Wie sich später herausstellte, war es ein Fehler, mich nicht gleich im Hotel anzumelden.

Algerien

Als erstes fiel mir der große See auf, an dessen Ufer eine Reihe hübscher Einfamilienhäuser stand. Es gab auch ein kleines Rathaus, eine Moschee und ein Bürgerhaus. Unübersehbar war auch ein Industrieviertel, in dem die drei großen Solarkraftwerke des Ortes fleißig Strom erzeugten. In der Nacht sorgte ein wasserstoffbetriebenes Kraftwerk für die ununterbrochene Versorgung mit Strom und für die richtige Dosierung der Wasserzufuhr an die Pflanzungen. Windkrafträder habe ich nur ganz wenige gesehen. (Anmerkung: Aus der Erfahrung der späteren Ereignisse hoffe ich, dass dieser Mangel keine zu schwerwiegenden Folgen gehabt hat.)

Hier war ja auch die vorläufige Endstation der Transrapid-Transportstrecke, die den erzeugten Wasserstoff und die Agrarerzeugnisse nach Europa beförderte. Es gab Verladerampen für Be- und Entladung der Transportwagen, und es gab Zuganschlüsse zu den benachbarten Rekultivierungsstationen, die noch nicht unterirdisch an das Transrapidnetz für den Personenverkehr angeschlossen waren. Die inzwischen auf 40.000 Einwohner angewachsene Kleinstadt verfügte auch über mehrere Supermärkte, angeführt von der amerikanischen Firma Walmart, die mit einem großen Kaufhaus vertreten war – und es wohl auch heute noch ist.

Sobald ich die Ortsgrenze erreicht hatte, begann der Wald, der mir schon von weitem aufgefallen war und der rings um den ganzen Ort wuchs. Die Bäume bestanden aus einer aus Israel stammenden Schwarzkiefernart, die Pionier der ersten Bepflanzungen überhaupt war. Dazwischen ragten schon jetzt eine Anzahl Mammutbäume heraus, die jetzt, nach etwa 25 Jahren bereits eine Höhe von ca. 15 Metern erreicht hatten. In gebührendem Abstand standen schlanke Zypressen und Zedern, die auch schon fast zwölf Meter erreicht hatten. Es gab auch Laubbäume, wie Akazien und Korkeichen. Der Boden war bedeckt mit Moosen und Farnen, die immer noch, nach 30 Jahren, durch ein raffiniert ausgeklügeltes System von Schläuchen bewässert wurden. Dies war und ist das Geheimnis, warum – trotz des mageren Sandbodens – alles so gut wächst. Aber schon Herr Böhmer hatte mir erklärt, dass der Sand der Wüste, hier in der westlichen Sahara, sehr mineralreich sei. Mit der Bepflanzung bei der ersten Bodenbearbeitung musste man nur noch ein wenig Kunstdünger zugeben, dann waren die meisten Pflanzen zufrieden. Aber nach der jahrtausendelangen Trockenzeit war der Durst natürlich groß. Eine ausreichende Wasserversorgung ist hier lebenswichtig, auch wenn die Bäume schon erwachsen sind.

Nach einem kurzen Fußmarsch erreichte ich das erste Reisfeld, das völlig von Wasser bedeckt war. Leider gab es auch schon Schwärme von Mücken, die sich förmlich auf mich stürzten und jede Menge Blut trinken wollten. Offenbar schmeckte ihnen das entsalzte Wasser hier zu fade. Da ich nicht als Mücken-Tankstelle dienen wollte, zog ich mich sehr schnell wieder zurück in den Wald, in dem es angenehm kühl war – jedenfalls für die klimatischen Verhältnisse hier.

Auf dem Weg durch den Wald kam ich an eine Weggabelung, der ich jetzt in eine andere Richtung folgte. Ich hörte von weitem die Töne eines fröhlichen afrikanischen Gesanges. Als ich aus dem Wald auf eine sehr große Lichtung kam, gelangte ich in das Obstanbaugebiet von Neuwasser. Ich benutze jetzt einfach mal die deutsche Übersetzung des Ortsnamens Al-Jadi(d)maya, denn der Name sagt ja genau aus, was der Zweck des gewaltigen Unternehmens der Sahara-Rekultivierung ist.

Eine Gruppe von Arbeitern und Arbeiterinnen war gerade bei der Apfelsinenernte. Dabei sah ich zum ersten Mal die neuartigen Ernte-Automaten. Eine kleine Maschine wird an den Baum herangefahren. Zwei gepolsterte Arme umschlingen den Baum und fangen zunächst ganz zart an, den Baum zu schütteln. Nur die reifen Früchte fallen herab, während die Früchte, die noch nicht so weit sind, die nächsten Tage oder Wochen Zeit haben, bis zur optimalen Reife am Baum zu bleiben. Die heruntergefallenen Orangen werden in einem zuvor aufgespannten Netz aufgefangen und durch die Arbeiter mit der Hilfe eines in der Größe passenden Saugrohres auf ein Transportband befördert, das die Ernte weiter auf einen Elektro-Lkw lädt. Sobald der Wagen vollgeladen ist, fährt er automatisch zur Transrapid-Ladestation, wo eine Packerei die Früchte in Transportkisten packt und diese nach einem vorliegenden Plan an verschiedene Großmarkthallen in Europa adressiert. Die Verbraucher halten spätestens drei bis vier Tage nach der Ernte die frischen Früchte in den Händen und zwar bis hin zum Nordkap. Sogar Moskau wird auf diese Weise mit frischem Obst versorgt. Man hat mir erzählt, dass einige Kisten Obst sogar bis nach Sibirien gelangen, allerdings dauert der Transport dann etwas länger. Genial. Ich schaute mir das muntere Erntetreiben eine ganze Weile an und war erstaunt, dass während der ganzen Prozedur keine menschliche Hand die Früchte berührt hat – es sein denn, die eine oder andere Frucht war mal auf den Erdboden gefallen.

Ich habe eine junge Frau aus der Gruppe der Pflücker angesprochen – sie war sehr dunkelhäutig – und sie gefragt, ob ich etwas helfen könnte. Ja, das könnte ich mit dem Aufsammeln heruntergefallener Früchte.

So habe ich mich noch etwa eine Stunde nützlich gemacht. Dann war Mittagspause, und ich hatte einen Riesenhunger.

Ich wanderte also zurück zu meinem Hotel, dem einzigen im Ort, meldete mich an und stellte fest, dass heute Ruhetag war. Eine etwas mürrische Frau erklärte mir, dass alle Zimmer belegt seien, denn schließlich sei ja jetzt Erntezeit und das letzte freie Zimmer habe sie vor einer halben Stunde an eine Dame vergeben, die morgen früh die botanische Rundreise mitmachen wollte. „Aber genau das will ich auch, und genau deshalb habe ich mich doch in Ihrem Haus angemeldet!?" „Davon ist mir nichts bekannt. Wie war der Name?" Aber auch der war ihr unbekannt.

„… Und wo bekomme ich etwas zu essen?" Im Industriegebiet gäbe es ein Restaurant, und dort könnte ich etwas essen.

Leicht verärgert zog ich wieder ab. Wenn ich hier nicht übernachten konnte, musste ich hier auch nicht essen.

Ich lief zu meinem Luft-Heli, setzte mich hinein und gab die Koordinaten meines Hotels in Agadir ein. Flughöhe 1000 Meter.

Nach etwas über 30 Minuten landete ich wohlbehalten und vollautomatisch auf dem Dach meines Hotels in Agadir. Was ich dort zu Mittag gegessen habe, weiß ich aber nicht mehr.

Am Nachmittag und Abend habe ich an meinen Aufzeichnungen gearbeitet und mich auf die folgenden drei Tage der Rundreise vorbereitet. Ich hatte mir eine Landkarte besorgt, um zu sehen, wo die Reise morgen entlangführte.

Das rekultivierte Algerische Gebiet war inzwischen, das heißt innerhalb von 30 Jahren seit den allerersten Anfängen, so groß angewachsen wie Bayern und Baden-Württemberg zusammen. Es gab inzwischen zehn gewaltige Meerwasser-Entsalzungsanlagen am Mittelmeer, die alle mit Solarkraftwerken deutscher und chinesischer Bauart betrieben wurden. Es gab nun auch 25 größere Seen als Zwischenspeicher für die Bewässerung des Landes. Der entfernteste lag etwa 800 Kilometer von der Küste entfernt. Am meisten gespannt war ich auf den 15 Jahre alten künstlichen Urwald, der aber eigentlich gar kein Urwald in diesem Sinne war, sondern eine wissenschaftlich geplante Ansiedlung von wertvollsten Tropenbäumen, die kostbarste Hölzer für die Möbel-Industrie liefern sollten. Wenn die Bäume 30 Jahre alt wären, könnte man die Anpflanzungen ausdünnen und erste Ernten einfahren. Man hatte begonnen, alle fünf Jahre eine neue Anpflanzung dieser Art anzulegen, um eines Tages immer wieder, Jahr für Jahr, abholzen zu können, ohne an Waldbestand insgesamt zu verlieren. Nach jeder Abholzung, die wegen der unterschiedlichen Baumarten mit ganz verschiedenem Ernte-Alter mehrere Jahre andauern kann, würde wieder neuer Tropenwald an der gleichen Stelle angepflanzt – so stand es in dem Orientierungsblatt für unsere Rundreise zu lesen. Auch das finde ich genial.

Am nächsten Morgen flog ich wieder los und nahm noch eine Dame aus dem Hotel mit, die auch an der Rundfahrt teilnehmen wollte. Ich war ganz froh darüber, denn sie hat sich an den nicht ganz billigen Flugkosten beteiligt.

Der Flug zu unserem Treffpunkt verlief ohne Pobleme.

Ein merkwürdig aussehender Kleinbus mit einem Bug wie von einem Motorboot, der offenbar eine Kombination aus Brennstoffzellen- und Elektrofahrzeug war, stand schon zur Abfahrt bereit.

Punkt zwölf Uhr ging es los. Der Reiseleiter begrüßte uns und hielt zunächst einen kleinen Vortrag. Er sagte uns, dass Algerien das größte Land Afrikas sei. (Ich habe später in meinem schlauen Smartphone nachgesehen: Algerien ist siebenmal größer als Deutschland.)

Da trotz der rasanten technischen und wirtschaftlichen Entwicklung Algeriens noch längst nicht alle Ansiedlungen per Auto erreichbar seien, habe seine Reisegesellschaft ein Spezialfahrzeug der Firma Tesla zur Verfügung gestellt, mit dem man jeden Punkt des Landes erreichen könne. Und das könne man wörtlich nehmen, denn dieses Fahrzeug kann fahren, fliegen und schwimmen.

„Da die Ausdehnung des Landes sowohl in der Länge als auch in der Breite annähernd 2.000 Kilometer beträgt, ist eine Rundreise in drei Tagen anders nicht möglich. Seit 30 Jahren werden in Algerien nun die Wüstengebiete rekultiviert. Wir haben davon noch nicht einmal ein Zehntel geschafft. Es wird noch mindestens weitere 100 Jahre dauern, bis wir das ganze Programm abgewickelt haben werden.

Aber eines kann man schon heute feststellen: Das ehemals extreme Klima mit Temperaturschwankungen zwischen Tag und Nacht von bis zu 40 Grad hat sich in den bereits rekultivierten Gebieten schon erheblich gemildert. Auch die einst seltenen Regenfälle haben zugenommen und die Heftigkeit des Sturzregens hat abgenommen.

Die Grundlage und Voraussetzung für das Aufblühen unseres Landes ist Wasser. Aber Süßwasser gibt es normalerweise nicht in der Wüste. Wir müssen es herbeischaffen, und wie das geschieht, werde ich Ihnen als Erstes zeigen. Die Technik der Meerwasserentsalzung hatten wir Ihnen ja bereits in dem Rundreise-Prospekt erläutert, das Ihnen mit Ihrer Teilnahmekarte zugeschickt worden ist. Wir zeigen Ihnen, wie wir Wasser in die Wüste tranportieren.

Die Sahara wird in unserem Land im Norden abgegrenzt durch das Atlas-Gebirge, genauer gesagt durch den Tell-Atlas. Diese Berge sind für die Wüstenbewässerung zwar ein Hindernis, haben aber auch Vorteile. Durch den Einsatz der mordernen Sonnenkraftwerke verfügen wir über beliebig große Mengen von Energie. Mit der Kraft gewaltiger Pumpen befördern wir das entsalzte Meerwasser hinauf ins Gebirge. Auf der Südseite des Atlas-Gebirges entsteht dann zur Wüste hin ein Gefälle, das mit Hilfe der irdischen Schwerkraft das Wasser in die Ebenen der Sahara ohne Unterstützung weiterer Pumpen befördert. Teilweise benutzen wir die im Gebirge entspringenden Wadis anstelle von künstlichen Wasserleitungen. Wadis sind Wasserläufe, die nur zeitweise Wasser führen und später in der Wüste versickern. Dort, wo die Wadis früher endeten, legen wir jetzt Seen an, die mit dem entsalzten Meerwasser befüllt werden.

Für die verschiedenen Bepflanzungen benötigen wir auch unterschiedliche Wasserqualitäten. All das Wasser, das wir in die Trockenzonen des Landes leiten, wird an Ort und Stelle erst einmal in künstlich angelegten Seen oder größeren Teichen gespeichert, denn der Wasserbedarf der Anpflanzungen ist ja unterschiedlich, während die Wasseranlieferung kontinuierlich erfolgt. Die Bewässerungs-Automatik mixt dann je nach Bepflanzung Süßwasser mit Salzwasser oder mit erforderlichen Mineralstoffen. Für den menschlichen Bedarf an Trinkwasser werden dem sterilen, entsalzten Süßwasser ebenfalls noch einige Mineralien beigemischt.

Soweit die Einführung und jetzt fliegen wir los."

Wir stiegen ein, nahmen Platz, wobei jeder versuchte einen Fensterplatz zu ergattern. Doch das war gar nicht nötig, denn der Boden bestand aus einer großen Plexiglasplatte, die einen freien Blick nach unten erlaubte.

Beim Einsteigen konnten wir noch beobachten, wie das flexible Dach in den Fahrzeugrumpf eingezogen wurde und wie sich gleichzeitig vier dreiflügelige Rotorblätter entfalteten. Drinnen konnten wir erleben, wie unser Reiseführer die Koordinaten der nächsten Landeposition eingab, die Flughöhe bestimmte und auf den Starterknopf drückte. Sanft wurden wir in die bequemen Sessel gedrückt, bis die gewünschte Flughöhe erreicht war. Unter uns sahen wir ringförmige Waldstücke, bestehend aus Kiefern, Zypressen und Atlaszedern. Dazwischen konnte man Reisfelder, Spargelfelder, Gemüse- und Obstplantagen sehen. Die Fontänen der Bewässerungen waren von hier oben aus gut zu beobachten. Vereinzelt sahen wir auch Ortschaften, die offenbar alle jünger als 30 Jahre waren und die durch schmale Straßen miteinander verbunden waren. Nach etwa 40 Minuten Flugzeit landeten wir sanft auf der Südseite des Tell-Atlas neben einem gewaltigen Solarkraftwerk. Menschen waren nur ganz wenige zu sehen, denn inzwischen gibt es ja für fast alles, wozu früher Handarbeit nötig war, intelligente Roboter, vorausgesetzt, dass genügend Strom verfügbar ist. Und daran mangelt es hier in diesem sonnenreichen Lande nicht.

Neben dem Kraftwerk schloss sich ein in einer tiefen Mulde gelegener See an, in dem das vom Meer hochgepumpte Wasser gestaut war. Von dieser Wasserversorgungsstation wird das Wasser in offene Täler geleitet, in denen je nach Jahreszeit mehr oder weniger Gebirgswasser fließt. So verwandeln sich Rinnsale in ansehnliche Flüsse.

An den Gebirgsabhängen waren, so weit das Auge reichte, Rebstöcke zu erblicken, die je nach Lage und Sorte grüne oder blaue Trauben trugen und teilweise auch schon gepflückt waren.

In dem kleinen Verwaltungsgebäude wurden wir auch gleich zu einer Weinprobe eingeladen, die die Stimmung unserer kleinen Gesellschaft hörbar anhob.

Es gab drei Sorten: einen Aperitifwein mit köstlich-frischem, vollmundigem Aroma, einen Tischwein mit einer etwas säuerlichen Note und einen Abendwein, der es in sich hatte. Er schmeckte würzig und süß mit gleichzeitig leicht säuerlichem, aber dezentem Aroma. Köstlich!

Der Leiter der Kraftstation, der sich offenbar über unseren Besuch freute, erklärte uns die Funktionsweise des Solarkraftwerkes.

Mehrere gebündelte Hohlspiegel fangen die Sonnenstrahlen ein und konzentrieren sie auf die Metallflächen großer rotierender Wasserkessel, so dass auf dem Auftreffpunkt Temperaturen von ca. 1.200 Grad entstehen, die das unter hohem Druck stehende entsalzte Wasser sofort zur Dampferzeugung bringen. Dieser Dampf erfüllt zwei Funktionen: Zum einen wird in einem Spezialverfahren Wasserstoff erzeugt, zum anderen treibt er stromerzeugende Turbinen an. Der Wasserstoff übernimmt nachts – wenn keine Sonne scheint – den Antrieb der Turbinen, sodass kontinuierlich Strom zur Verfügung steht. Der Strom wird unter anderem zur computergestützten Steuerung der Bewässerungsanlagen benötigt.

Das Innere des Kraftwerkes durften wir wegen der dort herrschenden feuchten Hitze nicht betreten.

Wir machten einen kurzen Spaziergang durch die Anlage, die hin und wieder von uralten Olivenbäumen beschattet wurde.

Unterhalb der Station begann einer der erwähnten Wasserläufe, eine tiefe Schlucht, deren Wasser ursprünglich allein von den Niederschlägen des Gebirges stammte, aber nun mit der fünffachen Menge entsalzten Meerwassers ergänzt wurde.

Mit einem rauschenden Wasserfall beginnt dieser neue Fluss, der früher nach kurzer Strecke in der Wüste versickert war, jetzt aber in einem künstlichen See etwa 300 Kilometer entfernt mündet. Auf der ganzen Strecke wird diesem Fluss Wasser für die neuen Wälder und Felder entnommen, bis zum Schluss nur noch ein überschaubares Rinnsal übrig bleibt, nachdem etwa 600 Quadratkilometer Felder und Wälder versorgt wurden.

Der See, in den der Flusslauf endlich mündet und der noch einen zweiten Zulauf hat, versorgt dann weitere 600 Quadratkilometer Pflanzungen mit Wasser.

Unsere nächste Station war also dieser See, genannt Al-behirasahara, den wir nach 45 Minuten Flugzeit erreichten. Der See war so groß, dass wir das jenseitige Ufer nur noch schwach erkennen konnten.

An den Ufern waren vereinzelt prächtige Villen zu sehen. Auch einzelne Segelboote kreuzten durch das leicht wellige Wasser. Hier war der Ort, wo das Gebirgswasser noch bis vor 30 Jahren versickert war. Der Grundwasserspiegel war allerdings ergiebig genug, sodass sich hier schon seit Jahrhunderten eine Oase befand.

Wir hatten inzwischen alle tüchtig Hunger. Ein kleines Hotel am See, in dem wir auch übernachteten, servierte uns ein köstliches Schawarma (gegilltes Lamm mit Huhn und Salat), und dazu gab es wahlweise Bier, Wein oder Fruchtsaft.

Am Abend wurde uns ein Film über die Renaturierung der Sahara in den vergangenen 30 Jahren vorgeführt. Man kann nur staunen, wie dieses einst so lange rückständige Land zu neuer Blüte erwacht ist und heute schon zu einem wichtigen Exporteur für Südfrüchte, Gemüse, Reis und Wasserstoff-Treibstoff im Welthandel aufgestiegen ist. Und, noch einige Jahre weiter, dann wird Algerien wohl auch der wichtigste Lieferant für Edelhölzer sein.

Nach dem Essen unternahm ich noch einen Spaziergang am Seeufer entlang. Die Orts-Verwaltung hatte – sehr vernüftig – dafür gesorgt, dass die Privatgrundstücke nicht direkt bis ans Seeufer heranreichen dürfen. Der Grund: Der Wasserspiegel des Sees verändert sich je nach Entnahmemenge sehr erheblich. Zum anderen sollte der Öffentlichkeit und den Gästen nicht der Zugang zum See versperrt werden. Einige Strecken am Ufer dienten als öffentliche Parkanlage. Die Bäume darin waren zwar noch alle sehr jung, aber man konnte schon ahnen, was für exotische Prachtexemplare der Natur hier in Kürze ihre ganze Schönheit entfalten würden.

Am nächsen Morgen ging der Flug zum Chott Melghir, ganz im Nordosten Algeriens, das inzwischen zum größten Reisanbaugebiet der Welt entwickelt wurde.

Es handelt sich dabei um einen ehemaligen Salzsee, der etwa 40 Meter unter dem Meeresspiegel liegt. Je nach Jahreszeit trocknete der See fast ganz aus. Nach ausgiebigen Regenfällen (die hin und wieder vorkamen) konnte dieses geheimnisvolle Gewässer eine Ausdehnung bis 6.700 Quadratkilometern und 200 Kilometer Länge einnehmen. Das Klima ist mörderisch heiß, doch dank modernster Technik wurde hier aus einem Höllenloch ein Zentrum der Landwirtschaft geschaffen.

In der Zeit, in der der See fast ausgetrocknet war, wurde mit Riesenbaggern die am Seeboden gebildete Salzschicht abgetragen und ins Mitelmeer versenkt. Übrig blieb eine salzhaltige Schlammschicht. Auch an der nordöstlichen Mittelmeerküste des Landes wurden Solarkraftwerke, Solarfelder, Windkraftanlagen und weitere Meerwasser-Entsalzungsanlagen gebaut, deren Wasserströme ebenfalls ins Tellatlasgebirge hochgepumpt und dort auf die zahlreichen Quellen der Wadis verteilt wurden.

Diese Flüsse sind aber genau diejenigen, die in der Regenzeit das Chott mit Wasser versorgen. Auf diese Weise spart man kilometerlange Rohrleitungen, die sonst zur Wüstenbewässerung benötigt würden. Jetzt kann man also den Wasserspiegel des Sees künstlich und nach Bedarf steuern.

Quer durch den See hat man zwei Dämme gebaut, die den See in drei Teile abteilen, wobei das östliche und das westliche Seegebiet so flach gehalten wird, dass ein großflächiges Reisanbaugebiet entsteht. Die in Marokko gezüchtete Reissorte für salzhaltigen Boden gedeiht hier prächtig. Der in der Mitte verbliebene See gibt gerade so viel Wasser an die Reisfelder ab, wie benötigt wird. Der Wasser-Überschuss wird in die umliegenden Wüstengebiete weitergeleitet.

Anbau und Reisernte erfolgen weitgehend automatisch. Von Menschenkraft wäre das wegen der riesigen Ausdehnung des Anbaugebietes auch gar nicht zu bewältigen.

Unser Reiseleiter lud uns zu einer Seerundfahrt ein. Das allein war schon ein Erlebnis. Wir flogen bis zur Seemitte. Dort setzte unser Flieger auf dem Wasser auf, zog die Rotoren ein, und schon waren wir alle Schiffspassagiere. Auf der etwa zweistündigen Rundfahrt konnten wir viele Tierarten beobachten, Flamingos, Enten, Schwäne, Haubentaucher, sogar Seeotter gab es. Durch den Glasboden des „Schiffes" konnten wir zahlreiche Fische beobachten. Das Erstaunlichste war: Es schwammen sogar einige Störe im See. Wir erfuhren, dass diese wertvollen Tiere extra gezüchtet würden, um eines Tages auch große Mengen Kaviar exportieren zu können.

Man kann immer wieder staunen, was dieses Land in den vergangenen Jahren geleistet hat. Da trotz weitgehender Automatisierung auf den verschiedensten Gebieten für die land- und forstwirtschaftliche Entwicklung viele zusätzliche Menschen als Arbeitskräfte benötigt werden, ist Algerien heute ein beliebtes Einwanderungsland. Menschen kommen aus Gebieten Afrikas ins Land, die früher aus ihren Heimatländern hätten fliehen müssen, um nicht zu verhungern oder in Bürgerkriegen umzukommen.

Was für eine Wende der Lebensbedingungen, die letztlich auf die Erfindung der Solarkraftwerke zurückzuführen ist!

Wir übernachteten in einem einfachen Hotel in der ehemaligen „Wüstenstadt" Biskra, die sich in den letzten Jahren mit Bäumen und Blumenbeeten schön herausgeputzt hat.

Der dritte und letzte Tag unserer Rundreise sollte der Höhepunkt werden: drei Rundfahrten oder Wanderungen durch neu entstandene Wälder, einen Tropen-, einen Mammutbaum- und einen Mischwald mit anschließender Savanne, die der Viehweide dient.

Wir mussten jetzt wieder ganz nach Südwesten fliegen, eine Strecke von etwa 1.200 Kilometern. Dabei überquerten wir weite Strecken, die noch unbearbeitete Wüste waren. Aber eines war jetzt schon deutlich zu erkennen: Wir sahen unter uns streckenweise rot blühende Hügel oder bunt blühende Ebenen, wo vor zehn Jahren noch unberührte Wüste lag. Unser Führer erklärte uns lachend: „Ja, wir haben schon ohne jede Bearbeitung erreicht, dass jetzt in einigen Teilen der Sahara zwei- bis dreimal pro Jahr Regen fällt. Hier, diese bunten Felder sind das Ergebnis. Es bilden sich Bachläufe, die zwar immer wieder austrocknen, aber der vom Regen angefeuchtete Sand lässt viele Sorten an Blumen und Sträuchern wachsen. Die Hitze der nachfolgenden Trockenzeit bereitet diesem bunten Spuk allerdings bald wieder ein Ende. Doch die Blumen, die hier wachsen, haben sich so angepasst, dass sie in der kurzen Zeit ihrer Blüte schon Samen bilden können. Jetzt blühen sie zwei- bis dreimal pro Jahr, während sie früher manchmal bis zu zehn Jahren warten mussten, bis der nächste Regen fiel."

Nach etwa zweieinhalb Stunden Flugzeit waren wir am Ziel. Wir landeten in einer kleinen Ortschaft in der Nähe der Stadt Abadla, die auch wieder einen neuen Namen bekommen hatte, den ich aber vergessen habe. In der Ortschaft gab es eine Försterei, eine Baumschule, Unterkünfte für die Waldarbeiter und natürlich auch wieder Gewächshäuser. Die Forstbediensteten (keine Beamten) und die Gärtner bewohnten eine aus etwa 100 Häusern bestehende Reihenhaussiedlung. Unser Reiseführer machte uns mit dem leitenden Oberförster bekannt, der für die folgenden Stunden die Führung unserer Gruppe durch die Wälder und die Savanne übernahm.

Die Wasserversorgung hier war eine technische Meisterleistung. Aus mehreren Mittelmeer-Entsalzungsanlagen wurde bis hierhin über Hunderte von Kilometern, zum Teil mitten durch Gebirgslandschaften, eine gigantische unterirdische Wasserleitung verlegt, die auch das auf der Strecke liegende Chott Chergui mit Frischwasser versorgte, in dessen Umgebung ebenfalls eine neue Kulturlandschaft entstand.

Unser „Flugboot" setzte sich nun als Geländewagen in Bewegung.

Nach kurzer Fahrt erreichten wir den tropischen Urwald. Eine Bewässerungsanlage schoss Wasserfontänen hoch in die Luft, sodass der Wald permanent beregnet wurde und die Luft einen hohen Feuchtigsgrad annahm. Die Bäume waren noch nicht allzu hoch gewachsen, denn sie waren ja alle nicht älter als 25 Jahre, doch der Boden hatte durch herabfallendes Laub in Kombination mit der Bodenfeuchtigkeit eine dünne Humusschicht gebildet, die sich wie ein Brei ausgebreitet hatte. Da das Blätterdach noch nicht allzu dicht war, gab es einen Bodenbewuchs aus Moosen, Pilzen und Farnen. Auch einige Orchideen hatten sich hierher verirrt. Das Gelände war sehr wellig, und der Weg, den wir befuhren, war holperig. Gut, dass unser Wagen einen Vier-Rad-Antrieb besaß. Man konnte sich gut vorstellen, dass hier früher hohe Sanddünen existiert haben mussten. Herr Hammamed, so hieß der Oberförster, erklärt uns die verschiedenen Baumarten, die einmal zu Edelhölzern heranwachsen sollten. Diese Bäume hier waren bereits die zweite Bepflanzung, da der Boden zunächst durch schnellwachsende, humusbildende Sträucher vorbereitet werden musste.

Aussteigen wollten wir hier nicht. Dafür war es zu feucht.

Plötzlich lichtete sich der Wald, und wir kamen an einer Anpflanzung vorbei, in der verschiedene Leute arbeiteten. Ein Lieferwagen hatte junge Pflanzen aus der Baumschule geladen, die hier eingepflanzt werden sollten. Das ging ruckzuck. Ein Maschinenbohrer bohrte ein armdickes Loch in den Boden, ein zweiter Arbeiter schüttete schätzungsweise ein Kilo Langzeitdünger hinein, setzte die junge Pflanze ins Loch, schüttete aus einem dicken Rohr, das mit einem tankwagenähnlichen Fahrzeug verbunden war, dickflüssige Erde darauf und stampfte alles fest. Sobald eine Pflanzreihe fertig war, wurde alles unter Wasser gesetzt, damit sich die Wurzeln der jungen Bäume ordentlich vollsaugen konnten. Herr Hammamed erklärte uns, dass alle fünf Jahre eine neue Edelholzpflanzung angelegt werde, damit die Ernte nach 50 bis 65 Jahren kontinuierlich erfolgen kann, ohne dass Lieferengpässe entstehen. Die ganze Schonung war vorher mit einem Drahtzaun umgeben worden, damit die aus der Wüste vordringenden Gazellen, Giraffen und Elefanten nicht wieder die jungen Bäume abfressen. Unter den Tieren musste es sich schon herumgesprochen haben, dass es im nördlichen Algerien Grasland, Bäume und sogar herrliche Obstbäume gibt. So sind aus dem mittleren Afrika über Hunderte von Kilometern durch wasserlose Wüste einige Tierherden zugewandert. Wie das funktioniert hat, konnte mir niemand erklären. Das galt auch für viele Vogelarten, die sich hier neu angesiedelt hatten.

Die Fahrt ging weiter nach Süden, und was wir jetzt sahen, hat mir den Atem verschlagen: Ein Wald mit Mammutbäumen breitete sich über mehrere Kilometer vor uns aus. Die Bäume waren dafür vorgesehen, für die nächsten 3.000 Jahre hier zu stehen und für ein gemäßigtes Klima zu sorgen. Allzu hoch waren auch diese Bäume noch nicht gewachsen, denn sie waren auch nur 25 Jahre alt, einige noch jünger. Sie waren bewusst in Abständen von mindestens 15 Metern voneinander gesetzt worden, denn sie breiten sich stark aus und dürfen einander nicht behindern. Zwischen den Bäumen waren Rhododendren und Azaleensträucher angepflanzt worden. Im Frühjahr muss das einen herrlichen Anblick geben, wenn die Sträucher in verschiedenen Farben blühen. Hier stiegen wir noch einmal aus, um die wunderbare würzige Luft zu genießen. Am Boden wuchsen auch verschiedene Gräser. Der sandige Untergrund war nirgendwo mehr zu entdecken.

Die letzte Etappe war noch weiter südlich und führte uns in eine Graslandschaft, auf der nur vereinzelt Zedern, Zypressen und Kiefern, auch einige Pinien wuchsen.

Wie wir vom Oberförster erklärt bekamen, sollte hier in einigen Jahren eine Viehzuchtstation entstehen, die dann endlich auch für Algerien Frischmilch liefern sollte, was bislang dort noch eine Rarität war. Ein kleiner künstlicher See besorgte die knappe Bewässerung, die verhinderte, dass sich hier größere Waldflächen bildeten, denn dieses Gebiet hier sollte Weidefläche bleiben. Wir sahen in der Ferne große Gnu-Antilopen und auch einige Giraffen. Aber dies waren nicht die einzigen Tiere, die sich hier angesiedelt hatten.

Erdmännchen und Ameisenbären, aber auch Schlangen und Skorpione, die schon immer hier gelebt haben, hatten sich an die veränderten Lebensbedingungen angepasst. Herr Hammamed erklätte uns, dass man noch auf der Suche nach einer geeigneten Rinderart sei, die die hohen Temperaturen, die hier auch in Zukunft noch herrschen werden, gut vertragen können.

Aber wie bekommt man die Frischmilch in die über 1.000 Kilometer entfernten Großstädte, wo sie so dringend gebraucht wird? „Ganz einfach", meinte Herr Hammamed, „mit Hilfe eines hier geplanten Solarkraftwerkes kühlen wir die Milch auf plus zwei Grad Celsius herunter und befüllen täglich ein bis zwei Spezialflugzeuge, die anstatt einer Passagierkabine einen großen Tankraum besitzen. Diese Maschinen werden außer Algier auch noch mehrere Großstädte in unserem Land, in Marokko und Tunesien mit Milch versorgen. Das ist zwar noch keine ganz ideale Lösung des Problems, aber es sichert erst einmal die Versorgung.

Sicherlich gibt es eines Tages noch eine bessere Lösung. Vielleicht kann man mit Unterstützung von Sonnenenergie und entsalztem Meerwasser an den Hängen des Atlasgebirges Almwiesen erschaffen, die diese Aufgaben in der Nähe der Großstädte übernehmen können."

Gegen Nachmittag war unsere vierstündige Rundreise beendet. Wir bedankten uns bei Herrn Hammamed, bestiegen unser tolles Universalflugzeug der Firma Tesla, USA, und flogen zurück nach Al-Jadimaya.

Dort bestieg ich mit meiner Reisebegleitung aus Agadir, einer Französin, mit der ich mich inzwischen angefreundet hatte, mein von Herrn Böhmer ausgeliehenes Flugzeug. Ich gab die Koordinaten vom Garten Eden ein, und alles andere erledigte die perfekte Automatik. Wir landeten kurz vor Dunkelheit auf dem dortigen Landeplatz. Ich tankte die Maschine noch voll, denn das war so mit Herrn Böhmer vereinbart.

Wir trafen Herrn Böhmer noch in seinem Büro an, wo ich ihm die Papiere und den Zündschlüssel mit bestem Dank übergeben konnte. Sehr freundschaftlich nahmen wir von einander Abschied, denn ich fand es sehr nett von ihm, mir sein Privatflugzeug gleich für mehrere Tage anzuvertrauen.

Ich bot ihm an, dass ich mich gern für seine Gastfreundschaft revanchieren würde. Wenn er mal besuchsweise oder für immer nach Deutschland kommen sollte, müsste er auch Aachen besuchen, damit ich ihm die alte Kaiserstadt zeigen könnte. Bis heute ist er aber leider nicht erschienen.

Mein Leihwagen stand unversehrt noch auf dem Firmen-Parkplatz. Yvonne und ich fuhren damit nach Agadir zurück, wo wir spät in der Nacht in unserem Hotel eintrafen.

Meine neue Freundin Yvonne wollte eigentlich noch ein paar Tage in Agadir bleiben. Ich konnte sie aber überreden, mit mir per Transrapid nach Tanger zu reisen, dort umzusteigen und die neue Transrapidstrecke über Algier nach Tunis kennenzulernen. Sie war einverstanden, und ich war froh, nun eine Reisebegleitung zu haben. Zu zweit macht das Reisen doch viel mehr Spaß. Der Fahrpreis war gar nicht hoch. Überhaupt, alle Preise für Verpflegung und Unterkunft waren hier viel günstiger als bei uns zu Hause.

Am nächsten Morgen fuhren wir los und schon drei Stunden später stiegen wir in Tunis aus, denn dies war die vorläufige Endstation der Transrapid-Verbindung. Aber eigentlich wollten wir noch nach Libyen weiterreisen.

Die Aufforstungsarbeiten in Tunesien wollten wir nicht auch noch besichtigen, denn die unterschieden sich kaum von denen in Algerien.

Libyen

Von Tunis aus war die neue Strecke nach Tripolis seit zwei Jahren im Bau, doch war sie noch nicht betriebsbereit.

Ich hatte mich über die aktuellen Zustände in Libyen schlau gemacht.

Nach einem zwei Jahrzehnte dauernden Bürgerkrieg hatten sich die streitenden Parteien endlich vor etwa 25 Jahren geeinigt und die Vernunft siegen lassen. Die positive Entwicklung des Nachbarlandes Algerien war von den Libyern ja nicht unbemerkt geblieben. Die sozialen Unterschiede zwischen den beiden Ländern waren aber bis vor Kurzem noch extrem.

Nun wollte man nach dem Beispiel von Algerien ebenfalls die von der Uno zur Verfügung gestellten Mittel zur Renaturierung der libyschen Sahara in Anspruch nehmen. Außerdem standen hohe Fördermittel dafür auch aus den USA, Deutschland, China und der Türkei bereit. Allmählich leerten sich die Flüchtlingslager. Aus allen Ländern Afrikas und auch aus dem Nahen Osten strömten Tausende von Menschen ins Land, um sich an den Aufforstungsarbeiten zu beteiligen und dort gutes Geld zu verdienen, glücklich, nicht mehr aus purer Not übers Meer flüchten zu müssen.

Als allererste Investition und als Grundlage für alle weiteren Maßnahmen mussten mehrere Solarkraftwerke installiert werden, was damals gar nicht so einfach war, denn die Jülicher Produktionsanlage hatte Lieferengpässe, weil viel mehr dieser großartigen Energiespender aus aller Welt bestellt wurden als ausgeliefert werden konnten. Aber nachdem in Küstennähe drei dieser Kraftwerke, verstärkt durch Hochleistungs-Solaranlagen modernsten Bautyps und Windkraftanlagen, den Betrieb aufnehmen konnten, wurden ebenfalls drei Meerwasser-Entsalzungsanlagen fertiggestellt und in Betrieb genommen. Nun war der Anfang gemacht.

Wasser und Energie standen zur Verfügung. Weitere Anlagen dieser Art sollten noch folgen.

Das ehemals total überfüllte Flüchtlingslager, in dem unbeschreibliche hygienische Zustände geherrscht haben müssen, war inzwischen ganz geräumt. Das auf mehrere Quadratkilometer angewachsene Gelände war von einer türkischen Firma aufgekauft worden, die darauf eine übergroße Baumschule und Gärtnerei nebst Großhandel für Garten- und Forstbedarf eingerichtet hatte. Diese Firma ging auf „Nummer sicher" und hatte zusätzlich noch einige Windräder installieren lassen, was sich später noch als sehr kluge Maßnahme erweisen sollte.

Das alles hatte mich neugierig gemacht, und deshalb wollte ich unbedingt auch nach Libyen reisen, um die Fortschritte an Ort und Stelle kennenzulernen.

Auch Yvonne zeigte Interesse, sich dieses Land einmal anzuschauen.

Aber wie kommen wir nach Tripolis? Mit dem Auto ist das zu weit und unbequem. Der Linienflugverkehr war seit Einführung der Kerosinsteuer mangels Passagieren eingestellt worden, die Transrapidstrecke war ja noch nicht fertig.

Da fiel mir die Werbung einer Verleihfirma, unter anderem auch für private Kleinflugzeuge ins Auge. Wir nahmen ein Taxi und fuhren zu der angegebenen Adresse in der Nähe des Flughafens.

Ich sah auf dem Abstellplatz für die Leihmaschinen ein Flugzeug, das genau der Maschine von Herrn Böhmer entsprach, mit deren Bedienung ich also schon vertraut war. Also stand die Entscheidung fest: Wir besuchen Libyen per Flugzeug.

Die Verleihfirma hatte außer in Tunis noch mehrere Filialen in Afrika, so auch in Libyen oder Algerien, so dass wir die Maschine nach Beendigung unserer Reise auch dort abgeben konnten. Zur Sicherheit musste ich eine hohe Kaution von meiner Bank bestätigen lassen. Außerdem wurde mir mitgeteilt, dass die Maschine mit Google-Watch verbunden sei, sodass der Verleih jederzeit sehen könne, wo man sich gerade befindet. Außerdem musste ich noch meinen Flugschein vorweisen.

Mit etwas Herzklopfen meinerseits wurden wir handelseinig.

Der Abstecher nach Libyen konnte beginnen. Yvonne war hinsichtlich meiner Flugfähigkeiten noch etwas skeptisch, getraute sich aber doch, ins Flugzeug einzusteigen.

Per Smartphone hatte ich in Tripolis ein Hotelzimmer für uns bestellt, das über einen Flugzeug-Landeplatz verfügte. Nach Eingabe der Koordinaten, der gewünschten Flughöhe und möglichen Zwischenlandungen in Orten, die auf der Strecke lagen, drückte ich, nachdem die Automatik des Flugzeugs auch den Wetterbericht angezeigt hatte, auf den Startknopf – und schon ging es los. Die übersichtliche Anzeigetafel vor dem Pilotensitz zeigte uns die genaue Ankunftszeit an unserem Zielort.

Die kürzteste Flugstrecke von Tunis nach Tripolis führt über eine weite Strecke, nämlich 450 Kilometer, übers Mittelmeer.

Das ging zum Glück alles bei schönstem Sonnenschein völlig reibungslos. Was der Wetterbericht leider vergessen hatte anzugeben, war, dass über Tripolis Bodennebel herrschte. Von unserer Flughöhe aus war kein einziges Haus oder sonst irgendein Orientierungspunkt zu erkennen. Mir wurde fast übel vor Angst. Was sollte ich tun? Zurückfliegen? Wir spürten, dass unsere Maschine an Flughöhe verlor. Die Anzeigetafel verriet uns, dass wir genau jetzt ankommen müssten. Und plötzlich gab es einen leichten Ruck. Unsere Maschine war ganz präzise auf dem Dach unseres Hotels gelandet. Ich hätte das Flugzeug küssen können – so erleichtert war ich, als mir ein schwerer Stein vom Herzen gefallen war.

Mit zitternden Knien holten wir unser Gepäck aus der Maschine und meldeten uns in der Rezeption des direkt am Strand gelegenen Arkadia-Hotels an.

Nach diesen zum Glück überstandenen Schreckensminuten mussten wir erst mal einen Kaffee trinken. Da es auch gerade Mittagszeit war, bestellten wir uns dazu je einen Teller „Consomé du jour".

Danach folgte ein Spaziergang. Erst am Strand entlang, der infolge des Meeresspiegel-Anstiegs nur noch sehr schmal war. Er sah auch ziemlich ungepflegt aus. Einige Strandkörbe, die sogar bewohnt waren, bewiesen, dass offenbar auch hier Menschen Urlaub machten.

Unser Weg führte uns nun in die Stadt. Man konnte noch deutlich die Spuren des 25 Jahre zurückliegenden Bürgerkrieges erkennen. Tripolis hatte ja Bomben und Granatbeschuss erlebt, und mit den Aufräumungsarbeiten hatten es die Libyer offenbar nicht so eilig. Die ganze Stadt machte einen dreckigen und verwahrlosten Eindruck. Es gab eine Reihe von Wolkenkratzern. Doch allem Anschein nach standen viele Etagen leer.

Wir gingen weiter in Richtung Hauptbahnhof. Dort fanden wir eine gewaltige Baustelle vor, denn hier entstand die vorläufige Endstation der Nordafrika-Transrapidstrecke.

Auf dem Bauschild hatten wir entziffert, dass als Bauleitung ein Dipl-Ing. Pfeiffer angegeben war. Das klang doch deutsch? Ich erkundigte mich im Baubüro nach Herrn Pfeiffer und siehe da – er war für mich zu sprechen. Er war gebürtiger Schweizer. Ich fragte, ob ich morgen früh die Baustelle besichtigen dürfe. „Auf keinen Fall. Das ist streng verboten." Dann fragte er nach: „Wie war noch Ihr Name?" Ich wiederholte ihn. „Sind Sie verwandt mit dem Autor, der den Gedanken der subterrestrischen Transrapidbahnen entwickelt hat?" „Ja, ich bin die Enkelin, und ich möchte einen Presse-Artikel über den Fortgang der Nordafrika-Strecke schreiben." Schweigen. Nach einer Weile: „Warten Sie, ich werde mir telefonisch eine Erlaubnis von meinen Bossen holen." Damit verschwand er. Nach einer Weile: „Morgen früh um sieben Uhr fahren unsere Fachleute zur Frühschicht ein. Da können Sie mitfahren. Die eigentliche Baustelle vor Ort liegt aber bereits 150 Kilometer von hier entfernt! Ziehen Sie robuste Kleidung an und feste Schuhe bitte! Einen Helm bekommen Sie von uns."

Ich bedankte und verabschiedete mich: „Also bis morgen früh."

Yvonne hatte keine Lust, sich der Strapaze der Baustellenbesichtigung zu unterziehen und wollte lieber an den Strand, um mal wieder im Mittelmeer zu baden. (Unser Hotel besaß einen eigenen Strandabschnitt, der auch tadellos sauber gehalten wurde.)

Baustelle

Ich musste also am nächsten Morgen schon um 5.30 Uhr früh aufstehen (was ich eigentlich gar nicht mag), duschen, frühstücken und los ging es per Taxi zum Hauptbahnhof.

Ich war schon lange vor sieben Uhr am Eingang der Baustelle, denn ich wollte keinesfalls auf den letzten Drücker ankommen oder gar zu spät kommen. Ich hatte gesehen, dass in der Stadt in den Rush-Hours ein heilloses Verkehrschaos herrschte.

Die Sicherheitsleute am Eingang wussten Bescheid und ließen mich ein. Ich fuhr mit dem Fahrstuhl in die unterste Etage des Bahnhofs, wo die Endhaltestelle der Transrapidstrecke schon fast fertig eingerichtet war.

Die Arbeiter und Ingenieure der Nachtschicht waren gerade zurückgekommen. Die Belegschaft der ersten Tagschicht wartete schon auf die Abfahrt. Am Bahnsteig empfing mich Herr Pfeiffer. Punkt sieben Uhr stiegen wir ein. Die Fahrt zur Baustelle erfolgte tatsächlich schon mit einem Transrapid-Zug. Allerdings war die Strecke noch nicht evakuiert. Wegen des also noch vorhandenen Luftwiderstandes erreicht der Zug nur die halbe jener Geschwindigkeit, die er nach Inbetriebnahme eigentlich fahren, besser: schweben sollte. Aber immerhin, er erreichte fast 400 km/h Tempo, sodass wir nach 25 Minuten Fahrzeit bereits am Ziel waren. Herr Pfeiffer hatte mir auf der Fahrt schon einiges über den Baufortschritt erzählt.

„Wir befinden uns hier etwa 70 Meter unter dem Meeresboden. Das Mittelmeer ist hier 600 Meter tief. Um auf dem kürzesten Weg von Tripolis nach Tunis zu gelangen, führt die Strecke schnurgrade nach Nord-Nord-West und von unserer Seite aus fast ausschließlich unter dem Meeresboden entlang. Wir werden also mit dem von Tunis ausgehenden Tunnel-Vorschub der Strecke etwa in der Mitte zwischen Tunis und Tripolis zusammentreffen, und das wird tief unter der Meeresoberfläche stattfinden. Die Länge der Strecke wird 448 Kilometer betragen. Die Mitte liegt also bei 224 Kilometern. Bis zum Treffpunkt müssen wir uns demnach von hier aus noch etwa 72 Kilometer unterseeisch vorarbeiten, vorausgesetzt, dass die Tunesier gleich schnell wie wir vorankommen. Die letzten 100 Kilometer bis Tunis befinden wir uns dann wieder unter dem Festland, wo wir mit dem angestiegenen Meeresboden wieder auf 40 Meter Tiefe angekommen sein werden, die wir dann auch bis Tunis beibehalten."

Es war ein Höllenlärm hier unten, und die Luft war auch stickig. Vor uns wälzte sich die Riesen-Universalbohrmaschine durch das Erdreich. Nein, Erde war das nicht, durch das der Bohrkopf sich wühlen musste. Herr Pfeiffer erklärte mir die Funktion. Die meisten technischen Begriffe habe ich inzwischen wieder vergessen, aber wie das Ganze funktioniert, habe ich bewundert und mir auch gemerkt.

„Zwischen den Bohrmeißeln, die je nach Beschaffenheit des Berges eingesetzt werden, befinden sich Austrittsöffnungen für äußerst starke Laserstrahlen, die das zu bohrende Gestein bis fast zur Verflüssigung erhitzen. Außerdem befinden sich im Bohrkopf, der einen Durchmesser bis zu 9,50 Meter hat, zahlreiche Düsen, aus denen unter starkem Druck feine, rotierende und kochendheiße Wasserstrahlen austreten, womit die erhitzten Steine zumindest gelockert, wenn nicht gleich herausgebrochen werden. Die eigentlichen Bohrmeißel haben dann nur noch relativ leichte Arbeit zu leisten, wodurch sie wesentlich flotter vorankommen als ohne die Laser-Vorbehandlung. Auf diese Weise wird die Bohrgeschwindigkeit um ein Mehrfaches gegenüber früheren Tunnelbohrungen gesteigert. Das herausgebrochene Gestein wird sofort anschließend zermahlen, mit angeliefertem Bausand, Wasser und Zement vermischt. Das überschüssige Wasser (auch jenes, welches aus einer angebohrten Wasserader austritt), wird mit dem nicht verwendbaren Aushub per Laufbändern nach draußen befördert. Bei Unterwasser-Strecken – wie hier der Fall – ergeben sich sehr lange Förderband-Strecken, bis der Abfall ins Freie gelangt. Das hier und wohl auch bei allen anderen Transrapidstrecken angewandte System hat den großen Vorteil, dass hier fast staubfrei gearbeitet werden kann.

In einem anschließenden Verfahren wird der Fertigbeton unter hohem Druck gegen die Tunnelwände gepresst. Je nach Beschaffenheit des umgebenden Felsens werden mit einer nachfolgenden Maschine entsprechend der Form des Tunnels gebogene Stahlträger zunächst in die Deckenwölbung und anschließend in die Seitenwände eingepresst und mehrfach im Gestein verdübelt. Der Abstand der einzelnen Träger richtet sich nach dem Bergdruck, der von den Statikern der Baustelle berechnet wurde."

Ich dachte jetzt daran, wie viele neue Arbeitsplätze allein in der Stahlindustrie geschaffen wurden und noch werden müssen, bis alle Strecken fertig sein werden!

Der letzte Arbeitsgang ist die Auftragung der absolut luftdichten russisch patentierten Folie, in die gleichzeitig die Sensoren eingearbeitet werden, die die absolut genaue Einhaltung der exakt berechneten Trassenlage überwachen, denn Unebenheiten kann sich, wie ja schon erwähnt, der Transrapid bei den extrem hohen Geschwindigkeiten nicht leisten!

Jetzt war mir auch klar geworden, warum hier so viele Messtechniker tätig sein müssen.

Also, die Folie wird etwa eine Woche nach dem Aufbringen der Betonwände und der Verstärkung durch die Stahlträger aufgespritzt, und die Sensoren werden in bestimmten Abständen und mit genauer Ausrichtung auf die Fahrstecke und deren Untergrund mechanisch eingedrückt, solange die Folie noch elastisch ist und sich selbst wieder luftdicht abschließt.

Wenn das alles fertig ist, kommen die Mechaniker zur Montage des Linearmotors und dessen leicht elastischen Unterbaus, der leichte Verschiebungen innerhalb des Tunnels automatisch – gesteuert von den Sensoren – ausgleichen kann.

Ich konnte mir in Ruhe auf der etwa einen Kilometer langen Baustelle alles ansehen, begleitet von dem netten Herrn Pfeiffer, der mir bei der Begrüßung zunächst erst mal recht unfreundlich erschienen war. Aber das lag wohl daran, dass er ständig unter Zeitdruck stand und auch eine enorme Verantwortung trug. Sollte ein Unfall passieren, wäre er als Verantwortlicher zunächst erst einmal der Beschuldigte.

Ich hatte während des Inspektionsganges mit Herrn Pfeiffer noch einige Fragen, die er mir bereitwillig beantwortete. Aber eine Frage brachte ihn doch etwas in Verlegenheit, nämlich die: „Bei uns in Deutschland verlangt der TÜV, dass alle vier Kilometer eine Ausstiegsluke aus dem Tunnel eingebaut werden muss. Was passiert, wenn hier auf der etwa 400 Kilometer langen Strecke, 660 Meter unter der Meeresoberfläche, eine Panne oder sogar etwas Schlimmeres passiert?" „Das ist eine gute und auch schwerwiegende Frage. Auf dieser Strecke unter dem Meer kann natürlich niemand aussteigen, falls es eine Panne gibt. Diese Frage ist bei der Streckenplanung selbstverständlich auch diskutiert worden. Daher gilt hier die Auflage: Die Strecke wird einmal pro Woche mit einem Werkstattwagen abgefahren und zentimetergenau überprüft, und zwar in beiden Fahrtrichtungen. Die Züge selbst werden jeweils nach 10.000 Kilometern technisch gewartet. Und die Höchstgeschwindigkeit von 600 km/h darf auf Unterwasser-Strecken nicht überschritten werden."

Am Mittag gab es aus einer fahrbaren Kantine ein kräftiges orientalisches Mittagessen, das sich Kuskus nennt. Das hat prima geschmeckt, obwohl ich bis heute nicht ganz herausgefunden habe, woraus das eigentlich gemacht wird.

Gegen 16 Uhr fand die Rückfahrt statt, nachdem die zweite Tagschicht an der Baustelle eingetroffen war. Ich verabschiedete mich von Herrn Pfeiffer und versprach, ihm meinen Pressebericht nach der Veröffentlichung zuzuschicken. Mit ihm habe ich einen neuen Freund gewonnen.

Etwas ermüdet traf ich im Hotel ein. Nach einem kurzen Erholungsschlaf setzte ich mich an den kleinen Schreibtisch im Zimmer und machte meine Notizen. Herrn Pfeiffers Erläuterungen hatte mein Smarty schon aufgenommen und gespeichert.

Florapax

Yvonne war vom Strandbad zurückgekehrt und las in einem Buch.

Am nächsten Tag wollten wir die Baumschule besuchen, die in dem ehemaligen Flüchtlingslager eingerichtet worden war.

Wir hatten uns beide entschlossen, das Ende unserer Ferien in Tunesien auf der Insel Djerba ausklingen zu lassen. Dorthin wollten wir nach der Besichtigung der Baumschule mit der Privatmaschine fliegen, die wir richtig lieb gewonnen hatten, weil sie uns im Nebel so elegant das Leben gerettet hatte.

Für unsere Transrapid-Rückfahrten nach Paris und Aachen hatte ich für eine Woche später per Smartphone Tickets gebucht. Ein nicht zu teures Hotel in Djerba haben wir uns gemeinsam herausgesucht und gebucht. Es musste natürlich auch über einen Landeplatz verfügen.

So war alles bestens geregelt.

Am nächsten Morgen frühstückten wir sehr zeitig, checkten an der Rezeption aus, und kurz nach sieben Uhr flogen wir zum ehemaligen Flüchtlingslager Tadschura, einem abgelegenen Vorort von Tripolis. Dieses ehemalige Flüchtlingslager, in dem früher Höllenzustände geherrscht haben müssen, heißt heute Florapax, ein Name, der Hoffnung, Zuversicht und ein gewisses Arbeitsprogramm ausdrücken soll.

Wir meldeten uns bei der Verwaltung an und erklärten, dass wir Journalisten seien, die eine Reportage über Libyens Sahara-Renaturierungsprogramm schreiben wollen.

Der Leiter des Unternehmens war ein chinesischer Biologe namens Dr. Wang-tse, der auch fließend Englisch sprechen konnte. Wir befragten ihn, ob er bereit sei, uns einige Auskünfte über das libysche Konzept der Renaturierung zu geben. Ja, er war nach einigem Zögern bereit, obwohl er auf unseren Besuch nicht vorbereitet sei …

Er erklärte uns, dass sich Libyen weitgehend nach dem Konzept Algeriens ausrichten werde, denn die hätten ja zehn Jahre mehr Erfahrung und schon sehr erfolgreiche Wüsten-Anpflanzungen erschaffen. Aber etwas andere Schwerpunkte wollten die Libyer dann doch setzen. Sie wollten natürlich auch Obst und Gemüse auf den neu kultivierten Flächen anbauen, doch weniger für den Export als vor allem, um die eigene Bevölkerung preiswert zu versorgen.

„Wir wollen auch große Rinderfarmen schaffen. Der Schwerpunkt der libyschen Agrarproduktion soll aber auf dem Getreide-Export liegen, so, wie es schon zu Zeiten des Römischen Reiches war.

Wir haben von den Ägyptern gelernt, wie man aus Wüste Getreidefelder macht, was seit der Errichtung des Assuan-Staudammes mit Nilwasser erfolgreich betrieben wird. Natürlich mussten und müssen auch in Zukunft zuerst Wälder angepflanzt werden, um die Äcker und Weiden vor den gefürchteten Sandstürmen zu schützen und Schatten zu spenden. Wir benötigen aber auch so schnell wie möglich fruchtbaren Humus, der den Anbau auch von extrem empfindlichen und hochwertigen Pflanzen, vorwiegend Blumen, ermöglicht.

Aber dafür müsste man auch hier, in diesem heißen Klima, Treibhäuser zur Verfügung haben, die die empflindlichen jungen Pflanzen vor der brennenden Sonne schützen. Man könnte zwar später auch solche Edelpflanzen im künstlichen Tropenwald anpflanzen, doch das ginge viel zu langsam, und die Ernte dort wäre auch viel zu umständlich und zu teuer. Im Übrigen müsste der bereits in einigen Gegenden angelegte Tropenwald erst einmal die nötige Dichte erreichen.

Eine niederländische Firma errichtet an der Küste gerade eine zweite riesige Fabrik für die Herstellung von Treibhäusern, die das ganze Land beliefern und noch mit einer Anzahl verschiedener landwirtschaftlicher Geräte versorgen wird.

Aber auch Edelhölzer und Bambus wollen wir eines Tages exportieren, denn damit ist viel Geld zu verdienen, das dann für die weitere Expansion von Kultivierungsgebieten eingesetzt werden kann. Entsprechende Farmen sind bereits im Aufbau.

Noch ein paar Worte zum Zukunftsprogramm. Die Erfindung der Solarkraftwerke in Kombination mit der Meerwasserentsalzung ist für unsere nordafrikanischen Länder ein Segen. Libyen verfügt über ca. 1.800 Kilometer Küstenlinie, an denen wir fast unendlich viele solarbetriebene Entsalzungsanlagen installieren können. Wir haben also genug Energie und genug Wasser, um aus unserem Land – wie einst zur Römerzeit – eine Kornkammer der Welt machen zu können. Und noch einiges dazu, was uns heute an hochwertigen Nutzpflanzen zur Verfügung steht.

Das Rekultivierungsprogramm ist eine Aufgabe für Jahrhunderte. Sie setzt allerdings Frieden und Einigkeit im Lande voraus.

Wir benötigen aber für die Verwirklichung der zahlreichen Projekte Kapital und Arbeitskräfte. Die Arbeitskräfte, die wir zu Hunderttausenden zur Verfügung gehabt haben, sind allerdings verschwunden, weil wir zu lange zugesehen haben, wie unsere Nachbarländer uns die Menschen für ihre Aufforstungen weggeschnappt haben. Wir haben zum großen Teil unsere Chancen verpasst und müssen jetzt in anderen Ländern auf die Suche nach arbeitswilligen Menschen gehen.

Soweit meine Ansicht über die Lage Libyens.

Für einen Rundgang im hiesigen Gelände zu Fuß ist der Weg viel zu weit. Hier, in diesem ehemaligen Lager, waren in den ersten zwei Jahrzehnten dieses Jahrhunderts weit über 200.000 Menschen eingepfercht. Entsprechend groß ist das Gelände. Ich stelle Ihnen für Ihre Rundfahrt Elektroscooter zur Verfügung, mit denen Sie jeden Winkel unserer Anlage erreichen können. Ich empfehle Ihnen aber, sich die Gewächshäuser genauer anzusehen. Wahrscheinlich haben Sie eine solche Pracht noch niemals vorher gesehen."

Gesagt getan.

Wir setzten uns mit unseren ungewohnten Fahrzeugen, auf denen man auch Platz nehmen konnte, in Bewegung. Wir kamen an verschiedenen Getreidefeldern vorbei. Auch Raps wurde angebaut. Obstplantagen, in denen – wie in Algerien – gerade geerntet wurde, nahmen große Geländeflächen ein. Dazwischen standen Laubbäume, die allerdings alle noch sehr jung waren, zu dem Zweck, später einmal Schatten zu spenden. Es waren auch Baumarten darunter, die wir noch nicht kannten. Wir erfuhren später, dass es sich hierbei um Affenbrotbäume, Akazien, eine rotblühende Schotia, die afrikanische Magnolie, Zierbanane und die sogenannten Leberwurstbäume handelte. Gemüsefelder gab es auch, wie wie hörten, doch haben wir die nicht zu sehen bekommen. Wir hätten Tage hier in diesem riesigen Versuchs-Anbaugebiet verbringen können, doch eigentlich wollten wir noch am gleichen Tag nach Djerba fliegen.

Am Horizont tauchten weiße Dächer auf, die sich, als wir näher kamen, als Hunderte von Treibhäusern entpuppten.

Hier standen auch einige Reihenhäuser, in denen wohl die für diesen Bereich zuständigen Angestellten wohnten. Am ersten dieser Häuser entdeckten wir ein Schild mit der Aufschrift „Bureau/Office", das uns hoffentlich Tipps geben konnte, welches Treibhaus wir unter den vielen aufsuchen könnten, denn langsam mussten wir die Uhrzeit im Auge behalten, wenn wir vor der Dunkelheit nach Djerba weiterfliegen wollten.

Die Dame im Büro war sehr freundlich und überreichte uns auch einige Prospekte in englischer Sprache über das Aufzucht-Programm dieser Anlage.

Es ging hier um fünf Abteilungen, die einmal einen groß angelegten Export in alle Welt begründen sollen:

Züchtung von Azaleen, Rhododendren und Kamelien, tropische Zierpflanzen als Zimmerpflanzen, wie Glyzinien, Bromelien, Gloxinien, Edelrosen, Nelken, Phlox, Kakteen und Zierfische.

Die Dame wies uns darauf hin, dass jetzt, im August, eigentlich nicht die Blütezeit der Azaleen und Kamelien sei. Aber die einzelnen Gewächshäuser seien so organisiert, dass die Blumen zu allen Jahreszeiten – je nach Beginn der Anpflanzung – blühen können. Wir sollten also nur die Treibhäuser besuchen, in denen die Pflanzen gerade jetzt in voller Blüte standen.

Als erste Station wählten wir die Azaleen und Kamelien aus. Ich erzählte Yvonne, dass ich mit meinen Eltern und Großeltern mal ein paar Tage zu einem Besuch in Dresden gewesen war. Von dort besuchten wir in der Nähe der Nachbarstadt Pirna eine Kamelien- und Azaleen-Schau in dem Vorort Zuschendorf. Das war eine Pracht, sodass wir aus dem Staunen gar nicht mehr herauskamen. Ich war also gespannt, ob sich das Blumenmeer hier ebenso prächtig zeigen würde.

Wir wurden nicht enttäuscht – im Gegenteil. Witzig war, was jetzt geschah: Ich sprach eine junge Gärtnerin an, die gerade einige abgeblühte Blüten abschnitt. Sie antwortete mir auf Englisch in einem Tonfall, der mir eigenartig, aber dennoch irgendwie bekannt vorkam. Ich fragte sie, ob sie vielleicht Deutsche sei? Die Antwort: „Nu freilich, ich gomm' aus So(a)chsen." „Und woher aus Sachsen?" „Aus Zuschndorf, ä gleenes Dorf, abr dos kennse (kennen Sie) bestimmt nich!" Ich erzählte ihr, dass ich nun wüsste, warum sie gerade hier arbeitete. Sie war eine hochbezahlte Expertin für Kamelien und Azaleen, die schon eine Reihe von Preisen erhalten hatte.

Was wir zu sehen bekamen, war atemberaubend. Azaleen verschiedener Arten blühten von weiß über blassrosa, weiß-rosa gesprenkelt, blassrot, dunkelrot, violett bis fast schwarz. Mein Opa hatte damals in Zuschendorf eine gelbe Azalee für seinen Garten gekauft, die aber leider nach kurzer Zeit eingegangen war. Diese Sorte trafen wir auch hier an – eine Rarität.

Sie braucht viel Wasser und verträgt keine direkte Sonneneinstrahlung. Das hatte mein Opa wohl nicht bedacht. Außerdem verträgt sie keine europäische Winterkälte.

In einer Nachbarabteilung riesigen Ausmaßes staunten wir über die Pracht der Kamelien, die ebenfalls in den verschiedensten Variationen zu bewundern waren.

Auch hier sahen wir unterschiedlichste Blütenformen, -farben und -größen. In einer abgetrennten Kühlkammer versuchte man, winterharte Kamelien zu züchten, die es zwar schon gibt, deren Blüten aber im Vergleich zu denen hier etwas kümmerlich ausfallen. Das wollte man also hier verbessern.

Leider hatten wir nicht mehr viel Zeit, bis wir spätestens abfliegen mussten.

Aber unbedingt wollten wir noch die Zierfischabteilung anschauen. Wir wurden informiert, dass wir die Fische in den Hallen 107 bis 110 vorfinden könnten.

Also fuhren wir noch dorthin.

Wir fingen mit Halle 107 an. Die Luft war sehr feucht und mindestens 30 Grad warm. Wir trafen einen jungen Mann an, der bereit war, uns einige Erklärungen zu geben.

Er meinte, farbenfrohe Zierfische hätten eine gute Chance als Exportartikel. Tropische Zierfische benötigten eine Wassertemperatur von mindestens 25 bis 28 Grad.

„Wir können die Fische hier viel billiger züchten als in Europa, denn wir benötigen keinerlei Heizung, um die benötigten Wasser-Temperaturen zu erreichen.

„Für die Zucht von Meerwasser-Fischen, Krebsen, Hummern, Seegurken, Schwämmen und Korallen haben wir eine direkte Zuleitung aus dem Mittelmeer hierher verlegt. Diese Leitung versorgt übrigens auch unsere Reisfelder, die leicht salziges Wasser benötigen.

Eine Fischzucht hat gegenüber der freien Natur große Vorteile. Wir können hier große Mengen selbst seltenster Fischarten züchten. Wir stellen künstlich die Wasserqualität und die Bodenverhältnisse der Region her, aus der sie stammen, setzen die Wasserpflanzen ein, die dort vorkommen und stellen eine eventuell benötigte Strömung her. Selbstverständlich bekommen die Fische auch die gleiche Nahrung, die sie in ihren Heimatgewässern finden. Pro Aquarium halten wir immer nur eine einzige Fischart. Dort fühlen sie sich wohl und legen viele Eier ab, die die anwesenden Männchen sogleich besamen. Da die Fische hier, in der künstlichen Umgebung, keinerlei Fressfeinde haben, ist die Ausbeute an Nachwuchs enorm hoch. Es kann aber passieren, dass die Fische – obwohl sie ausreichend zu fressen bekommen – ihren eigenen Nachwuchs verspeisen, weil sie den noch nicht von ihrer natürlichen Nahrung unterscheiden können. Dies könnte aber auch daran liegen, dass sie von Natur aus so programmiert sind, dass sie hier von der Menge ihres eigenen Nachwuchses irritiert sind. Dies ist der Moment, wo wir aufpassen müssen. Mit einem Saugrohr fangen wir also die junge Brut ein und befördern sie in ein anderes Becken, in welchem sie die gleiche Wasserqualität antreffen müssen.

Wie die junge Fischbrut ernährt werden muss, das bedarf eines genauen Studiums, um zu wissen, wie das in den jeweiligen Heimatgewässern geschieht.

Der Versand erfolgt per Luftfracht (und später auch per Transrapid) nur an Großhändler in Spezialbehältern, die ausreichend für eine Woche mit Luft, dem passenden Wasser und per Akku-Heizung mit der richtigen Temperatur ausgestattet sind."

Wir bedankten uns für die interessante Information und begannen unseren Rundgang.

Wir sahen hier Neonfische, Glasbarben, Schwertfische, Guppys, Kampffische, Skalare, Salmler, Piranhas (Vorsicht, gefährliche Fleischfresser!), und an Salzwasser-Zierfischen, die noch farbenprächtiger sind als die Süßwasserfische, bestaunten wir Cichliden, Regenbogen-, Diskus-, Killi-, Labyrinthfische und noch viele andere Korallenfisch-Arten.

Wir konnten uns kaum trennen von dieser Pracht und überlegten uns ernsthaft, ob wir am nächsten Tag noch einmal herkommen wollten.

Doch eigentlich waren wir von den vergangenen Tagen so vollgestopft mit Informationen, dass wir jetzt wirklich Erholung brauchten.

Wir setzten uns also auf unsere E-Scooter und brausten mit Höchstgeschwindigkeit Richtung Ausgang, bezahlten die geliehenen E-Motorroller und bestiegen unser kleines Privatflugzeug.

Abschied

Die Koordinaten unseres Hotels auf Djerba waren schnell eingegeben. Die Startvorbereitungen waren inzwischen zur Routine geworden. Auf Knopfdruck erhob sich unsere Maschine auf 1.000 Meter Flughöhe und nahm Kurs auf Djerba, was nicht allzu weit von Tripolis entfernt liegt. Nach knapp einer Stunde waren wir da.

Ich schließe hier meinen Reisebericht. Wir beide, Yvonne und ich, verlebten eine erholsame Woche am Strand mit viel Unterhaltung und Entertaining, wie es eben in solchen schicken Hotels üblich ist.

Die Zeit verging wie im Fluge. Am Ende der Woche flogen wir mit unserer Maschine nach Tunis, wo wir sie bei der dortigen Filiale des Verleihers abgaben. Ich war aber etwas erschrocken über den Betrag, der von der Verleihfirma von meinem Konto abgebucht worden war, worüber mir mein Smartphone Auskunft gab. Ein Trost war, dass sich Yvonne zur Hälfte an den Kosten beteiligte.

Wir übernachteten die letzte Nacht unserer Reise in Tunis und bestiegen am nächsten Morgen beide den Transrapid, der uns zunächst nach Südspanien und von dort bis nach Madrid „schoss".

Dort mussten wir umsteigen in Richtung Paris, wo wir nach ein paar Zwischenhalten etwa zwei Stunden später nach genau 1.058 Kilometer Tunnelstrecke ankamen.

Wir verabschiedeten uns herzlich. Yvonne ist bis heute meine französische Freundin geblieben.

Ich musste noch einmal umsteigen und landete fast genau eine halbe Stunde später in Lüttich Hbf. Von dort nach Aachen ist es ja nicht mehr weit. Am späten Nachmittag war ich wieder zu Hause.

DAS ANTARKTIS-TERRITORIUM

Ich hatte ja schon erwähnt, dass infolge der Klimaerwärmung und durch die zurückweichenden Gletscher es auch in Grönland gelungen ist, frost- und dunkelheitsverträgliche Nadelhölzer anzubauen.

Um Ackerbau betreiben zu können, ist immer, ob im Norden oder in Afrika, das Vorhandensein von Wald erforderlich, der die Ackerflächen aller Art vor starken Winden schützt, das Klima so oder so mildert und den Boden-Wasserhaushalt reguliert.

Zugegeben, in Grönland (und auch auf Spitzbergen) ist nicht immer alles glatt gelaufen. Es hat Rückschläge gegeben, und mancher der Neu-Siedler wollte aufgeben. Aber die Regierungen Dänemarks und Norwegens haben bei Ernte-Rückschlägen materielle und finanzielle Hilfe geleistet und die Menschen zum Durchhalten ermutigt.

Mit den grönländischen Erfahrungen ausgestattet, hatte man schon vor etwa 40 Jahren geplant, mutige und gesunde junge Menschen, die ihre Häuser oder gar ihre Heimat infolge des vordringenden Meerwassers verlassen mussten, auf einer der Inseln anzusiedeln, die der Antarktis vorgelagert sind. Dazu gehören die Südlichen Shetland-Inseln, und auf der größten dieser Inseln, dem King-Georg-Island, wurde ein Ansiedlungs-Versuch unternommen.

Warum ich mich auch für dieses Projekt interessierte, hatte einen besonderen Grund:

Meine frühere Kommilitonin Erna Niederauer, mit der ich mich angefreundet hatte, hat nach drei Semestern ihr Lehramt-Studium abgebrochen und studierte danach Meteorologie. Als Teilnehmerin an einer Südpol-Expedition hat sie sich ein ganzes Jahr auf der deutschen Station Neumayer III aufgehalten. Nach ihrer Rückkehr hat sie mir von ihren Erlebnissen erzählt.

Erna galt als Expertin für die Südpolar-Region und wurde von der Projektleitung beordert, auf King-Georg-Island die Ansiedlung der Neubürger mit zu organisieren.

Dazu bedurfte es hier, in einem rauhen Klima, umfangreicher Vorarbeiten. Diese Aktion musste deshalb besonders gründlich geplant und vorbereitet werden.

Die milliardenschwere Bill-Gates-Stiftung, die sich schon in Marokko und in einigen anderen afrikanischen Rekultivierungsländern engagiert hatte, beteiligte sich auch hier materiell und finanziell an der Vorbereitung der Umsiedlungs-Aktion.

Die Stiftung besitzt Passagierschiffe für den Transport der Vertriebenen zu ihren neuen Wohngebieten. Sie verfügt auch über Umzugs-Spediteure. Darüber hinaus besitzt sie Fabriken zur Herstellung von Fertighäusern und hat Verträge mit Möbelhäusern abgeschlossen. Nicht genug damit: Sie betreibt auch eine Fabrik für Geräte zur Urbarmachung von Wüsten und steinigen Böden. Kurzum: Das ist eine Riesenunternehmung, um klimageschädigten Familien zu helfen, eine neue Heimat einzurichten und sich dort eine gesicherte Existenz aufzubauen.

Manchmal ist es doch vorteilhaft, wenn es schwerreiche Manager gibt, die mit ihrem Geld etwas Nützliches und Soziales anzufangen wissen.

Doch zurück zur Antarktis.

Auf der vom ewigen Eis befreiten Insel musste zunächst nach einem geeigneten Gelände gesucht werden, dessen Boden von schwerem Gerät vorbereitet und weitgehend von Steinen befreit werden musste.

Als Nächstes wurde auf der Insel eine größere Siedlung für eine bestimmte Anzahl Neusiedler angelegt.

Danach musste die Energieversorgung gesichert werden.

Wind stand in ausreichender Stärke dauerhaft zur Verfügung. Wasser auch, denn hier regnet es sehr oft, und in den Wintermonaten, die von März bis September andauern, gibt es Schnee und lange Nächte.

Eine Tiefenbohrung hatte den erhofften Erfolg und lieferte eine ergiebige Thermalwasser-Quelle. Damit war das Heizungs-

Problem gelöst, und die Anlage von Treibhäusern gesichert. Geeignete Pflanzen standen aus den Grönland-Erfahrungen zur Verfügung.

Dann konnte die Umsiedlung beginnen. Doch das ganze Projekt stand unter keinem guten Stern.

Die Neuankömmlinge waren zum größten Teil sonnenverwöhnte Inselbewohner aus der Südsee und dem Indischen Ozean, die schwere Arbeit nicht gewöhnt waren, weil auf ihren Inseln und Atollen alles mehr oder weniger von selbst heranreifte, was man zum Leben brauchte.

Die Aufforstung von Nadelbäumen und die Bearbeitung der kargen Felder mit Wintergemüse und Wintergetreide empfanden viele von ihnen als Zumutung. Die langen Dunkelheitsmonate während der südlichen Winterzeit führte bei vielen Bewohnern, vor allem bei Frauen, zu schweren Depressionen.

Die meisten fanden das Leben hier unerträglich und meldeten sich spätestens nach dem zweiten Winter als Arbeitskräfte für die afrikanischen Rekultivierungs-Gebiete, wo sie hoch willkommen waren und auch relativ gut bezahlt wurden.

Nach genau drei Jahren stand die Neusiedlung des King-Geog-Islands leer. Damit war der antarktische Besiedlungsversuch gescheitert.

Bis heute ist dort kein neuer Ansiedlungsversuch, eventuell mit Menschen aus anderen Herkunftsländern, versucht worden. Möglicherweise erübrigt sich auch ein weiterer Ansiedlungs-Versuch, denn die seit Jahrzehnten laufenden Anstrengungen, zur Klima-Rettung haben bereits eine leicht spürbare Klimaberuhigung erzielt. Somit ist anzunehmen, dass auch in der Antarktis die Gletscher wieder wachsen werden. Davon wäre dann auch die King-Georg-Insel betroffen.

PEKING-MOSKAU

Nach meiner ersten Reise durch Nordafrika hat mich die Faszination der Wüsten-Rekultivierungen nicht mehr losgelassen. In den folgenden Jahren besuchte ich in den großen Ferien Spanisch-Marokko, Mali, Mauretanien, Tschad und Niger.

Seit 2067 bin ich pensioniert und genieße meine Freiheit. Ich muss aber gestehen, dass mir manchmal meine Schüler, Jungen wie Mädchen, schon ein bisschen fehlen, denn ich bin immer gern Lehrerin gewesen, obwohl mir in den letzten Jahren meiner Berufstätigkeit der tägliche Kinderlärm schon etwas auf die Nerven ging.

Aber jetzt war ich nicht mehr auf die großen Ferien als Reisezeit angewiesen. Jetzt konnte ich mir die beste Reisezeit für die Länder aussuchen, die ich bereisen wollte.

Als ich 2028 in der Presse las, dass eine Transrapidstrecke von Peking nach Moskau geplant war, habe ich einen Weltatlas zur Hand genommen und mir angeschaut, was für eine gewaltige Entfernung das ist, nämlich 5.800 Kilometer. Und von Moskau nach Berlin sind es noch einmal 1.600 Kilometer. 1.900 weitere Kilometer würde man bis Madrid benötigen. Also 9.300 Kilometer, das ist fast ein Viertel des Erd-Umfangs, könnte man jetzt unterirdisch reisen. Das ist schon unglaublich, dass dies gelungen ist. Aber das ist ja noch nicht alles, denn man kann heute ja schon unterirdisch bis Tunis weiterreisen, und das sind weitere 2.050 Kilometer.

Die ganze Strecke ist allerdings nicht machbar, ohne umsteigen zu müssen. Aber immerhin. Es ist schon ein harter Schlag gegen die klimaschädliche Luftfahrt und deren Industrie, der mit solch einer gewaltigen Hochgeschwindigkeitsstrecke gelungen ist.

Allerdings – die Entwicklung ist auch auf der Ebene der Luftfahrt nicht stehengeblieben.

Ich hatte ja schon erwähnt, dass es seit etwa 20 Jahren, also seit 2060 neue Flugzeugtypen gibt, die die Nachfolge der einst so berühmten französisch-britischen Concorde angetreten haben. Diese Maschinen haben sich nun ihrerseits zu einer ernsthaften Konkurrenz zum Transrapid-Fernverkehr entwickelt, weil sie wesentlich schneller fliegen, als die Transrapids schweben können, nämlich mit vierfacher Schallgeschwindigkeit und dies in 30 Kilometern Flughöhe, mit umweltverträglichem Wasserstoff-Antrieb. Der Nachteil: Diese Flüge sind sündhaft teuer und lohnen den Einsatz nur für extrem weite Flugstrecken.

Ich habe den Bau der superweiten Transrapidstrecke jahrelang in der Presse mit Interesse verfolgt. Mehr als zehn Jahre hat die Fertigstellung der Trasse Moskau – Peking gedauert. Viele Rückschläge hat es gegeben. Eine wichtige Frage war immer wieder zu klären: Was passiert, wenn auf einem Streckenabschnitt eine Störung auftritt, auf der über Hunderte von Kilometern keine größere Ansiedlung anzutreffen ist, die in der Lage wäre, Hilfe in medizinischer wie auch technischer Hinsicht zu leisten?

Es gab da nichts anderes, als alle 100 Kilometer Bahnstrecke eine Hilfsstation anzusiedeln, wo ein Werkstattwagen, eine Sanitätsstation und ein Technikerteam stationiert wurden. Das hat die Strecke leider verteuert, doch war das aus Sicherheitsgründen nicht zu vermeiden. Ansonsten hat man bei der Streckenführung einige Stationen der Transsibirischen Eisenbahn integriert, wo großstädtische Einrichtungen, wie Hauptbahnhöfe, Werkstätten und Krankenhäuser bereits seit längerer Zeit vorhanden sind.

Ich lebe ja eigentlich recht bescheiden. Meine Schwestern halten mir des Öfteren unter die Nase: „Ja – man gönnt sich ja sonst nichts!" Dank des Erbes meines Opas konnte ich mir aber längere und ausgedehnte Reisen, auch extrem teure, hin und wieder leisten.

Und Reisen mit den modernsten Verkehrsmitteln, aber auch um andere Länder und Kulturen kennenzulernen, das war schon immer meine Antriebsfeder.

Dies war der Grund, warum in mir der Wunsch allmählich reifte, auch mal China etwas näher kennenzulernen. Dieses Land hat sich in den vergangenen 80 Jahren ganz gewaltig entwickelt.

Anfang des Jahrhunderts haben die Chinesen ihre besten Köpfe unter ärmlichsten Verhältnissen auf die europäischen Universitäten geschickt, um so viel Wissen wie irgend möglich zu ergattern. Sie haben anfangs auch jede Menge Patente anderer Länder umgangen, studiert – und weiterentwickelt. Heute ist China selbst ein Land mit führender Technik, von der inzwischen andere Länder lernen wollen.

Peking

Wir schreiben das Jahr 2068.

Ich wollte einmal nach China reisen, weil mich die technische Entwicklung neben der uralten Kultur des Landes reizte, zum anderen, weil es
1.) eine Stratosphären-Flugverbindung Berlin-Peking gibt und
2.) weil es mich reizte, die Strecke Peking-Ulan Bator-Moskau-Warschau-Berlin-Köln-Aachen subterrestrisch in einer Rekordzeit zurücklegen zu können.

Der dritte Grund war ja der wichtigste: Mein ältester Sohn, 42 Jahre alt, war gerade Gastdozent an der Pekinger Uni. Ich freute mich auf unser Wiedersehen und auch darauf, seine zukünftige Frau, eine intelektuelle Chinesin aus sehr gutem und wohlhabendem Haus, kennenzulernen.
 Es war im September, als ich mit etwas Herzklopfen die vorbestellten Flugtickets für die Reise nach Peking kaufte.
 Der Fahrplan gab mir Auskunft: Abflug 10.10 Uhr ab Berlin, die Ankuft in Peking – nach Peking-Zeit – 19.40 Uhr, doch das wäre nach Berliner Zeit erst 12.40 Uhr! Also 7.400 Kilometer in zweieinhalb Stunden! Das ist atemberaubend und entspricht einer durchschnittlichen Fluggeschwindigkeit von 2.960 km/h einschließlich Start und Landung.
 Am Montag, den 10. September begann meine Reise.

Punkt acht Uhr bestieg ich in Aachen den subterrestrischen Transrapid Richtung Berlin und war 9.40 Uhr in Berlin-Flughafen. Mein Gepäck hatte ich schon eine Woche zuvor per Luftpost an mein Hotel in Peking geschickt, sodass ich nur einen handlichen Rucksack und eine Handtasche als Reisegepäck bei mir hatte. Ich brauchte also keine Wartezeit zum Einchecken einzuplanen und musste mich in Berlin nur aus dem Kellergeschoss des Flughafens nach oben ins Parterre begeben, um mir meine Bordkarte am Schalter der China-Airlines abzuholen. Ein schnelles Rollband brachte mich nach wenigen Minuten zum richtigen Flugsteig, wo eine futuristische Maschine die Fahrgäste erwartete.

Ich konnte beim Einsteigen erkennen, dass das Flugzeug eine extrem spitze Nase und weit nach hinten gebogene Flügel hatte, die (laut Beschreibung der Maschine in einem Prospekt) während des Fluges noch weiter nach hinten und noch näher an den Rumpf herangezogen werden konnten.

Etwa 10.10 Uhr wurden die Triebwerke angelassen, die Maschine rollte auf die Startbahn, und Sekunden später erhob sie sich in die Lüfte. Ich muss noch erwähnen, dass die damaligen, „Hypermach" genannten Flugzeuge keine Fenster hatten. Das Risiko, dass eine Undichtigkeit oder gar ein Zerbrechen der Scheiben bei den enormen Druckverhältnissen eines Überschallfluges passieren könnte, war wohl zu hoch.

Die Geschwindigkeit in „Mach" und die Flughöhe wurden über den Sitzen angezeigt.

Würde man im Flugzeug einen Knall hören, wenn die Schallgrenze überschritten wird? Ich war gespannt. Aber das einzige, was zu spüren war, war ein kleiner Ruck, und das singende Geräusch der Triebwerke war nach meiner Wahrnehmung danach etwas leiser geworden.

Ob man auf der Erde einen Knall gehört hat? Ich weiß das nicht. Möglicherweise waren wir ja auch schon über unbewohntem Gebiet.

Ich hatte nach etwas über zwei Stunden Flugzeit meinen Kaffee noch nicht ganz ausgetrunken, als es hieß: „Fasten seatbelts, please – bitte anschnallen, die Maschine setzt zur Landung an!"

Wenige Minuten später setzte die Maschine weich auf der Pekinger Landebahn auf. Eine Zollabfertigung gab es nicht mehr. Das gehört der Vergangenheit an. Ich musste nur meinen Personalausweis vorzeigen und wurde registriert. Mein Sohn empfing mich am Ausgang.

Als wir ins Freie traten, traute ich meinen Augen nicht. Blauer Himmel über Pekings Hauptflughafen, und die Luft war frisch und glasklar. Man muss allerdings sagen, dass der neue Flughafen von Peking sehr weit außerhalb der Stadtmitte liegt.

Mein Sohn hatte eine kleine Wohnung in der Nähe der Universität, die ihm die Pekinger Uni zur Verfügung gestellt hatte. Da Peking selbst neun Millionen Einwohner hat und im nahen Umfeld weitere zehn Millionen Menschen wohnen, dauerte die Fahrt mit seinem automatischen Brennstoffzellen-Auto chinesischer Produktion fast eine Stunde bis zu seiner Wohnung. Ich wunderte mich, wie wenig Autos unterwegs waren. Es war ja noch hell, und viele Betriebe schlossen ja auch erst 19 Uhr. Andererseits sahen wir unterwegs Unmengen von Motorrollern und Pedelegs.

Auf der Fahrt zur Wohnung fiel mir noch etwas auf: Es schwirrten zahlreiche Kleinflugzeuge, die wie größere Drohnen aussahen, in der Luft herum, und sie erzeugten ein deutlich hörbares, summendes Geräusch.

Wie war das zu erklären? Jan – so heißt mein ältester Sohn – klärte mich auf.

Die Chinesen sind ja inzwischen ein wohlhabendes Volk und spielen in der Weltregierung eine wichtige Rolle. Aber die Gesetze, nach denen sich das Volk zu richten hat, sind beinhart.

Als der Smog über der Stadt nicht mehr zu ertragen war und die Zahl der Lungenerkrankungen zusammen mit der Corona-Krise von 2020/2021 in eine Höhe geschossen war, die alle Krankenhäuser der Stadt überforderte, wurde endlich angeordnet, dass innerhalb der nächsten fünf Jahre kein Fahrzeug mit Verbrenngsmotor eine öffentliche Straße befahren darf. Und tatsächlich, ab dem 1. Januar 2026 war kein Auto, auch kein Hybrid-Fahrzeug, mehr auf chinesischen Straßen zu sehen: Die Chinesen hatten eine erschwingliche Methode entwickelt, die meisten Autotypen auf Elektro- oder Wasserstoff-Antrieb umzurüsten.

Die Pekinger gingen dann noch einen Schritt weiter. Parallel zur Luftreinigung wurde die Beseitigung des unerträglichen Verkehrschaos angeordnet. Kein Auto, welcher Art auch immer, darf über Nacht auf den Straßen abgestellt werden. Man darf nur dann einen Wagen benutzen, wenn dafür eine Garage oder ein zugelassener Abstellplatz auf einem Hof oder einem Parkhaus nachgewiesen werden kann. Diese Berechtigung wird in die Fahrzeugpapiere eingetragen und muss alle zwei Jahre zusammen mit dem TÜV erneuert werden. Zuwiderhandlungen werden mit hohen Geldstrafen geahndet.

Jede Wohnung hat zumindest zwei Abstellplätze für Motorroller, Streetscooter oder Fahrräder nachzuweisen. Für die Neu-Einrichtung solcher Plätze ist bei alten Häusern die Stadtverwaltung behilflich, indem der Platz dafür der Straßenbreite entnommen wird, falls dies notwendig ist.

Für diese Aktion hatte jeder Hausbesitzer fünf Jahre Zeit. Die meisten Häuser Pekings gehören jedoch der Stadt selbst. Sehr viele Straßenzüge der Innenstadt wurden verschlankt, um vor den Häusern entsprechend dem Bedarf Parkplätze zu schaffen. Manche Straße wurde somit zur Einbahnstraße. Doch bald stellte man fest, dass alle diese Maßnahmen nicht ausreichen, um die Unmengen von Fahrzeugen unterzubringen, die die chinesische Autoindustrie auch an die eigene Bevölkerung verkauft hatte. Rigoros wurden alte Häuser abgerissen und dafür Parkhäuser gebaut – überall dort, wo entsprechender Bedarf bestand. Darüber hinaus war auch wachsender Bedarf an Abstellplätzen für private (wasserstoffbetriebene) Kleinflugzeuge entstanden. Auch hierfür wurden zahlreiche alte Häuser abgerissen und dafür passende Hangars gebaut, deren Mieteinnahmen die Stadtsäckel reichlich füllten.

Die neueste Entwicklung chinesischer Kreativität sind die kombinierten „Airmobiles", die fahren und fliegen können, ähnlich, wie das Wunderwerk von Kombi-Auto, das wir schon in Algerien erlebt hatten, nur viel kleiner und für Normalverdiener gerade noch erschwinglich.

Soweit die Regelungen, den ausufernden Verkehr und auch den ruhenden Verkehr in den Griff zu bekommen.

Und die dringend notwendige Luftreinigung bekamen die Pekinger auch bald durch weitere Maßnahmen unter Kontrolle.

Mit dieser Aktion wurden alle Kohle- und Ölheizungen verboten. Erlaubt waren nur noch Elektro-, Solar-, Wärmeaustausch-, Erdwärme- und Erdgasheizungen.

Das Verbot von Öl und Kohle galt auch innerhalb einer fünfjährigen Frist für alle Kraftwerke. Um den Energiebedarf zu decken, wurden zwar im Süden Chinas Dutzende von Solarkraftwerken, wie ich sie ja schon in Afrika gesehen hatte, neu gebaut. Doch hier im Norden Chinas war das weniger sinnvoll. Wegen der geographischen Lage Pekings ist der Wirkungsgrad der Solaranlagen ja bei weitem nicht so hoch wie in Afrika.

Hier sind dafür zwei hochmoderne Fusionskraftwerke entstanden. Dazu kamen noch Hunderte von Windrädern und staatlich geförderte Solaranlagen auf Hausdächern.

Das waren riesige Investitionen. Aber das Ergebnis war: blauer Himmel über Peking. Die millionenfach benutzten Atemmasken konnten erst einmal entsorgt werden.

Die Innenstadt von Peking besteht heute zumeist aus Wolkenkratzern, in denen unglaublich viele Menschen pro Haus – meist in winzigen Wohnungen – leben. Auf den meisten Dächern befinden sich parkhausähnliche Hallen mit einer bis drei Etagen, die an zwei Seiten einen offenen Vorbau haben. Ich habe mir das in den nächsten Tagen mal aus der Nähe angeschaut. Eine dieser Plattformen besitzt Positionslichter und dient als Landeplatz, die andere als Startfeld. Blinken die Positionslichter grün, heißt das: Dieser Parkplatz hat noch freie Plätze. Blinkt es rot, bedeudet es: alles besetzt!

Peking liegt nicht direkt am Meer. Tiajin ist die nächste am Meer gelegene Stadt und etwa 150 Kilometer von Pekings Zentrum, der „Verbotenen Stadt",[*] entfernt.

[*] *die Residenz der chinesischen Kaiser*

Da sich viele Chinesen inzwischen ein Privatflugzeug von der Art leisten können, wie Yvonne und ich es schon geflogen hatten, kann man sich gut vorstellen, welches Gedränge im Sommer dort am Strand herrschen muss, da die Entfernung per Flugzeug nur einen Katzensprung bedeutet.

Aber jetzt waren wir erst einmal in Jans Wohnung angekommen. Seine Freundin Xiujun begrüßte mich herzlich und meinen Sohn liebevoll auf Englisch. Sie sagte mir, dass ihr Name für unsere Zunge wohl etwas schwer auszusprechen sei. Ich sollte daher „Juni" zu ihr sagen, was ich lachend zur Kenntnis nahm. Übrigens, Juni war sichtlich schwanger.

Wir saßen bis ein Uhr nachts zusammen und hatten viel zu erzählen. Ich merkte, dass die beiden langsam müde wurden und bestellte ein Taxi zu meinem Hotel, das nicht allzu weit entfernt war. Aber eigentlich war ich noch gar nicht müde, denn nach meiner Uhr, die ich noch nicht nach Peking-Zeit umgestellt hatte, war es ja erst 18 Uhr!

Ich fragte den Taxifahrer auf Englisch, ob er mich noch etwa eine Stunde durch die Innenstadt fahren könnte, was er bejahte, denn er konnte Englisch, obwohl er ziemlich schwer verständlich war mit seinem chinesischen Akzent. Wir vereinbarten einen Festpreis, der erstaunlich niedrig war. Er ließ mich auf seinem Smartphone etwas unterschreiben, woraus ich den Fahrpreis in Dollar und in Yuan, der chinesischen Währung (Renminbi = „Volksgeld"), ersehen konnte.

Ich sah nun zum ersten Mal eine Super-Hauptstadt eines Super-Landes bei Nacht – und stellte fest, dass eigentlich nichts los war. Es war hier jetzt früher Freitagmorgen, und die ersten Arbeiter machten sich per Fahrrad oder E-Motorroller auf den Weg zu ihrer Arbeitsstelle. Fast genau so viele Frauen wie Männer waren unterwegs, allerdings etwas später, denn viele Frauen mussten ja noch ihre Kinder in den Kinder-Tagesstätten abgeben. Wir kamen auch an einigen Nachtbars mit reichlich schlüpfriger Reklame vorbei. Aber anscheinend war dort nicht viel los. Der Taxifahrer meinte, ich sollte mal sehen, was in der Nacht zum Sonntag los sei! Aber das interessierte mich eigentlich gar nicht.

Mit der Umrundung der „Verbotenen Stadt" beendeten wir die Besichtigungstour, und das Taxi brachte mich zu meinem Hotel.

Die Chinesen sind ja ein uraltes Volk und pflegen ihre Traditionen.

Ihr „Großer Führer" Mao Tse Tung wollte im vergangenen Jahrhundert mit allem brechen, was irgendwie anders aussah als kommunistisch. Er führte auf dieser Basis mit brutaler Gewalt eine sogenannte Kulturrevolution ein, mit der er aber nach einigen Jahren jämmerlich scheiterte. Es hat lange gedauert, bis sich die Chinesen davon erholt hatten. Doch nachdem dies endlich geschehen war, ging der Aufschwung ihrer Wirtschaft in rasantem Tempo voran. Dennoch wird Mao heute noch von den Chinesen verehrt, denn er hat ihnen ihr verlorengegangenes Selbstbewußtsein wiedergegeben und die bis heute gültige und schließlich doch noch erfolgreiche Staatsform geschaffen. Jan hat mir einiges erzählt, wie die Regierung dieses aufstrebenden Landes funktioniert.

Es gibt nach wie vor nur eine einzige zugelassene Partei, nämlich die Kommunistische. Einen Alleinherrscher mit unbegrenzter Amtszeit, wie zu Maos Zeiten, gibt es aber nicht mehr. Man kann jederzeit der Partei beitreten und an Ortsversammlungen teilnehmen. Als Parteimitglied ist man berechtigt, alle fünf Jahre den Ortsvorstand zu wählen, der aus seinen Reihen den Bürgermeister kürt. Die Ortsverwaltung besteht aus Fachleuten, die nicht unbedingt der Partei angehören müssen. Auch alle fünf Jahre werden aus den Reihen des Ortsvorstandes, dem auch Verwaltungsangestellte angehören dürfen, die Wahlberechtigten für den Provinz-Vorstand gewählt. Je nach Ortsgröße dürfen das zwei bis zehn Personen beiderlei Geschlechtes sein. Ein Provinz-Vorstand besteht aus zweiPersonen je 500.000 Einwohner.

China hat 22 Provinzen (ohne Taiwan). Hinzu kommen noch fünf autonome Regionen (z B. Tibet), vier regierungsunmittelbare Städte (z. B. Peking) sowie zwei Sonderverwaltungszonen (u. a. Hongkong), also sind das insgesamt 33 Verwaltungen für ca. 1,6 Milliarden Menschen. Das ergibt etwa 194 Abgeordnete je Provinz. Diese sind alle gleichzeitig Angehörige des Nationalen Volkskongresses, der normalerweise einmal pro Jahr tagt.

Da die Tagungsmitglieder des Nationalen Volkskongresses auf 3.000 Mitglieder begrenzt sind, darf abwechselnd nur jedes zweite Mitglied delegiert werden. Aus diesen Abgeordneten wird der siebenköpfige sogenannte „Ständige Ausschuss" gewählt, der nun wieder den Ministerpräsidenten und den Staatspräsidenten aus den Reihen der Abgeordneten des Volkskongresses wählt und die Fachminister ernennt, soweit sich diese für ein Ministeramt beworben hatten.

Der Ständige Ausschuss wählt auch die zwei chinesischen Mitglieder der Weltregierung.

Nun habe ich ein wenig davon verstanden, wie dieses Land organisiert ist. Ich finde, obwohl es nur eine Partei gibt und Opposition nicht zugelassen ist, ist eine Art Demokratie wohl erkennbar, eben eine „Volksdemokratie".

Nun musste ich nur noch ein paar Worte Chinesisch lernen: die Zahlen eins bis zehn, guten Tag, auf Wiedersehen, Danke, Bitte, usw. Dies der Höflichkeit halber, denn alle jüngeren Chinesen verstehen inzwischen auch Englisch. Ich gestehe hier ganz offen, dass ich alle diese meist einsilbigen Wörter wieder vergessen habe.

Nachdem ich noch einige Anmerkungen in mein Smarty gesprochen hatte, sank ich müde in mein Hotelbett.

Am nächsten Morgen wollte ich erst einmal gründlich ausschlafen, doch daraus wurde nichts. Ich hatte nämlich noch vor dem Einschlafen einen Tagesausflug gebucht, der bereits um sieben Uhr morgens mit der Abholung vom Hotel begann. Ich musste also vor sechs Uhr aufstehen, denn ich wollte keinesfalls das Frühstück verpassen.

Mein Opa hatte mir mal erzählt, dass sein damaliger Freund, der in der Zigarettenindustrie tätig war, als einer der ersten Deutschen nach dem Zweiten Weltkrieg die Erlaubnis bekam, nach China einreisen zu dürfen. Der hatte damals in einem sehr schlichten Hotel als Frühstück rohe Seegurke mit Reis vorgesetzt bekommen, wovon er keinen Bissen heruntergekommen hatte. Ich war gespannt, was mir nun bevorstehen würde. Aber siehe da – es gab ein ansehnliches Frühstücksbuffet mit Räucherlachs, Eiern, Wurst und Käse, dazu Butter und Joghurt. Auch Brötchen, Weißbrot, Toast und Schwarzbrot lag appetitlich in Körben bereit. Daneben gab es aber auch noch typisch chinesische Lebensmittel. Ich stopfte mir den Magen voll, denn es sollte bis zum Abend ausreichend sein, wo ich wieder bei Jan und Juni zum Essen eingeladen war.

Auf meinem Ausflugsprogramm standen heute die „Verbotene Stadt" und die Chinesische Mauer. Das kostete (umgerechnet) 35 Euro. Der Bus fuhr zunächst eine Stunde zu einem Abschnitt der Chinesischen Mauer, deren Bau vor 2.600 Jahren begonnen wurde und die sich sage und schreibe insgesamt über 21.000 Kilometer erstreckte, doch sind bei weitem nicht mehr alle Teile erhalten. Diese Mauer ist das größte Bauwerk der Welt. Sie diente in der Anfangszeit dem Schutz vor kriegerischen nord-chinesischen Stämmen und später zum Schutz vor dem Anstürmen der Mongolen. Sie wurde auch im Laufe der langen Geschichte mehrfach versetzt. Bestückt war die Mauer mit etwa 25.000 Wachttürmen, die so angeordnet waren, dass Nachrichten in Geheimsprache in Windeseile von Turm zu Turm weitergegeben werden konnten. Ich spazierte – sehr beeindruckt von den Erklärungen des elektronischen „Guides" in englischer Sprache – etwa eine Stunde auf der Mauerkrone entlang, genoss die frische Luft und klare Sicht, bis uns der Bus wieder zurück in die Stadt brachte.

Wir stiegen aus vor dem Tor „Zum himmlischen Frieden", das der beeindruckende Eingang zur Anlage des Kaiserpalastes ist. Die Gesamtanlage des 1406 bis 1420 gebauten Kaiserpalastes ist der größte Palast der Welt und war bis 1912 Herrschersitz der chinesischen Kaiser. Dem „gemeinen Volk" war der Zutritt verboten. Daher der Name. Der Platz vor dem Eingang zur Verbotenen Stadt hat riesige Ausmaße. Er trägt den gleichen Namen wie das Eingangstor und erlangte 1989 eine traurige Berühmtheit durch das Tian'anmen-Massaker, als das chinesische Volk gegen die Tyrannei der damaligen kommunistischen Regierung einen Aufstand riskierte, bei der es – nach meiner Information – etwa 7.000 Verletzte gab. Die Zahl der Toten wurde geheimgehalten.

Heute ist die „Verbotene Stadt" ein Museum, das viele Asservate aus der Zeit der veschiedenen chinesischen Dynastien zeigt. Aber – ehrlich gesagt – das interessierte mich nicht so sehr.

Am Wochenende luden mich Jan und Juni zu Ausflügen in die Umgebung ein, wobei wir Glück mit dem Wetter hatten.

Für Montag bis Donnerstag war ein „Abstecher" nach Hongkong geplant. Abstecher ist dabei stark untertrieben, denn immerhin sind es 1970 Kilometer von Peking nach Hongkong. Aber China ist ein riesiges Land, und da muss man sich auf Superlative in verschiedener Hinsicht einstellen.

Ich freute mich zu hören, dass mein Sohn und Juni mich begleiten wollten. In Wirklichkeit war es genau umgekehrt. Beide hatten diese vier Tage beruflich mit einer Gastvorlesung in Hongkong verbunden, die sie schon vor längerer Zeit eingefädelt hatten. Die Zeit meines China-Aufenthaltes hatten sie dann mit mir und mit diesem Auftrag gekoppelt, damit wir gemeinsam reisen konnten und damit für beide die nicht ganz billige Fahrt nebst Hotel nichts kostet. Ich hatte noch nicht erwähnt, dass auch Juni Dozentin ist und zwar für das Fach Biologie mit Schwerpunkt Renaturierung von Wüsten und salzhaltigen Böden.

Hongkong

Es gibt zwar schon eine Transrapid-Strecke zwischen Peking und Hongkong, doch die war gerade außer Betrieb, weil ein Teilstück Peking-Qingdao-Shanghai repariert werden musste.

Also mussten wir fliegen. Das konnten wir aber auch mit gutem Gewissen, denn die Fluglinie China-Airline hatte seit einiger Zeit wasserstoffbetriebene Flugzeuge eingesetzt, die die Strecke in etwas über zwei Stunden bewältigten. Als Gepäck hatten wir nur unser Handgepäck, sodass wir keine Abfertigung am Eincheck-Schalter benötigten.

Mein Sohn hatte die Hin- und Rückflüge schon bezahlt und die Bordkarten hinterlegen lassen. Wir waren froh, Juni dabei zu haben, denn das Chinesisch meines Sohnes war noch lange nicht perfekt, und Juni konnte uns durch alle etwaigen Verständigungsschwierigkeiten durchschleusen.

Leider begann die Flugreise bereits um sieben Uhr morgens. Ich musste also vor 5.30 Uhr aufstehen und dem Hotel Bescheid sagen, dass ich bereits 5.45 Uhr frühstücken müsste. Das hat alles gut geklappt. Pünktlich holte mich unser Lufttaxi, in dem schon Jan und Juni saßen, 6.10 Uhr auf dem Dach meines Hotels ab und setzte uns 6.40 präzise vor dem Haupteingang des Pekinger Zentralflughafens ab. Fünf Minuten vor Abflug nahmen wir unsere Plätze im Flugzeug ein. Ich hatte einen Fensterplatz und konnte kurz einen Blick über Peking werfen, bevor die Maschine die Reisehöhe von 16.000 Meter (ca. 53.000 Fuß) erreichte. Aus dieser Höhe sind ohne Fernglas keine Einzelheiten mehr zu erkennen.

Über Hongkong lag eine dichte Wolkendecke. Als die Maschine diese durchbrach, waren wir schon über der Hongkonger Landebahn.

Es war 9.10 Uhr, als wir in der Ankunftshalle ankamen. Eine Zeitumstellung war trotz der großen Entfernung nicht erforderlich.

Jan und Juni begaben sich direkt zur Uni, wo sie den ganzen Tag zu tun hatten. Wir wollten uns erst am Abend im gemeinsamen Hotel wiedertreffen.

Vor dem Flughafeneingang standen Busse für verschiedene Arten der Stadtbesichtigungen.

Ich wählte mir eine Tour aus, die ca. acht Stunden dauerte und auch eine Hafenrundfahrt mit einschloss.

Die Handelsbeziehungen zwischen Hongkong und Europa, besonders mit England, begannen schon im 17. Jahrhundert. 1711 wurde eine britische Handelsniederlassung gegründet.

Da die Briten aus China über den Hongkonger Hafen mehr Waren ausführen als Produkte ins Land einführen konnten, kamen sie auf die „tolle" Idee, Opium an die Chinesen zu verkaufen. Das war ein Riesengeschäft, das jedoch Millionen von Chinesen süchtig machte. Als die chinesische Regierung den Opium-Handel schließlich verbot, kam es zum Opiumkrieg, den die Briten (leider) gewannen. Nun setzten sich die Briten 1841 genau hier fest und gründeten 1842 ihre Hongkonger Kronkolonie, die sich bis 1997 behaupten konnte. Das Ende war zum Glück friedlich. Man schloss einen Vertrag ab, mit dem den Hongkongern eine Anzahl von Sonderrechten gegenüber den Bewohnern des chinesischen Festlands eingeräumt wurde.

Hongkong ist während der Zeit der britischen Herrschaft, die von einem Gouverneur geleitet wurde, rasant angewachsen. Heute leben hier etwa zehn Millionen Menschen.

Das Hongkonger Territorium umfasste früher neben einer Festlands-Halbinsel mehr als 200 Inseln. Große Teile des Arreals sind bergig und können nicht bebaut werden. So entstand ein Eldorado für die Hochhauserbauer der ganzen Welt. Aber die höchsten Wolkenkratzer reichen nicht aus, um die vielen Menschen und die zahlreichen internationalen Büros unterzubringen.

So entstand vor und besonders nach der chinesischen Übernahme ein umfangreiches Programm zur Landgewinnung.

Das einfache Konzept war und ist noch heute: Berge abtragen, Wasser zuschütten. Zum Glück ist die Bucht von Hongkong, die auch die Mündung des Perlflusses bildet, der viel Sand und Steine ins Meer befördert, nicht sehr tief. Somit sind die vielen Inseln nach und nach verschwunden und wurden mit dem Festland verbunden.

Wir stiegen auf der ehemaligen Insel Lantau, die seit einigen Jahren Festland ist, aus und bestiegen eine Seilbahn, die uns auf den höchsten Punkt, den Lantau Peak beförderte. Von dort aus hatten wir einen wundervollen Rundblick nach allen Richtungen. Der morgendliche Nebel hatte sich inzwischen verzogen, sodass wir auch den höchsten Berg des Territoriums klar sehen konnten: den Tai Mo Shan, der über 950 Meter hoch ist und von einem Nationalpark umgeben wird.

Ich fragte unseren Reiseführer, ob es schon Probleme mit den aufgeschütteten Ländereien wegen des Meerwasseranstieges gegeben hätte, was er verneinte, denn hier wäre der Meeresspiegel erst etwas über einen Meter angestiegen, und das hätten die neuen Territorien gut verkraftet. Ich fragte auch nach, ob es hier

Sonnenkraftwerke und Meerwasser-Entsalzung gäbe. Ja, die gäbe es, aber sie spielten hier keine große Rolle, weil der Perlfluss genüged Süßwasser führe.

Hongkong hat aber einen gewaltigen Energiebedarf. Die meisten Autos sind batteriebetrieben. Das liegt daran, dass Hongkong ein Werk für Elektroautos besitzt.

Um den enormen Strombedarf decken zu können, verfügt Hongkong schon seit dem vorigen, dem 20. Jahrhundert, über einige der ältesten Atomkraftwerke. Der inzwischen angefallene Atommüll machte der Stadt erhebliche Sorgen. Wohin damit? Die Lösung war, aber auch in letzter Minute, gefunden worden. Seit einigen Jahren sind die neuen, umweltfreundlichen Fusionsreaktoren im Einsatz, die je Reaktor die vierfache Strommenge eines Reaktors für Kernspaltung liefern können. Zum Glück ist diese Technik ja dank der chinesischen Entwicklung in der Lage, die ausgebrannten Brennstäbe der alten Kraftwerke peu à peu mitzuverarbeiten und in pure Energie umzuwandeln.

Ich habe mich informiert, wie so ein Fusionsreaktor-Prinzip arbeitet.

Kernfusionen finden im Inneren der Sonne statt. Dort herrschen Millionen Grad Hitze und ein unvorstellbar hoher Druck, der durch die Gravitation der gewaltigen Sonnenmasse entsteht. Durch diese Verhältnisse werden die Wasserstoff-Atome ineinander gequetscht, sodass unter Abgabe großer Energiemengen Helium entsteht.

Die Verhältnisse, die im Inneren der Sonne herrschen, kann man hier auf Erden natürlich nicht nachvollziehen. Man kann aber den enormen Druck durch höhere Temperaturen und andere Materialien als Sauerstoff (z. B. Deuterium und Tritium) ersetzen.

Natürlich hält auch kein irdisches Material die erforderlichen Temperaturen aus. Der Verschmelzungsvorgang muss also schwebend in einem sehr starken Magnetfeld erfolgen.

Man kann sich vorstellen, dass die schwierige Entwicklung eines funktionierenden Fusionsreaktors Jahrzehnte dauert. Die Chinesen haben diesen Reaktortyp – mit allen Risiken – als erste in der Praxis eingesetzt. Hongkong besitzt zwei dieser Reaktoren. Ich wollte versuchen, an einem der nächsten beiden Tage einen der beiden Energiespender besuchen zu dürfen.

Unser Bus fuhr an einem dieser Kraftwerke vorbei. Dies war ein grauer Rundbau, von dem eine Reihe von Hochspannungsleitungen ausgingen. Die Umgebung war streng abgesperrt. Mehr war von außen nicht zu sehen. Keine Kühltürme, kein Rauch, kein Schornstein, kein Dampf – nichts weiter.

Das war also eine der Energie-Lösungen für die Zukunft!

Allerdings werden hier bedeutende Mengen an Kühlwasser benötigt. Man braucht also Wasser. Das erhitzte Wasser wird im Winter für den Betrieb der Fernheizungen verwendet. Im Sommer wird damit Wasserdampf für die Wasserstoff-Produktion erzeugt. Nur wenig warmes Wasser gerät in die Flussmündung.

Gegen 19 Uhr war ich wieder im Hotel, müde und hungrig nach den Fahrten mit Bus, Seilbahn und Schiff. Jan und Juni waren auch schon vor Ort. Juni kannte in der Innenstadt ein kleines Restaurant mit europäischer Küche, das von einem Vier-Sterne-Koch geleitet wurde. Dort ließen wir es uns schmecken. Zu erzählen gab es auch eine Menge. Gegen zehn Uhr lag ich erschöpft im Bett und schlief sofort ein.

Am nächsten Morgen hatte Juni frei. Jan musste noch einmal in die Uni. Wir zwei Frauen wollten einen ausgiebigen Stadtbummel machen und „shoppen" gehen.

Juni kannte sich in Hongkong ganz gut aus, denn sie hatte zwei Semester hier studiert.

Ich war beeindruckt und auch ein wenig erschreckt über diese Masse an riesigen Wolkenkratzern, die fast alle höher aufragten als die von Manhattan/New York.

Das höchste Gebäude ist ein Wohnturm von 700 Metern Höhe. Ich möchte niemals in einem solchen Monster wohnen müssen!

Abends besuchten wir gemeinsam einen 3D-Film über das Leben in der chinesischen Mondstation und die beeindruckenden Vorbereitungen auf die bevorstehende Marslandung. Hier in Hongkong ist die Zukunft schon weiter fortgeschritten als bei uns in Deutschland.

Am Donnerstag stand der Besuch des Fusionsreaktors auf dem Programm. Jan hatte durch seine Verbindung zur Hongkonger

Uni erreicht, dass wir drei dem Kraftwerk einen Besuch abstatten durften.

Aber ehrlich gesagt war ich froh, als wir wieder draußen waren, denn man konnte nur geschlossene Maschinen und Apparaturen, Mess-Stationen, Bildschirme, Kabelbündel und schweigsame Menschen hier erleben. Dazu war ein ständiger, hoher singender Ton zu hören, der mir spürbar auf die Nerven ging.

Am Nachmittag bestiegen wir wieder das Flugzeug nach Peking und waren am frühen Abend wieder in Jans und Junis Wohnung angekommen. Leider mussten beide am nächsten Morgen wieder arbeiten.

Der Kampf gegen den Wüsten-Vormarsch

Peking hatte seit Jahrzehnten große Trinkwasser-Probleme. Allein Peking verbraucht heute jährlich ca. 40 Milliarden Kubikmeter Wasser, Tendenz steigend.

Der Bedarf wurde bis Anfang unseres Jahrhunderts aus dem Grundwasser gedeckt, bis der Grundwasserspiegel so weit abgesunken war, dass man ein völliges Versiegen befürchten musste, was für 18 bis 20 Millionen Menschen katastrophale Folgen hätte. Schon zu Zeiten Maos wurde notgedrungen damit begonnen, eine Wasser-Fernleitung aus dem Süden 1.430 Kilometer bis nach Peking und zur benachbarten Industriestadt Tianjin zu bauen. Als das Wasser nach langer Bauzeit endlich an den Zielorten ankam, stellte man fest, dass es stark verschmutzt und als Trinkwasser unbrauchbar war. Lediglich der Industrie war damit einstweilen geholfen.

Es musste also dringend eine andere Lösung gefunden werden.

Da Peking nicht allzu weit vom Chinesischen Meer entfernt liegt, bietet sich die Meerwasser-Entsalzung an. Die Sonnenkraftwerke aus Jülich können in Anbetracht der geographischen Lage Pekings leider nicht die alleinige Ideallösung sein, den Energiebedarf für einige gewaltige Meerwasser-Entsalzungsanlagen ausreichend zu decken. Neue Atomkraftwerke? Die Chinesen wussten ja schon in den zwanziger Jahren unseres Jahrhunderts nicht mehr wohin mit dem strahlenden Atommüll.

Wie ein Geschenk aus heiterem Himmel gelang es ja chinesischen Wissenschaftlern, wie schon in Hongkong gesehen, die ersten funktionstüchtigen Kernfusionskraftwerke zu bauen.

Wegen der riesigen Bevölkerungszahl, die bis vor Kurzem auch noch weiter anwuchs, ist man hier gewohnt, immer in sehr großen Dimensionen zu denken und zu planen. So entstanden um 2030 herum gleich zwei dieser Fusionsreaktoren, die nicht nur drei gigantische Meerwasser-Entsalzungsanlagen betreiben, sondern darüber hinaus die Energie für die Schwerindustrie von Tianjin liefern. In aller Eile wurden nun hygienische Wasserrohre – aus Kunststoff – nach Peking verlegt, wo unter der Stadt eine Zisterne gigantischen Ausmaßes für die Wasserbevorratung entstand.

Somit ist die Trinkwasserversorgung der Pekinger Bevölkerung erst einmal für die nächsten Jahrzehnte gesichert.

Die Chinesen waren ja bekanntlich mit die ersten, die erkannten, dass man aus der Rekultivierung der Wüsten gewaltig Kapital schlagen kann. Deshalb hatten sie sich frühzeitig in Afrika große Gebiete für die Anlage von Baumschulen, Gärtnereien, Reisfeldern und großer Waldgebiete gesichert.

Nordwestlich von Peking erstreckt sich ein großes Gebiet, das den Besuchern der chinesischen Hauptstadt gern vorenthalten wird. Denn dort befindet sich ein Steppengebiet mit der Tendenz, sich langsam in eine Wüste zu verwandeln. Ich hatte früher schon gelesen, dass der Ausbreitung Pekings in dieser Richtung Grenzen gesetzt sind. Es gibt dort kahle Berge und unfruchtbare Sandflächen, die eine deutliche Tendenz zur Ausdehnung aufweisen. Die Verlängerung dieses Gebietes Richtung Nordwesten ist die berüchtigte Wüste Gobi, die teilweise zur Inneren Mongolei, einem Staatsgebiet Chinas, gehört. Der gößte Teil der Wüste Gobi liegt allerdings auf dem Staatsgebiet der Mongolei.

Ich hatte die Gelegenheit, durch Jans Vermittlung einen Professor der Pekinger Universität zu sprechen, der mit der Rekultivierung der nordwestchinesischen Wüstengebiete beauftragt war. Ich zeigte ihm meinen internationalen Presse-Ausweis und weckte sein Interesse, indem ich ihm erzählte, dass ich in Deutschland einen Bericht über die chinesischen Fortschritte auf diesem Gebiet schreiben wollte. Ich hatte vor, an Ort und Stelle die neuen Anpflanzungen und auch die neuartigen chinesischen Methoden zu besichtigen.

Professor Yan-Shu erklärte mir, dass ich großes Glück hätte, denn er wollte ohnehin gerade zu den nordwestlichen Anpflanzungen reisen, um sich über den Fortgang der Dinge und über die Lösung einiger aufgetretener Probleme zu informieren. Er bot mir an, in der Flugmaschine der Uni mitzufliegen – allerdings müsste ich mich an den Kosten beteiligen.

In Baotou, am Rande der Gobi und am Gelben Fluss (dem Huang) gelegen, würden wir zwei Nächte übernachten und uns an Ort und Stelle einen Geländewagen mieten, mit dem wir die Anbaugebiete durchfahren könnten.

Bis zum Abflug hatte ich noch zwei Tage Zeit, die ich für weitere Stadtbesichtigungen von Peking nutzte. Ich hatte mir auch einen Reiseführer von Batou besorgt und wusste ungefähr, was mich dort erwartet.

Früh um sieben Uhr holte mich das Flugzeug, das vom Professor Yan-Shu selbst gesteuert wurde, vom Dach meines Hotels ab. Die Flugzeit betrug für die rund 650 Kilometer mit unserem Privatflugzeug ca. zwei Stunden.

Unser Hotel in Baotou verfügte nicht über einen privaten Landeplatz, und somit mussten wir unsere Maschine auf dem offiziellen Flugplatz landen und für zwei Tage dort parken. Durch den Reiseführer war ich ja schon darauf vorbereitet, daß Baotou eine Industriestadt aus der Zeit Maos ist, wo die Worte „Umwelt" und „Klimaschutz" noch unbekannt waren.

Aber als wir ausstiegen, hat es mir doch die Sprache verschlagen. Wir landeten in einer verwüsteten Mondlandschaft.

Neben dem Flughafengelände erstreckte sich ein großer See mit schwarzem Wasser, dem ein übler Geruch entströmte. Herr Yan-Shu klärte mich auf: In und um Baotou werden „seltene Erden" abgebaut, deren Vorkommen tatsächlich sehr selten sind und die für die Herstellung von Smartphones und einigen anderen elektronischen Geräten benötigt werden.

Um diese Art Metalle aus den Erzen, in denen sie gebunden sind, herauszulösen, werden giftige Chemikalien verwendet, die anschließend zusammen mit dem dafür benötigten Wasser bedenkenlos in den See entlassen wurden. Ursprünglich hatte man diese gefährlichen Abwässer einfach in den Gelben Fluss (Huang) geleitet, was zu heftigen Protesten der Bevölkerung, aber auch zu Beschwerden der Verwaltungen der nachfolgenden Städte geführt hatte, als man nämlich feststellen musste, dass das aus dem Gelben Fluss gewonnene Trinkwasser vergiftet war. Die katastrophalen Folgen für die dort lebenden Menschen wurden verschwiegen. Die Welt hat kaum etwas davon erfahren.

Es war nun die Aufgabe von Prof. Yan-Shu, dieses Gebiet zu sanieren und die vergifteten Böden in sauerstoffspendende Wälder zu verwandeln.

Eigentlich wollte ich mir ja die Rekultivierungsergebnisse in der unmittelbaren Nachbarschaft von Peking ansehen und nicht 650 Kilometer von der Hauptstadt entfernt. Aber Herr Yan-Shu erklärte mir, dass die Rekultivierung von hier ausgehe und bis an die Stadtgrenze von Peking herangeführt würde. Das müsste so sein, denn wenn man nicht bei den Verursachern der Boden-Verödung und der Luftverschmutzung beginne, würden alle Sanierungs-Anstrengungen umsonst sein. Die Gobi schickte durch die immer wieder auftretenden Sandstürme auch jede Menge Sand in Richtung Peking, was ebenfalls zur Wüsten-Ausbreitung beitrug.

Also, ich beneidete Herrn Yan-Shu nicht um seine schwierige Aufgabe.

Als Erstes checkten wir im Hotel ein. Es war das beste im Ort, hatte aber nach meiner Einschätzung maximal zwei Sterne. Einzelzimmer kannte man hier nicht. Ein Doppelzimmer wollte ich aber mit Herrn Yan-Shu auch nicht teilen. Also musste jeder für sich ein Doppelzimmer buchen und bezahlen, wenn auch mit einem kleinen Nachlass. Dann holten wir den vorbestellten Geländewagen ab, und damit begann unsere Rundfahrt.

Die Planung für das Sanierungsprojekt stand schon vor 30 Jahren fest. Aber mit einer Bepflanzung konnte noch lange nicht begonnen werden. An Menschen, die für die bevorstehende Arbeit eingesetzt werden können, mangelte es in China am wenigsten. Aber man brauchte hier für die Bodenbearbeitung schweres Gerät. Dafür wurde eine Fabrik für Landwirtschaftsmaschinen und Erdbewegungen gebaut. Der verseuchte Boden muss vor der Bepflanzung gründlich umgewälzt und mit Spezialdünger entgiftet und versorgt werden. Dafür wurde eine Stickstoff-Fabrik errichtet, die zusätzlich auch noch andere Boden-Verbesserungsmittel herstellt. Welche das sind, wurde mir nicht verraten. Dann benötigte man eine Baumschule gewaltigen Ausmaßes, um geeignete Bäume der verschiedensten Arten heranzuzüchten. Ferner brauchte man natürlich sauberes Wasser. Hier wurde eine große Talsperre angelegt. Entsalztes Meerwasser wird erst benötigt, wenn die Sanierung die Nähe von Peking erreicht, was allerdings bereits der Fall ist.

Wegen des aufgestauten Wassers des Gelben Flusses mussten zehn Dörfer geräumt werden, die in den Wasserfluten des etwa 50 Kilometer langen Stausees inzwischen versunken sind. Doch nicht genug mit den Vorbereitungen. Es wird eine große Menge von Energie benötigt, um all die vielen Maschinen mit Brennstoffzellen, aber auch mit Dieselkraftstoff zu versorgen. Auch für die neu entstehenden Siedlungen musste genügend umweltfreundlicher Strom zur Verfügung stehen.

Neben dem leistungsstarken Wasserkraftwerk unterhalb der Staumauer entstanden Dutzende von Windkrafträdern und auch drei große Solarkraftwerke.

Die Vorbereitungsaufgaben waren inzwischen gelöst. Übrig geblieben war der schreckliche See mit seinem schwarzen Giftwasser. Wohin damit? Ablassen – ging nicht. In den Untergrund versenken? Ging auch nicht, denn damit hätte man das Grundwasser für Jahrhunderte verseucht.

Ein Schweizer Labor, das sich schon lange mit der Sanierung belasteter Seen beschäftigte, hatte nach Jahren der Forschung dann die Lösung. Man muss in den See zunächst große Mengen von Sauerstoff zusammen mit Frischwasser hineinpumpen, wodurch die Giftigkeit vermindert wurde. Es gelang, eine Bakterienart heranzuzüchten, die in der Lage ist, die Giftstoffe zu fressen. So etwas Ähnliches gab es schon, um Ölteppiche zu beseitigen.

Die Schweizer Firma garantierte, dass der schwarze See innerhalb von fünf Jahren wieder sauber sein würde und für die Bewässerung der jungen Wälder, aber auch für die Anlage von Reisfeldern genutzt werden könne.

Es stellte sich bei der ersten Anlage der Baumschule heraus, dass die Düngung des Bodens mit Stickstoffdünger nebst Zusätzen nicht ausreicht. Viele Setzlinge der zur Bewaldung ausersehenen Waldbäume gingen nach kurzer Zeit wieder ein. Dies hatte zur Folge, dass im ganzen Lande Kompostierungsanlagen eingerichtet wurden, die die organischen Abfälle aus Parks und Gärten, ja, auch aus den Haushaltsküchen zu feiner Komposterde verwandelten. Diese steht nun zur Fruchtbarmachung der Sanierungsgebiete zur Verfügung.

Da im Norden Chinas ganz andere klimatische Verhältnisse herrschen als in Nordafrika, sind hier auch ganz unterschiedliche Vorbereitungen für die Wiederbelebung verödeter Landschaften erforderlich.

Im Winter herrschen hier Temperaturen bis minus 20 Grad Celsius. Da kann man nicht ganz junge Pflanzen einfach mit Wasser versorgen und hoffen, dass sie anwachsen. Man muss zuerst einmal die richtigen Pflanzen – zu Beginn also Bäume – auswählen, die für das Klima geeignet sind. Das wären z. B. Birken, Fichten, Tannen, Himayala-Zedern, Douglasien, Buchen (grenzwertig), Eichen, Linden, Ulmen, Weiden, Pappeln und für die Berghänge Zirbelkiefern und Latschenkiefern, Alpenrosen usw.

Die zweite Notwendigkeit ist eine geschützte Aufzucht der ganz jungen Pflanzen. Die meisten von ihnen müssen mindestens drei Jahre lang in Gewächshäusern versorgt werden, ehe man sie der freien Natur überlassen kann. Später, wenn erst einmal ein sich selbst schützender Wald entstanden ist, kann man hoffen, dass sich diese Pflanzen ohne menschliche Nachhilfe weiter vermehren können. Die Anpflanzung von Bambus ist leider bisher hier nicht gelungen.

Bevor man überhaupt mit der Rekultivierung anfangen konnte, mussten zuerst also Gewächshäuser in großer Anzahl geschaffen werden. Und diese müssen im Winter beheizt und in den heißen Sommern gekühlt werden, wofür die dazu erforderliche Energie bereitgestellt werden muss.

Wir begannen unsere Fahrt mit der Besichtigung einzelner Treibhäuser, von denen es in dem leicht hügeligen Gelände viele Hundert Stück gab.

Der für die Gewächshäuser zuständige Abteilungsleiter hatte Herrn Prof. Yan-Shu alarmiert berichtet, dass bei den im Frühjahr draußen angepflanzten Tannen und Douglasien eine Art Borkenkäfer aufgetreten sei, der schon zwei Drittel der Anpflanzungen zerstört habe.

Er hätte schon die gesamte Belegschaft mit verschiedenen Pflanzenschutzmitteln eingesetzt, um die Plage zu beseitigen. Leider aber ohne Erfolg. Die Arbeit von fast vier Jahren in der Abteilung „Nadelbäume" war fast vernichtet. Prof. Yan-Shu beauftragte diesen Mitarbeiter (mit unaussprechlichem Namen), einige Hundert Schädlinge lebendig einzufangen und sicher zu verpacken, damit sie in seinem Institut untersucht werden könnten. Dazu wollte er drei Bäumchen mitnehmen, die zwischen eingegangenen Pflanzen überlebt hatten. Dies, um festzustellen, ob in überlebenden Bäumen irgendwelche Stoffe aufzufinden seien, die widerstandsfähig gegen den betreffenden Schädling sind.

Prof. Yan-Shu ordnete strenge Sicherheitsmaßnahmen an, die verhindern sollten, dass der Schädling in eines der Gewächshäuser eindringen konnte.

Ein solches Drama war bisher bei den Anpflanzungen in Afrika noch nicht aufgetreten, doch sollte dies hier zur Warnung dienen.

Wir fuhren anschließend in die betroffenen Gebiete. Prof. Yan-Shu äußerte den Verdacht, dass der Schädling zusammen mit dem aus ganz China eingeführten Humus eingeschleppt worden sein könnte. Ich sagte ihm, dass doch dann auch in den Gewächshäusern solche Käfer zu finden sein müssten, weil die Pflanzen dort auch auf eingeführte Humuserde angewiesen seien. „Gute Frage", meinte er. Doch der Humus der Neu-Anpflanzungen draußen stammte aus einer ganz anderen Gegend des Landes. Der Humus der Gewächshäuser war viel älter und wurde seit Jahren ohne Probleme benutzt. Aber sicherheitshalber ließ er sich eine größere Probe des verdächtigten Humus' mit einpacken.

Die kilometerweiten Anpflanzungen boten einen traurigen Anblick. Zwar hatten alle dazwischenstehenden Laubbäume die Schädlingsattacke überstanden, doch die Nadelbäume sahen übel aus. Allerdings waren die angegriffenen Bäumchen noch längst nicht alle tot. Nur die Nadeln waren verschwunden, und die Baumspitzen waren abgestorben.

Prof. Yan-Shu ordnete an, die Bäumchen bis auf halbe Höhe herunterzuschneiden, einen speziellen Nadelbaumdünger einzubringen, reichlich zu bewässern und abzuwarten, was passiert.

In den Anpflanzungen nahe der Wüste Gobi mussten alle jung eingepflanzten Bäume zusätzlich nach allen Seiten abgestützt werden, weil sonst die starken, mit Sand versetzten Stürme aus der Wüste die Bäumchen in kurzer Zeit flach legen würden.

Ähnliches war ja auch schon in Marokko in den Anfangszeiten der dortigen Baumschule passiert. Aber hier waren die Verhältnisse noch erheblich schwieriger, aus Wüste eine Kulturlandschaft zu zaubern. Dort, wo landschaftlich bedingt die stärksten Sturmböen aus Richtung Gobi auftraten, hatten die Chinesen kilometerlange Schutzwälle am Rande der Anpflanzungen errichtet. Diese Wälle haben aber nur so lange Sinn, bis die angepflanzten Bäume die notwendige Schutzfunktion übernehmen können.

Auf der weiteren Fahrt durch die Rekultivierungsgebiete konnten wir aber auch schon erfreuliche Ergebnisse bewundern. Allerdings: Bewundert habe nur ich, Prof. Yan-Shu lächelte nur milde über die erfolgreiche Arbeit der letzten 30 Jahre, die ja so viel Investitionen und Vorarbeiten erfordert hatte, ehe man in dieser rauhen Gegend überhaupt erst mit den Pflanzungen beginnen konnte.

Am folgenden Tag flogen wir in einen anderen Sektor der Renaturierung, der näher an Peking heranreichte, genauer gesagt:

bis an die Stadtgrenze. Hier war das Klima etwas freundlicher und der Boden nicht durch giftige Chemikalien belastet. Aber Gewächshäuser und Humuserde wurden hier ebenfalls benötigt, um Sämlinge erst einmal zu einer widerstandsfähigen Größe heranzuziehen. Die Anpflanzungen hier waren dazu bestimmt, einmal als ein großer Park mit seltenen Laubbäumen und blühenden Sträuchern heranzuwachsen – aber natürlich nur bestehend aus Bäumen, die die harten Winter mit bis zu minus 20 Grad Celsius vertragen. Man hatte hierfür eine Reihe von Rhododendren, Azaleen, Forsythien, Kamelien und Hibiskusarten gezüchtet, die diese Verhältnisse vertragen können. Als Bäume kamen dafür Magnolien, japanischer Zierahorn, Ahorn, Zieräpfel und Flieder in Betracht.

Man hat auch Versuche mit Mammutbäumen gemacht, doch die halten das rauhe Klima nicht aus. Jedoch würden zwischen blühenden Laubbäumen und solchen mit besonderer Herbstfärbung auch edle Nadelbäume zu finden sein. Die Bewässerung erfolgte hier aus der Pekinger Taverne, aus der täglich mehrere Tausend Kubikmeter Wasser hinein- und wieder herausgepumpt wurden.

Wir fuhren mit einem Geländewagen der hiesigen Stationsleitung unter den strengen Blicken von Herrn Yan-Shu durch die Außenanlagen, wo die Parkbäume bereits vier bis fünf Meter hoch gewachsen waren. Dazwischen wuchsen geschmackvoll angeordnete Ziersträucher, die teilweise schon Knospen für die Blüte im nächsten Jahr angesetzt hatten. Man kann schon heute erkennen, dass die einst steppenartige Umgebung Pekings einmal eine botanische Attraktion sein wird, die dazu noch in der Lage ist, diese Mega-Stadt mit frischem Sauerstoff zu versorgen. Zum Glück gab es hier in diesem Renaturierungsgebiet keine größeren Probleme.

Am Abend waren wir wieder zurück in der Stadt. Ich bedankte mich bei Herrn Yan-Shu dafür, dass ich ihn zwei Tage lang begleiten durfte, bezahlte meinen Anteil an den Flugkosten und verabschiedete mich. Leider habe ich nie erfahren, wie das Schädlingsproblem in Baotou gelöst worden ist.

Da ich außer den paar Worten und Zahlen kein Chinesisch verstehe, hatte ich nicht mitbekommen, dass für die Nacht ein schwerer Sandsturm vorausgesagt worden war. Ein Glück, dass wir nicht mehr mit dem Flugzeug unterwegs waren. Ob die nördlichen Anpflanzungen wohl alles gut überstanden haben?

Die Rückfahrt

Von unterwegs aus rief ich Jan zu Hause an und meldete mich zum Abendessen an. Ich wollte sie am letzten Abend meiner China-Reise eigentlich zum Essen einladen, doch Juni meinte, sie hätte bereits ein leckeres Essen vorbereitet.

Es hat tatsächlich wunderbar geschmeckt, und es war typisch chinesisch. Selbstverständlich wurde mit Stäbchen gegessen.

Wir haben uns wunderbar unterhalten, und ich habe an diesem Abend noch eine ganze Menge über China gelernt, denn ich wollte noch einiges mehr über dieses exotische Land erfahren, vor allem über die schlimme Zeit der Kulturrevolution. Auch wollte ich wissen, wie das weltweite Zwei-Kinder-Gesetz in China eingehalten werde.

Juni klärte mich auf.

„Noch unter Mao Tse-tung war in China das Ein-Kind-Gesetz eingeführt worden, und es haben sich teilweise schreckliche Szenen bei den Zwangsabtreibungen abgespielt. Nach der Mao-Aera wurde das Gesetz wieder aufgehoben, weil es von der Bevölkerung als Zwangsherrschaft empfunden wurde. Ab 2029 galt das neue Zwei-Kinder-Gesetz, und das wurde von der Regierung begrüßt, denn die Geburtenrate in China war, einhergehend mit dem wachsenden Wohlstand, schon wieder auf 30 Millionen pro Jahr angewachsen.

In den ersten Jahren waren gegen die angeordneten Abtreibungen ab der dritten Schwangerschaft Widerstände laut geworden. Besonders die Kirchen waren vehement dagegen. Doch als die Anti-Baby-Impfung eingeführt wurde und die Paare von da an ungehemmt ihren Spaß haben konnten, erlosch der Widerstand. Auch bei den Kirchen, denn nun konnte ja von Kindestötung nicht mehr die Rede sein. Seitdem hält sich in China die Sterbe- und Geburtenrate etwa die Waage, und das ist gut so. Überhaupt, die chinesische Regierung begrüßte die damalige strenge Gesetzgebung, und sie tut es auch heute noch.

Der wirtschaftliche Aufschwung der ersten zwei Jahrzehnte dieses Jahrhunderts mit seinen klimaschädlichen Folgen hatte der Regierung unseres Landes erhebliche Kopfschmerzen bereitet. Schon die Vorgespräche zu der strengen Welt-Gesetzgebung hatten der chinesischen Automobilwirtschaft nützliche Anregungen zur Weiterentwicklung umweltfreundlicher Fahrzeuge gebracht. Auch den chinesischen Werften hat die geforderte Umstellung auf Wasserstoff-Antriebe lukrative Aufträge eingebracht. Inzwischen baut man auch schon wieder Schiffe mit Atomantrieb, nachdem klar ist, dass man die strahlenden Abfälle inzwischen in den Fusionsreaktoren weiterverwenden kann.

Auch die deutsche Weiterentwicklung der unterirdischen superschnellen Transrapid-Technik hat zwar den China-Airlines Schaden zugefügt, doch der unterirdische Zugverkehr, der die Landschaft vor hässlichen Betonröhren bewahrt, hat viele neue Arbeitsplätze geschaffen. Begrüßt wird auch, dass die Innenstädte ohne lästigen Zeitverlust schnell und praktisch miteinander verbunden werden.

Also, alles in allem hat die rigorose Gesetzgebung für China große Vorteile gebracht."

Nach diesen interessanten Themen sprachen wir dann über meine Rückreise.

Eigentlich hätte es mich gereizt, nach Deutschland ebenfalls per Überschall-Flugzeug zurückzufliegen. Das wäre in diesem Falle viel schneller gegangen als mit dem Transrapid auf dieser Rekordentfernung. Aber die Möglichkeit, unterwegs auszusteigen und einige der mir völlig fremden Städte kennenzulernen, hatte schließlich den Ausschlag gegeben, auf dem Boden zu bleiben oder besser: unter dem Boden zu reisen, was für meine Eltern und Großeltern noch unvorstellbar gewesen war.

Aber die Rückreise per Flugzeug mit Überschall-Geschwindigkeit hätte auch ihre Reize gehabt. Der Abflug ab Peking hätte 19.30 Uhr stattgefunden, und die Ankunft in Berlin – selbstverständlich am gleichen Tag – wäre 14.00 Uhr gewesen. Nach Pekinger Zeit wäre es aber schon 21 Uhr.

Wohl jeder von uns hat schon mal davon geträumt, einmal weit in die Vergangenheit zurückreisen zu können, um das Leben vor langer Zeit in der Wirklichkeit und nicht nur aus Geschichtsbüchern zu erleben. Aber wir wissen aus unserer Lebenserfahrung und auch aus der Tatsache, dass wir von Tag zu Tag etwas älter werden, dass man die Zeit nicht zurückdrehen kann.

Mit diesem Flug wäre das Kunststück aber gelungen. Man steigt abends ins Flugzeug, schläft zweieinhalb Stunden und wacht am Mittag des gleichen Tages wieder auf!

Wenn ich ein gläubiger Mensch wäre, würde ich jetzt behaupten: Der liebe Gott würde vor Verwunderung den Kopf darüber schütteln, dass es einem Menschen gelungen ist, eines seiner ehernen Gesetze zu brechen und die ewig fortschreitende Zeit zurückzudrehen. Man könnte mir das noch nicht einmal als Sünde ankreiden, denn laut Bibel gibt es diese Sünde gar nicht!

Also dieses Erlebnis musste ich mir nun leider verkneifen. Man kann im Leben eben nicht alles haben, was man gern hätte. Heute, mit 80 Jahren, traue ich mir eine solche Reise ohnehin nicht mehr zu.

Also morgens früh um 10.15 Uhr startete mein Zug von Peking Hauptbahnhof bis Aachen über Ulan-Bator, Irkutsk, Krasnojarsk, Novosibirsk, Tomsk, Jekaterinburg, Moskau, Warschau, Berlin, Köln.

Was für ein Abenteuer stand mir da bevor! Circa 8.000 Kilometer unter der Erde, zwischen 6.000 Meter hohen Bergen und schier unendlichen Wüsten. Und das in elf Stunden Fahrzeit einschließlich aller Haltestationen. Nach Fahrplan sollten wir abends um 21.15 Uhr Pekinger Zeit in Aachen sein. In Aachen wäre es da aber bei unserer Ankunft noch 14.15 Uhr mittags. Doch das war nur die interessante Theorie, denn ich hatte mich kurz entschlossen, in Irkutsk und in Moskau noch je einen Tag für Besichtigungen dranzuhängen.

Gereizt hätte es mich, auch noch Jekaterinburg zu besuchen, eine Sommerresidenz des letzten Zaren von Russland, wo im Juli 1918 das Zarenpaar, dessen vier Kinder und zwei Bedienstete im Keller des Sommerpalais von einem sojwetischen Erschießungskommando erschossen wurden. Aber das habe ich nicht mehr geschafft, denn ich wollte nach der anstrengenden Reise schnellstmöglich nach Hause.

Jan war dann am nächsten Morgen so freundlich und brachte mich zum Hauptbahnhof – oder genauer: unter den Hauptbahnhof. Mein Gepäck war als Service meines Hotels schon nach Aachen unterwegs, also hatte ich nur auf meinen leichten Rucksack und meine Reisehandtasche aufzupassen.

Zum Glück gibt es ja weltweit operierende Logistik-Unternehmen, die jedes denkbare Gepäck- oder Möbelstück an jeden beliebigen Ort dieser Erde in Windeseile befördern können. Früher gab es so etwas Ähnliches auch schon, allerdings viel langsamer und teurer und gehemmt durch Zollkontrollen. Da hießen solche Unternehmer noch „Spediteure".

Eigentlich sollte mein Zug hier aus Shanghai kommen, doch diese Strecke war ja wegen erfoderlich gewordener Reparaturen für einige Wochen gesperrt. Also wurde dieser Zug in Peking eingesetzt, allerdings nicht am Hauptbahnhof, sondern am neuen Flughafen Daxing, der im Süden der Stadt liegt.

Jan und ich waren gerade dabei, uns zu verabschieden, als auch schon der Zug einschwebte. (Wir würden uns erst einmal die nächsten Monate nicht sehen können – außer via Smartphone und über Skype, und wenn, dann würde wohl schon das erwartete Baby geboren sein).

Meine Fahrkarte, die im Smartphone eingespeichert war, zeigte mir, welcher Platz in welchem Wagen für mich reserviert war. Wie das in China so üblich ist, waren die Kopfstützen mit einem blütenweißen Spitzen-Überzug bedeckt, eine äußerst hygienische Sache. Ich hatte einen Fensterplatz, obwohl es ja gar keine Fenster gab.

Nach fünf Minuten, punkt 10.15 Uhr schlossen sich die Türen luftdicht, und der Zug setzte sich wieder in Bewegung. Ich fuhr meinen Sessel aus und legte die Beine hoch, denn ich wollte nach den letzten anstrengenden Tagen noch etwas schlafen. Neben mir saß auf meiner Sitzreihe nur ein weiterer Reisender, ein Mongole, der nach Ulan-Bator wollte, dessen Englisch aber kaum verständlich war, sodass auch keine Unterhaltung aufkommen konnte. Auf meinem Smartphone stellte ich den Wecker auf 12 Uhr, denn ich wollte die kurze Haltezeit in Irkutsk, die für 12.27 Uhr auf dem Fahrplan stand, keinesfalls verschlafen. Ein Lautsprecher verkündete, dass man sich anschnallen sollte, denn die Strecke sei wegen der zu durchfahrenden Gebirge nicht ganz gradlinig. Ich merkte auch durch den Druck an meine Lehne, dass der Zug stark beschleunigte. Zu hören war ein leises Summen, das im Ton immer höher wurde. Der über den Sitzen angebrachte Tachometer zeigte die Fahrgeschwindigkeit an: 200 – 250 – 300 – 350 – 400 usw. Bei 950 km/h blieb der Zeiger stehen. Bei leiser Musik, die aus dem Lautsprecher erklang, schlief ich ein. Punkt 12 Uhr klingelte mein Wecker. Mein Mitreisender war verschwunden. Den Haltepunkt Ulan-Bator hatte ich verschlafen. Um 12.20 Uhr hörte ich eine Stimme, die mit englischem Akzent meinen Namen aufrief und hinzufügte: „Please get ready to get out in Irkutsk, but keep seatbelts still fastend." Ich hatte ja wegen der Sitzplatzreservierung angeben müssen, wo ich aussteigen und wann ich mit welchem Zug weiterfahren wollte. Und warum ich mich noch nicht abschnallen durfte? Die Erklärung bekam ich später bei meiner Stadtrundfahrt.

Aus Richtung Ulan-Bator kommend lag zwischen den beiden Städten, jedoch kurz vor Irkutsk, der Baikalsee. Normalerweise unterfahren die Transrapids die meisten Seen, falls sie in der Zielrichtung liegen. Der Baikalsee ist aber über 1.000 Meter tief, und in solche Tiefen will man nicht vorstoßen. Das Risiko wäre, wenn unterwegs eine Störung eintritt, viel zu hoch, um die Passagiere bergen zu können, zumal darüber ein gewaltiger

Wasserdruck liegt. Außerdem: Der nahe am See gelegene Haltepunkt Irkutsk wäre ja dann auch etwa 1.000 Meter höher gelegen, und ein solcher Höhenunterschied auf kurzer Strecke ist bei 700 bis 800 km/h nicht machbar. Hier ist also eine der seltenen Situationen gegeben, dass der Transrapid einem See in einer großen Biegung ausweichen muss. Bei einer Kurve, die mit hoher Geschwindigkeit durchfahren wird, ist die Linear-Motorbasis nach innen geneigt, wodurch man fest an den Sessel gedrückt wird. Diese Erscheinung ist aber auch das Einzige, was man bei einer Kurvendurchfahrt bemerkt.

Und noch eine Bemerkung zu einem Fahrbetrieb mit nur einer Fahrspur: Normalerweise achtet man darauf, dass alle Haltepunkte möglichst die gleichen Abstände von einander haben, damit die Züge bei gleicher Geschwindigkeit in beiden Richtungen zur gleichen Zeit am Haltepunkt ankommen, wo dann natürlich mindestens zwei Gleise vorhanden sind. Dieses Prinzip ist aber in dünn besiedelten Gegenden nicht immer möglich. Die Folge ist, dass die Leitstelle der automatisch fahrenden Züge die jeweiligen Geschwindigkeiten der sich begegnenden Züge so regelt, dass sie dennoch zur gleichen Zeit am nächsten Haltepunkt ankommen. Das bedeutet: Der Zug mit der größeren Entfernung muss mit Höchstgewindigkeit unterwegs sein, und der Zug mit der kürzeren Strecke muss etwas gedrosselt fahren (bzw. schweben!). Die viel befahrenen Strecken mit hohem Personen-Aufkommen haben in den letzten Jahrzehnten eine zweite Fahrröhre erhalten. Da können die Züge in beide Richtungen so schnell schweben, wie sie eben ferngesteuert werden. Bei dieser Strecke hier lohnt sich das aber (noch) nicht.

Nach diesem Ausflug in die Technik des Transrapid-Systems kehre ich wieder zurück zu meinem Tagesausflug in und um Irkutsk.

Die unterirdische Bahnhofshalle war im Vwegleich zu der von Peking etwas schlichter gestaltet. Aber immerhin. Man musste entweder über eine sehr lange Rolltreppe nach oben fahren, konnte aber auch wahlweise einen großen Aufzug benutzen. Nach dem großen Sandsturm gestern und vorgestern herrschte hier strahlender Sonnenschein. Es kann aber auch sein, dass hier in den vergangenen Tagen gar kein schlechtes Wetter war, denn Irkutsk liegt ja schließlich fast 1800 Kilometer von Peking entfernt. An die gewaltigen Entfernungen im Inneren Asiens muss man sich auch erst einmal gewöhnen. Dagegen ist in Deutschland alles winzig.

Meine Weiterfahrt nach Moskau hatte ich mit dem Nachtzug eingeplant, der 0.17 Uhr hier abschwebte.

Die Fahrzeit nach Moskau (4.250 Kilometer) betrug vier Stunden und 50 Minuten. Ich würde also 5.07 Uhr in Moskau sein – wenn es keinen Zeitunterschied gäbe. Dieser beträgt im Vergleich zu Irkutsk fünf Stunden; das heißt, dass ich in Moskau 0.07 Uhr eintreffen würde, also zehn Minuten eher, als ich in Irkutsk abgefahren war. Verrückte Welt!

Nachdem ich mir das mit einiger Mühe klargemacht hatte, buchte ich per Smartphone für die Übernachtung ein Hotel in Moskau. Dank der bequemen Sitze im Transrapid könnte ich schon während der Fahrt ein wenig schlafen. Das war also machbar.

Aber zurück nach Irkutsk.

Vor dem Bahnhof standen Busse für Stadtrundfahrten bereit, die auch in englischer Sprache angeboten wurden. Ich buchte eine vierstündige Rundfahrt mit anschließender Bootsfahrt auf dem berühmten Baikalsee, der infolge seiner großen Tiefe der wasserreichste Binnensee der Welt ist; Dauer: nochmals vier Stunden. Abfahrt 13. Uhr, zurück gegen 21 Uhr.

Während der Rundfahrt erkundigte ich mich nach einem guten Restaurant, das nicht allzu weit vom Bahnhof entfernt sein sollte. Ich erfuhr die Adresse, einschließlich E-mail, rief dort an und bestellte einen Tisch für 21.30 Uhr. Da konnte ich dann meinen Hunger in aller Ruhe stillen und hatte noch genügend Zeit bis zur Abfahrt meines Zuges.

Der Besuch von Irkutsk und Listwjanka, der nächstgelegenen Stadt am Baikalsee, war eine großartige Erfahrung. Die Landschaft ist unglaublich schön, und die Reiseleiterin Nadya war charmant, witzig und kenntnisreich. Nadyas Englisch war auch exzellent, sodass die Kommunikation sehr einfach war!

Die Bootsfahrt zur Insel Olchon erfolgte mit einem Katamaran-Schnellboot, das bei glatter See fast 100 km/h erreichte. Man konnte auf der Fahrt erahnen, welch riesige Ausmaße dieser See hat. Der höchste Berg der Insel heißt Schima und ist 1.274 Meter hoch. Auf den Gipfel führt ein Sessellift zu einer gemütlichen Konditorei mit herrlicher Aussicht. Ich konnte nicht widerstehen, ein großes Stück köstlicher Nusstorte zu verspeisen.

Pünktlich um 21 Uhr waren wir wieder in Irkutsk.

Auf dem Boot lernte ich durch Zufall eine deutsche Mitreisende kennen, die aus Köln stammte, in Moskau wohnte und bei einer deutschen Bank beschäftigt war. Für den Abend hatte sie noch nichts vor, und so konnte ich sie überreden, zum Abendessen mit mir zusammen das vorgemerkte Restaurant zu besuchen. Da ihr Urlaub gerade zu Ende war, wollte sie mit dem gleichen Zug zurückschweben wie ich auch. Was für ein schöner Zufall. Da hatte ich auf dem letzten Stück meiner weiten Reise noch eine angenehme Gesellschaft. Susanne hieß sie und war zehn Jahre jünger als ich. Inzwischen ist sie auch pensioniert und wohnt wieder in Köln. Hin und wieder besuchen wir uns. Sie lebt allein, da sie geschieden ist. Sie hat zwei Töchter und vier Enkel.

Unser Abendessen war exzellent. Mein Menü war eine Mischung aus russischen und asiatischen Spezialitäten. Ich weiß nicht mehr, wie die einzelnen Bestandteile des Menüs hießen. Aber alles war vorzüglich gewürzt. Susanne aß etwas typisch Russisches, genannt „Borschtsch", bestehend aus Weißkohl, Rote Bete, Rindfleisch und Saurer Sahne. Dazu gab es frisches Brot. Borschtsch wird am Tisch zuletzt noch mit kleingehacktem frischem Dill und Petersilie überstreut. Naja, mein Fall ist das nicht.

Wir beendeten unsere Mahlzeit gegen 23 Uhr und wollten noch ein wenig durch das nächtliche Irkutsk schlendern. Wir liefen die Ulitsa Jyulya entlang, was wohl die Haupteinkaufsstraße der Stadt ist. Die schicken Kaufhäuser hatten sogar bis Mitternacht geöffnet. Aber langsam zog es uns in Richtung Hauptbahnhof, wo wir pünktlich um Mitternacht ankamen.

Unser Zug kam fast auf die Sekunde fahrplangenau an und fuhr ebenfalls auf die Sekunde pünktlich wieder los. Susanne hatte auch einen reservierten Sitzplatz. Da der Zug aber bei weitem nicht voll besetzt war, fanden wir eine Sitzreihe, wo wir nebeneinander sitzen konnten. Wir plauderten noch eine Weile. Aber nach dem langen Tag in Irkutsk waren wir so müde, dass wir nach wenigen Minuten einschliefen und von den Haltestellen zwischen Irkutsk und Moskau nichts mitbekamen. Ich hatte meinen Wecker auf zehn Minuten vor 5 Uhr gestellt. Er klingelte auch, aber die Uhr meines Smartphones zeigte ganz richtig nach Ortszeit 23.50 Uhr an. Und pünktlich 0.07 Uhr schwebte der Zug im Moskauer Hauptbahnhof ein.

Moskau

Ich verabschiedete mich von Susanne, nachdem wir unsere Adressen und Telefonnummern ausgetauscht hatten. Sie nahm ein Taxi, um nach Hause zu kommen, ich konnte zu Fuß zu meinem Hotel gehen, das fast um die Ecke gelegen war.

Mein Hotelzimmer im 16. Stock des Hotels war wunderschön (und ebenso teuer).

Nach dieser anstrengenden Reise wollte ich erst einmal gründlich ausschlafen. Ich hängte daher das Schild „don't disturb" außen an die Türe und verschwand im elegant eingerichteten Badezimmer. Die heiße Dusche tat gut. Im Bett ließ ich den Tag noch einmal an mir vorübergleiten. Was war das für eine Technik! Diese gewaltige Strecke von Peking bis Moskau an einem Tag unterirdisch zurückzulegen und auch noch Zeit für eine ausgedehnte Besichtigung zu haben – das ist grandios. Und ich konnte auf der Strecke auch noch seelenruhig schlafen! Früher haben die Länder wegen jeder kleinen Streitigkeit gegeneinander Krieg geführt. Heute, nicht zuletzt durch die schnellen und preiswerten Verkehrsverbindungen, kann man sich sofort bei einer aufkommenden Streitigkeit an einen Tisch setzen und einen vernünftigen Kompromiss schließen. Und das Beste daran ist, dass die Menschen, die heute Regierungsverantwortung tragen, alle perfekt Englisch sprechen und verstehen, sodass die früher häufigen Missverständnisse nicht mehr (oder nur ganz selten) vorkommen können. Das gibt doch eine Sicherheit, die meine Vorfahren nie gekannt hatten. Mit diesem angenehmen Gefühl schlief ich ein.

Um acht Uhr morgens klingelte mein Telefon. Nanu? Wer könnte das denn sein? Es war Susanne. Ob ich zum Frühstück zu ihr kommen wollte? Sie hätte noch einen Tag frei, bevor sie wieder in die Bank müsse, und da könnten wir noch ein wenig plaudern, bevor ich wieder nach Hause führe. Ob ich auch Lust auf eine private Stadtrundfahrt mit ihr hätte? Oh ja, ich hatte. Statt den Mittagszug Richtung Paris bis Aachen nahm ich nun den Nachtzug. Kein Problem, es waren noch Sitzplätze frei. Abfahrt 0.12 Uhr, Ankunft in Aachen 2.50 Uhr Moskauer Zeit minus zwei Stunden Zeitunterschied, also 0.50 Uhr. Ja, das ist okay. Mein Smarty bestätigte die Umbuchung.

Susanne wohnte etwa eine halbe Stunde Taxifahrt von meinem Hotel entfernt. Ein Lufttaxi zu buchen, lohnte sich nicht. Ich zog mich schnell an, checkte an der Rezeption aus, bezahlte eine Übernachtung ohne Frühstück, ließ ein Taxi kommen und fuhr los.

Etwa neun Uhr war ich bei Susanne, die eine hübsche Zwei-Zimmerwohnung gegenüber einem kleinen Park bewohnte. Ihre Töchter lebten schon längst nicht mehr bei ihr und hatten eigene Familien. Susanne hatte einen russischen Kollegen als Freund, der sie hin und wieder besuchte. Die Wohnung hatte 70 Quadratmeter und war für Moskauer Verhältnisse ziemlich groß – und teuer.

Woher hatte Susanne nur erfahren, dass ich so gerne Räucherlachs zum Frühstück esse? Es gab alles, was das Herz begehrt: Brötchen, Schwarzbrot, Butter, Marmelade, ungarische Salami, italienische und deutsche Käsesorten und vorzüglichen Kaffee. Willkommen in Europa!

Beim Frühstück besprachen wir, wie wir die Rundfahrt organisieren und was ich unbedingt sehen wollte. Da ich Moskau ja noch nicht kannte, wollte ich das Wichtigste sehen und besichtigen. Zum Abendessen wollte ich sie in ein gutes Restaurant einladen. Ende der Unternehmung: 23.30 Uhr. Susanne kannte ein gutes Lokal in der Innenstadt, nicht weit vom Hauptbahnhof entfernt. Dort bestellte ich einen Tisch für zwei Personen für 21 Uhr.

Susanne kannte sich wirklich gut aus in Moskau.

Wir fuhren mit der Metro bis zum Roten Platz. Die U-Bahn-Station dort ist nicht nur prächtig, sie ist der pure Protz. Für das Lenin-Mausoleum mussten wir etwas anstehen. Aber nach einer halben Stunde waren wir drin. Wir sahen den Gründer der Sowjetunion in seinem Glassarg, wo er seit mehr als 160 Jahren liegt, als sei er erst gestern gestorben. Unheimlich.

Ein Rundgang über den Roten Platz führte uns an der Kreml-Mauer entlang zur Basilius-Kathedrale, ein einmaliges Baudenkmal im russischen Stil. Wir gingen auch hinein, denn aus dem Inneren erklang ein Orgelkonzert. Der Organist übte gerade für ein bevorstehendes Konzert. Auch das Innere der Basilius-Kathedrale war beeindruckend.

Den Besuch des Bolschoi-Theaters durften wir uns natürlich auch nicht entgehen lassen. Im berühmten Kaufhaus GUM machten wir Mittagspause und suchten dort das Bistro auf. Wir nahmen einen kleinen Imbiss ein, zu dem ich Susanne natürlich auch einlud.

Nach dem Essen machten wir einen kleinen Rundgang im Gorki-Park. Dann stiegen wir wieder in die Metro und fuhren zum berühmten Moskauer Zoo. Dort nahmen wir uns einen E-Scooter, denn zum Laufen fehlte uns langsam die Kraft. So konnten wir uns im Sitzen die einzelnen Gehege mit vielen exotischen Tieren anschauen.

Den Abschluss bildete eine einstündige Abendfahrt auf der Moskwa.

Also mehr konnte man nun wirklich nicht in einen Sightseeing-Tag hineinpacken.

Reichlich erschöpft ließen wir uns per Taxi in unser Restaurant bringen. Als Vorspeise gab es Beluga-Kaviar aus dem Kaspischen Meer. Es folgte eine vorzügliche Fleischbrühe mit Markklößchen, dazu deutscher Weißwein. Daran anschließend gab es ein Steak mit feinem Gemüse – dazu ein Glas französischen

Rotwein und zum Schluss delikates Eis. Als Abschluss wurde ein doppelter Espresso gereicht. Ich bezahlte mit Karte – es war mehr als 200 Euro!

Zu meinen Schwestern könnte ich jetzt nur sagen: „Man gönnt sich ja sonst nichts!"

Am Bahnhof verabschiedeten wir uns sehr herzlich. Mit Susanne habe ich eine nette Freundin gewonnen.

Unterwegs schlief ich wieder fest ein. Beinahe hätte ich meinen Smarty-Wecker verschlafen. Aber ich schaffte es noch, rechtzeitig am Aachener Hauptbahnhof auszusteigen.

Dies war das Ende meiner Asien-Reise. Etwa zwei Uhr morgens lag ich in meinem eigenen Bett!

DAS NIGER-TSCHAD-PROJEKT

Schon seit dem ersten Einsatz der Solarkraftwerke im Zusammenspiel mit Meerwasser-Entsalzung zum Zwecke der Sahara-Rekultivierung habe ich mich für den Fortgang dieser Aktionen besonders interessiert und alles gelesen, was ich an Informationen ergattern konnte. Ich habe vor meiner Pensionierung (2067) in den großen Ferien noch einige weitere nordwest-afrikanische Länder besucht und mich über den Fortgang der Rekultivierungen informiert.

Die meisten der nordafrikanischen Länder vereint ein gemeinsames Riesenprojekt (genannt „SNT Sahel-Niger-Tschad"), das sowohl von afrikanischen Dachverbänden als auch von der Weltregierung selbst mit hoher Priorität gefördert wird.

Ich konzentriere meinen Bericht auf das Gesamtkonzept, ohne auf alle meine Afrikareisen einzugehen. Ich konnte schon damals einige der Projekte beobachten, um zu ahnen, welch gewaltige Ausmaße dieses Programm eines Tages haben wird.

Dass die zunächst utopisch erscheinenden Pläne nun zum größten Teil Wirklichkeit geworden sind, war für die ärmsten Länder dieser Region eine rettende Notwendigkeit. Aber nicht nur für diese:

1.) Die Milliarden neu angepflanzter Bäume helfen, die Atmosphäre wieder zu reinigen und die Erderwärmung zu stoppen.
2.) Die zahlreichen neuen Solarkraftwerke produzieren nebenbei auch den dringend für die Kraftfahrzeuge und seit einiger Zeit auch für die Luftfahrt benötigten Treibstoff, nämlich Wasserstoff.
3.) Es ergeben sich mit den Rekultivierungsmaßnahmen Millionen neuer Arbeitsplätze.
4.) Die Fluchtursachen wegen der Unbewohnbarkeit der äquatornahen Länder werden gestoppt.
5.) Die Existenznot in Afrika war Ursache zahlreicher Bürgerkriege und Attentate, die ihrerseits die bedrohliche Lage weiter verschlimmerten. Dies wurde nun weitgehend beseitigt.

6.) Die geflüchteten Bewohner der untergegangenen Inselstaaten konnten und können in den neu erschlossenen Gebieten angesiedelt werden, wo sie auch dringend als Arbeitskräfte benötigt werden. Und dies gilt auch für alle jene Menschen, die infolge des Meerwasseranstiegs auch in anderen Küstenländern aus ihren Häusern vertrieben wurden.
7.) Die Unsummen, die früher als Flüchtlingshilfe aufgewendet werden mussten, können nun für die Finanzierung der Rekultivierungen oder für andere soziale Zwecke verwendet werden.

Ich konnte mich in Marokko, Algerien, Libyen und anderen Ländern bereits von der segensreichen Wirkung der getroffenen Maßnahmen überzeugen.

Alle diese Länder, deren Staatsgebiet ganz oder teilweise in der Sahara oder in der Sahelzone liegt, waren vom Klimawandel besonders stark bedroht. Ihnen musste zuallererst geholfen werden.

Die seit dem Jahr 2002 bestehende Afrikanische Union (AU) hat 2025 die Interessengemeinschaft „Sahel-Niger-Tschad" (SNT) gegründet mit der Zielrichtung, ausgetrocknete Wüstengebiete und Trockensavannen wieder fruchtbar und bewohnbar zu machen. Das Projekt SNT ist eine Weiterentwicklung eines Vorgängerprojektes, das sich „Grüne Mauer" genannt hat und das zum Ziel hatte, die weitere Ausdehnung der Sahara zu bremsen.

Die SNT arbeitet mit der Welt-Forstbehörde eng zusammen und erhält von dort auch finanzielle Unterstützung. Dabei geht es in erster Linie um die Erschließung gewaltiger Mengen Wasser für die Bewässerung der ausgedörrten Erde in der Größenordnung einer mehrfachen Landfläche von Deutschland, Österreich und der Schweiz zusammen.

Als Wasserlieferant wurde der ca. 4.200 Kilometer lange Fluss Niger ausgewählt, der die Länder Guinea, Mali, Niger und Nigeria durchfließt und auch die Grenze zu Benin bildet.

Obwohl der Fluss Niger in mancher Regenzeit auch Überschwemmungen verursacht, reicht sein Wasser – über ein Jahr betrachtet – bei weitem nicht aus, um die Wüste ausreichend zu bewässern und die Sahelzone in blühende Landschaften zu verwandeln. Hier muss also massiv nachgeholfen werden.

Die SNT besteht zum einen aus Wasser-Lieferanten und zum anderen aus Wasser-Empfängerländern. Insgesamt gehören der SNT die Länder Marokko-Westsahara, Mauretanien, Burkina Faso, Senegal, Guinea-Bissau, Elfenbeinküste, Sierra Leone, Liberia, Ghana, Togo, Kamerun und Tschad an. Wasserlieferanten sind die Länder Marokko-Westsahara, Sierra Leone, Guinea und auch Kamerun. Auch Mauritanien entsalzt Meerwasser, jedoch nur für den Eigenverbrauch.

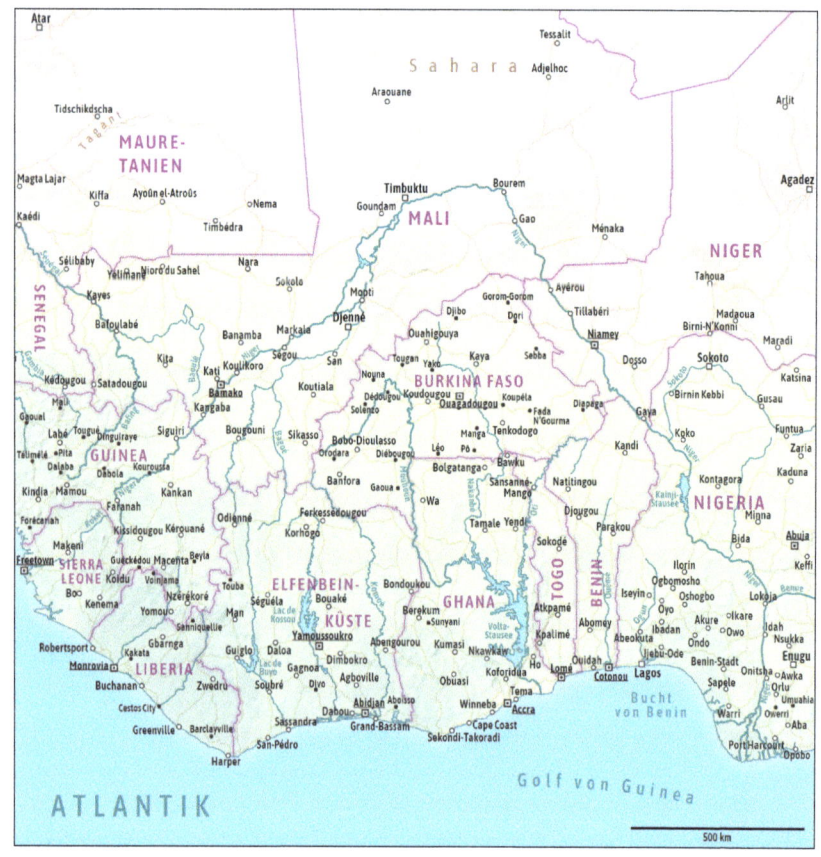

In diesen vier Ländern wurden mehrere gewaltige wind- und sonnenbetriebene Meerwasser-Entsalzungsanlagen installiert, die den Flusslauf des Niger als natürliche Wasserleitung nutzen, um das benötigte Wasser bis in die Wüstengebiete zu transportieren.

Überall dort, wo der Niger in die Nähe von Dürregebieten gelangt, entstanden und entstehen weitere Zapfstellen zwecks Weiterbeförderung des Wassers in die Trockenzonen. Dafür sind dann noch starke Pumpanlagen und Hunderte Kilometer unterirdische Wassertunnel erforderlich. Dies ist ein Jahrhundert-Projekt, an dem noch mehrere Generationen fleißiger Menschen zu arbeiten haben.

Wüsten-Rekultivierungen mit den dafür erforderlichen Kraftanlagen sind nicht nur ein Segen für die betroffenen Länder, sondern langfristig auch ein gutes Geschäft.

In diese Länder haben sich europäische, amerikanische, saudische, türkische und chinesische Investoren schon mit Beginn der Sahara-Rekultivierung, das lukrative Geschäft witternd, finanziell förmlich hineingestürzt. Die Grundstückspreise schossen von quasi Null auf europäische Standards in die Höhe.

Wind-, Solar- und Atomkraftwerke entstanden in höchstmöglichem Tempo.

Im Gebiet Marokko-Westsahara, das jetzt zu den Wasserlieferanten zählt, gab es vorher absolut nichts an Industrie. Siedlungen für die Arbeitskräfte mussten erst einmal geplant und errichtet werden. Die Firma Siemens und einige andere Hersteller von Meerwasser-Entsalzungsanlagen wussten kaum, wo sie zuerst mit dem Bauen anfangen sollten. Die Aktienkurse der beteiligten Firmen schossen in die Höhe.

Es gab aber auch eine Unmenge an Anfangsproblemen zu lösen.

Hier, im SNT-Projekt, mussten die sogenannten Wasserspender zuerst einmal selbst mit ausreichend Süßwasser aus dem Atlantik versorgt werden. Erst dann – etwa ab 2030 – konnte man mit dem Wasserexport in die benachbarten Länder beginnen.

Heute, 55 Jahre nach den Anfängen, sind die einst notleidenden und hilfsbedürftigen Länder, in denen Hunger, Durst und politisches Chaos sowie teilweise auch Bürgerkriege geherrscht haben, wohlhabende Lebensmittel-Exporteure.

Statt Flüchtlingsströme zu erzeugen und ihre jungen Menschen auf dem Mittelmeer in Lebensgefahr zu bringen, suchen sie heute händeringend nach Arbeitskräften, um ihre Ernten einzubringen, zu verarbeiten und zu verschiffen.

Seit ein paar Jahren wird an weiteren unterirdischen Transportstrecken gebaut, um die Transportschiffe zu entlasten. An den Küsten Mauretaniens, Guineas, Sierra Leones und der Elfenbeinküste entstanden zusätzlich neue Containerhäfen, um die wachsenden Mengen von Exportgütern zu verschiffen, die ihren Ländern satte Einnahmen verschaffen.

Um die Wüsten-Kultivierungen von Mali, Niger, Benin und Burkina Faso dauerhaft zu sichern, entstand ein in seiner Größe weltweit einmaliges Projekt: Der Niger wurde zwischen den Städten Timbuktu (Mali) und Niamey (Niger) mit vier hintereinanderliegenden gigantischen Talsperren aufgestaut. Es ist das größte Talsperren-Projekt der Welt. Dafür wurden Ausschreibungen für alle wirtschaftlich starken Länder der Welt ausgelegt. Gewonnen haben die Aufträge China und die USA, die Erfahrungen mit den bisher größten Talsperrenbauten hatten. Auch Ägypten ist mit daran beteiligt.

Angefangen wurde das Projekt 2030, fertiggestellt 2060. Bis die insgesamt mehrere Hundert Kilometer langen Seen gefüllt sind, dauert es noch weitere 20 bis 30 Jahre.

Doch diese Wasserreservoire sind die wichtigste Quelle für die erfolgreiche Landwirtschaft der einst notleidenden Länder. Reis, Mais, Weizen, Soja, Obst und Gemüse sind die Haupt-Export-Erzeugnisse. Nebenbei werden aber auch Blumen, Fische, Bau- und Edelhölzer exportiert. Seit neuestem ist Mauretanien auch an die marokkanische Transrapid-Transportstrecke nach Europa angeschlossen. Seitdem wird auch dort Wasserstoff aus Meerwasser mit Sonnen- und Windenergie produziert, was sich als lohnendes Geschäft erwiesen hat.

Seit etwa 25 Jahren ist nun auch eines der schwierigsten Sanierungsprobleme gelöst. Es geht um den in der Mitte Afrikas gelegenen Tschadsee, der einst einer der größten Seen Afrikas war und fast ganz auszutrocknen drohte. Das bedeutete für die Anliegerstaaten Niger, Tschad und Nigeria ein menschliches und wirtschaftliches Desaster, jedenfalls in den Provinzen, die vom Wasser des Tschadsees abhängig waren. Lange hat man nach Lösungen gesucht, wie man die völlige Austrocknung des Sees verhindern könnte.

Der im Nachbarland Zentralafrikanische Republik fließende wasserreiche Fluss Bamingui sollte frisches Wasser liefern, indem ein Tunnel zu einem derjenigen Flüsse abgezweigt würde, die den Tschadsee hin und wieder überhaupt noch erreichen können, bevor ihr Wasser verdunstet ist. Aber dieser Plan ist wohl von vornherein an finanziellen Schwierigkeiten gescheitert.

Doch dann entstand im Anschluss an das kühne Niger-Projekt ein ähnliches Projekt, das Aussicht auf Erfolg versprach, nämlich: ein vorhandenes Flussbett als Naturwasserleitung für entsalztes Meerwasser über Hunderte von Kilometern zu benutzen.

Im mittleren Kamerun, in der Nähe des Ortes Ngaoudéré (ich habe keine Ahnung, wie man das ausspricht), entspringt in den Ausläufern des benachbarten Gebirges ein Fluss namens Vina. Zunächst ist das Flüsschen noch recht klein, doch wächst es durch zufließende Nebenflüsse allmählich und mündet in den Fluss Logone. Dieser mündet dann kurz vor dem Tschadsee in den zweiten Seezufluss, namens Chari, der im gleichen Gebirge entspringt, jedoch im Staatsgebiet der Zentralafrikanischen Republik (wo er Ouham genannt wird).

Kameruns Staatsgebiet reicht selbst zwar bis zum Tschadsee, aber die Entfernung vom Meer bis dahin ist gewaltig, sodass man die in den Tschadsee mündenden Flüsse als billige Ersatz-Wasserleitungen bevorzugen wollte. Der Nachteil ist, dass alle an den Flüssen liegenden Dörfer unkontrolliert Wasser entnehmen können. Da aber jeder Anlieger zukünftig ausreichend Wasser zur Verfügung haben soll, ist das auch okay. Also muss entsprechend viel Wasser herangeschafft werden.

An der Küste Kameruns entstanden vier Hochleistungs-Meerwasser-Entsalzungen, deren Süßwasser in zwei Wasserleitungen nach Nordosten gepumpt wird. Die eine ergießt sich in die Vina, die andere in den Fluss Ouham (Zentralafrikanische Republik), der später Chari heißt. Beide Flusssysteme versorgen nun den Tschadsee mit frischem, entsalztem Meerwasser.

Die Fertigstellung gelang nach zehnjähriger Bauzeit 2035. Seitdem hat der Tschadsee seine Seefläche verdoppelt, obwohl auf dem langen Weg dorthin schon fleißig Wasser entnommen wird.

Kameruns eigenes Interesse am Wasser des Tschadsees ist nur gering, denn das Land hat als Tschadsee-Anlieger nur eine kleine Wüstenfläche zu rekultivieren. Sein Wasser auch an die See-Anlieger zu verkaufen, lohnt auch nicht, denn die Länder Tschad,

Niger und Nigeria haben nur wenig Geld verfügbar. Das Projekt hatte also nur dadurch eine Chance, dass Kamerun erhebliche Zuschüsse für den Bau der Entsalzungsanlagen, die Sonnen- und die Windkraftwerke, die Pumpanlagen und die Wassertunnel zu den Flüssen durch die AU und die Welt-Wasserbehörde einkassieren konnte. Auch die Betreibung und Wartung der Anlagen wird subventioniert, obwohl auch Kamerun selbst von der erzeugten Energie profitiert.

Ein kleineres Problem war mit der Wiederbelebung des Tschadsees noch verbunden. Dort, wo der See ausgetrocknet war, hatten sich bereits neue Dörfer ausgebreitet. Es gab nämlich noch Grundwasser und vor allem fruchtbaren, schlammigen Humusboden. Wegen der noch weiteren zukünftigen See-Ausbreitung müssen diese Dörfer aber wieder geräumt und woanders neu angesiedelt werden.

Die Republik Tschad hat sich eine neue Einnahmequelle verschafft. Sie verkauft den bis zu 40 Meter dicken ehemaligen Seegrund als Humuserde in die nordafrikanischen und saudischen Rekultivierungsgebiete, die – trotz reichlichem Wasser – ihren Boden dringend verbessern mussten, damit edle Gewächse gedeihen können.

Auch im Gebiet des Tschad wurden inzwischen Millionen von Bäumen angepflanzt, die das unerträglich aufgeheizte Klima schon deutlich gemildert haben.

Die afrikanischen Wiederbelebungs-Aktivitäten, die in Marokko und Algerien unter Einsatz der modernsten technischen Möglichkeiten begannen und von vielen Seiten finanziell unterstützt wurden, haben eine Art Kettenreaktion von weiteren Wüsten-Rekultivierungen ausgelöst. Die Multi-Milliardäre haben reichlich Möglichkeiten gefunden, ihr Geld gewinnbringend anzulegen!

Südafrika und Namibia haben nach neuesten Meldungen jetzt auch begonnen, die wohl älteste Wüste der Erde, die Namib, zu bewässern und zu bepflanzen, um damit neue Arbeitsstellen und angenehmere Lebensbedingungen zu schaffen.

Man kann abschließend bei allen diesen Projekten feststellen: Afrika erwacht zu neuem Leben und Wohlstand!

EIN VULKAN-AUSBRUCH

Als ich zwölf Jahre alt war, unternahmen meine Eltern mit mir und meinen Schwestern eine Reise durch Nordamerika. Mein Vater muss wohl gerade eine bedeutende Tantiemen-Zahlung von seiner Firma erhalten haben, denn die Reise für uns fünf Personen muss eine Stange Geld gekostet haben. Ich habe die meisten Eindrücke von dieser 14-tägigen Rundreise schon wieder vergessen, aber ich habe kürzlich noch einmal meine alten Fotos durchgesehen.

Ich hatte mir zu meinem zwölften Geburtstag einen Fotoapparat gewünscht und auch bekommen, und mit dem habe ich unterwegs fleißig geknipst. Eines der schönsten Bilder gelang mir vom Mount Rainier im nordwestlichen Bundesland Washington. Es ist der schönste Berg – außer dem Matterhorn –, den ich bisher gesehen habe. Ich zeige dieses Bild hier. Warum? Das erkläre ich später noch.

Doch die Schönheit dieses Berges ist genauso groß wie seine Gefährlichkeit. Er ist ein Vulkan, der genau auf der Kante zweier Erdplatten liegt: der pazifischen und der amerikanischen. Dass dieser Berg einmal eine Gefahr für die ganze Erde sein würde, konnte damals natürlich niemand ahnen. Laut einer amerikanischen Berichterstattung erfolgte der letzte Ausbruch dieses Vulkans im Jahre 1843. Das Ereignis muss aber nicht sehr schlimm gewesen sein, denn in Europa hat niemand davon Kenntnis genommen.

Im Jahre 1980, im Monat Mai, ist aber etwas passiert, das die Aufmerksamkeit sehr wohl auf diese Gegend gelenkt hat: Da explodierte der in der Nachbarschaft gelegene Vulkan St. Helens. Dieser Ausbruch kam allerdings nicht ganz überraschend, denn er hatte sich durch Erdbeben in der Umgebung des Vulkans angekündigt. Es gab also Vorwarnungen. Dennoch gab es Tote, als es

Mount Rainier, Washington, 4389 Meter

dann geschah. Der Ausbruch war viel schlimmer als vorausgesagt. Der einst so stolze, über 3.200 Meter hohe Berg existiert heute nur noch als eine hässliche Erhebung mit einem großen Loch etwa in der Mitte. 700 Quadratkilometer uralten Waldes wurden allein durch den Luftdruck der Explosion umgemäht und vernichtet.

Asche, Steine und giftige Gase wurden 19 Kilometer hoch in die Atmosphäre geschleudert. Der Berg war natürlich von Schnee und Eis bedeckt, die infolge der entstandenen Hitze im Handumdrehen schmolzen und als Sturzbäche gewaltige Zerstörungen verursachten.

Von diesem Ausbruch gibt es mehrere Filme, denn Reporter aus der ganzen Welt waren angereist, um den erwarteten Ausbruch zu filmen. Die mutigsten von ihnen, die sich zu nah an den Berg herangewagt hatten, haben dies mit ihrem Leben bezahlt.

Solltest Du, lieber Leser, aufgrund des schönen und friedlichen Bildes des Mount Rainier auf die Idee kommen, in die USA zu reisen, um dieses Naturwunder von einem Berg anzuschauen, so lass Dir gesagt sein: Diesen Berg gibt es nicht mehr!

Das Jahr 2071 war das Jahr der Vulkan-Ausbrüche. Es begann mit dem Vesuv. Teile von Neapel mussten geräumt werden, weil meterhohe Asche- und Steinschichten ganze Stadtteile verschüttet hatten. Da es kleinere Ausbrüche schon Wochen vorher gegeben hatte, konnte die Stadt Neapel noch weitgehend evakuiert werden. Tote hat es meines Wissens nicht gegeben.

Der nächste Ausbruch erfolgte auf Island. Ein verdächtiger Vulkan mit einem unaussprechlichen Namen hatte gewaltige Mengen Asche in die oberen Luftschichten gepustet. Der Luftverkehr musste im nördlichen Europa 14 Tage lang eingestellt werden, und das nicht zum ersten Mal aus diesem Grund.

Unsere Weltregierung, Abteilung Forstwirtschaft, hat nach diesen Ereignissen aufgepasst und Warnungen an die Länder geschickt, die Agrar- und Forstwirtschaft betreiben. Vor allem und nachdrücklicher an die Länder, die Rekultivierungen von Wüstengebieten mittels Meerwasser-Entsalzung betreiben und als Energiequelle ausschließlich Sonnenkraftwerke nutzen. Die Warnungen bezogen sich auf den Energiebedarf. Es wurde an den Ausbruch des Krakatau 1883 erinnert, einen Vulkan auf einer Insel zwischen Java und Sumatra. Diese Ausbruchs-Explosion hatte negative Folgen für die ganze Welt. Die riesige Wolke über dem Krater erreichte eine Höhe von 20 Kilometern. Das ist eine Höhe, die vom irdischen Wetter und den damit verbundenen Winden nicht mehr erreicht wird. Die Folge war damals, dass sich diese Wolke allmächlich über die gesamte Erde ausbreitete und die Sonne für Monate verdunkeln ließ.

Das wiederum hatte zur Folge, dass es auf der ganzen Welt enorme Ernteausfälle gab, die Temperaturen gewaltig absanken und streckenweise saurer Regen herniederging, der dann auch noch die spärlichen Ernten gänzlich vernichtete.

Und nun kam die Warnung auf den Punkt: Dort, wo die benötigte Energie ausschließlich durch Sonnenkraftwerke erzeugt wird, droht die Gefahr des Total-Versagens der Energieversorgung. Die Bewässerung der Wüstengebiete, die Vorratshaltung von Lebensmitteln in Kühlhäusern, die Versorgung mit Süßwasser aus Entsalzungsanlagen ist in Gefahr! Es darf nicht sein, dass die Energie-Versorgung ausschließlich aus einer einzigen Quelle stammt, die auch mal für Wochen oder Monate ausfallen könnte. Hier musste schnellstens Abhilfe geschaffen werden, z. B. durch den Aufbau von Windparks, soweit das nicht bereits veranlasst worden war. Diese seien ohnehin wichtig, denn die Sonnenenergie stünde ja nur tagsüber zur Verfügung. Bei ausreichender Versorgung mit Windkraft könne auf den Einsatz von Nachtspeichern verzichtet werden. Letzlich sprangen die so streng auf Klimaverträglichkeit bedachten Behörden noch über ihren eigenen Schatten: Sollte ein ähnlicher Vorfall wie auf Krakatau noch einmal passieren, was ja nicht auszuschließen wäre, dann dürften vorübergehend Pumpen und noch vorhandene Maschinen mit Verbrennungsmotoren wieder eingesetzt werden, um die dann begrenzt einsatzfähigen Solaranlagen aller Art zu entlasten! Das klang ja fast nach Panik. Man hatte wohl in der Anfangseuphorie über die Sonnenkraftwerke nicht bedacht, dass die Sonnenenergie auch mal vorübergehend ausfallen könnte.

Die ölerzeugenden Länder triumphierten nach dieser Bekanntmachung. Einige der geschlossenen Ölquellen wurden wieder geöffnet, denn sofort stieg die Nachfrage nach Öl wieder an.

Die Windrad-Industrie, die in den Jahren davor ein recht bescheidenes Dasein gefristet hatte, musste nun Überstunden einlegen und Kapazitäten erweitern.

Ich bin aber dennoch erschocken, denn daran hatte ich auch nicht gedacht, dass durch einen totalen Stromausfall die mit so viel Mühe, Kosten, Intelligenz und dem Fleiß Zigtausender aufgebauten Rekultivierungen in Afrika und Asien in ernsthafte Gefahr geraten könnten.

Und tatsächlich: Am 19. Oktober 2072 passierte es. Der herrliche Berg Mount Rainier explodierte. Wochen zuvor hatte es Anzeichen gegeben. Es hatten sich Spalten an der Westseite des Vulkans gebildet, aus denen Dampf und Schwefelwolken austraten. Mit den Erfahrungen aus der St. Helens-Eruption im Gedächtnis haben die Behörden sofort reagiert. Der Nationalpark um den Berg herum wurde geschlossen, die Hotels wurden geräumt und die Bewohner im weiten Umkreis evakuiert. Auch jetzt reisen wieder Reporter aus der ganzen Welt an, um sich das bevorstehende Ereignis nicht entgehen zu lassen.

Sie mussten allerdings etwas Geduld mitbringen, denn zwischen den ersten Anzeichen, der Reaktion der Landesbehörden und dem Ausbruch selbst im Oktober hat sich nicht viel ereignet. Die Übernachtungspreise der Hotels, die in Sichtweite des Berges lagen und noch nicht geräumt waren, hatten sich ins Astronomische erhöht. Aber das Warten hat sich doch gelohnt – allerdings nur für Frühaufsteher.

Gegen 5.30 Uhr erschütterte ein gewaltiges Erdbeben die Umgebung. Es war bis Los Angeles und sogar bis New York zu spüren.

Fünf Minuten später erschütterte ein ohrenbetäubender Knall die Luft. Auch der war Hunderte von Kilometern weit zu hören.

Wegen der frühen Morgenstunde waren allerdings nur ganz wenige Kameras auf den Vulkan gerichtet. Aber es gibt trotzdem ein paar Bilder. Um diese Zeit im Oktober war es noch fast ganz dunkel. Der Berg war nur schemenhaft durch etwas Mondlicht erkennbar. Eine gewaltige Feuersäule erschien über dem Berg, noch bevor der Knall die Beobachter erreichte. Noch in 20 Kilometer Entfernung flogen Fensterscheiben ein, als der Luftdruck die noch bewohnten Ortschaften erreichte. Eine undurchdringliche Wolke umhüllte nun den Berg. Es dauerte Stunden, ehe man wieder etwas erkennen konnte, obwohl es ein wenig Tageslicht gab.

Die umliegenden Wälder waren durch den Luftdruck niedergemäht worden, als wären es Streichhölzer. Durch Tele-Objektive war zu erkennen, dass rings um den Berg alles brannte. Gleichzeitig konnte man aber auch gewaltige Wassermassen von den Hängen herunterrauschen sehen, die von den Schnee- und Eismassen des ehemals 4.380 Meter hohen Berges stammten und alles niederrissen, was ihnen im Wege lag. Der halbe Berg war durch die Eruption weggesprengt worden. Die gewaltige Asche- und Rauchsäule, die ausgeworfene Geröllmasse und Millionen Tonnen von Schnee und Eis mussten die Stratosphäre erreicht haben, denn nun erst regnete es auf einer Fläche von 8.000 Quadratkilometern Lavabrocken, Asche, Eisbrocken und braune Sturzbäche von Regen hernieder. Gewaltige Blitze zuckten innerhalb der Rauchwolke. Es krachte in dichter Folge, sodass noch in 20 Kilometern Abstand kaum etwas anderes hörbar war.

Man konnte sich vorstellen: wer sich näher als diese 20 Kilometer an den Berg herangewagt hatte, konnte eine solche Katastrophe nicht überleben. Selbst hier in dieser Entfernung waren bei vielen Menschen die Trommelfelle geplatzt.

Die durch die Hitze geschmolzenen Steine aus dem Inneren des Berges, die bis in die Stratosphäre geflogen waren, hatten sich während ihrer Reise wieder zusammengeballt und flogen nun als glühende Brocken auf die Häuser im Umkreis von 80 bis 100 Kilometern, zerschlugen die Dächer und setzten alles in Brand. Ein gewaltiges Feuermeer umgab im weiten Umkreis den Unglücksberg. Die Flüsse der Umgebung konnten die vom Berg herabstürzenden Wassermassen nicht aufnehmen. Es entstanden Flutwellen, die noch nach Hunderten von Kilometern alles überrollten. Die meisten Todesopfer wurden durch diese Flutwellen verursacht, die sogar ganze Häuser mit sich fortrissen.

Die Hitze der ausgestoßenen Lava und die der Feuersbrünste in der Umgebung hatte zudem auch einen Feuersturm erzeugt, der zusätzlich noch weitere Zerstörungen anrichtete. Die Schäden reichten bis weit nach Kanada hinein. Man kann sich den Weltuntergang wohl nicht schlimmer vorstellen.

Die Sonne ging den ganzen Tag nicht mehr auf und auch die nächsten Tage nicht. Der stolze Berg Mount Rainier hatte mehr als 2.300 Meter seiner Höhe verloren. Das müssen viele Kubikkilometer an Stein- und Eismasse gewesen sein, die sich in der weiten Umgebung als Geröll und Asche verteilten. Alle Wälder des malerischen Nationalparks waren vernichtet. Übrig blieb ein trostloses Bild der Verwüstung!

Als ich die ersten Nachrichten von dieser Katastrophe hörte und die ersten Bilder davon sah, war ich zutiefst erschrocken. Auch bei uns in Europa verdunkelte sich der Himmel. Es wurde spürbar kälter. Wochenlang gab es keinen Sonnenschein mehr. Wie würden die sonnenkraftbetriebenen Rekultivierungen in Afrika und Asien das überstehen können?

Ganz nüchtern betrachtet, hätte die Katastrophe allerdings noch katastrophaler ausfallen können. Zum Glück war die Gegend um den Mount Rainier nicht allzu dicht besiedelt. Im Oktober waren die Ernten auf der Nordhalbkugel unseres Planeten schon größtenteils eingefahren. So wurde eine Welt-Hungersnot zunächst gerade noch vermieden. Was nicht vermieden werden konnte, war der gewaltige Anstieg der Lebensmittelpreise. Viele Staaten dieser Welt mussten jedenfalls eingreifen oder Spendenaktionen starten, damit nicht die Ärmsten der Armen verhungerten, weil sie die wichtigsten Lebensmittel für sich und ihre Familien nicht mehr bezahlen konnten.

Wenn man sich genau informiert, so stellt man fest, dass Katastrophen oft auch eine kleine, machmal nur winzige positive Seite haben. So auch diese: in den folgenden 2 Jahren haben die Gletscher dieser Erde an Volumen wieder zugenommen.

DIE LETZTE REISE

Vorbereitungen

Wir schreiben das Jahr 2073

Es hatte Monate gedauert, bis man den Himmel wieder mit klarem Sonnenschein erleben konnte. Etwa ein Jahr nach der Katastrophe des **Mount Rainier** wollte ich noch einmal in eines der Länder reisen, in denen umfangreiche Wüstenrekultivierungen stattgefunden hatten

Saudi-Arabien stand schon lange auf meinem Reiseplan, und für längere, anstrengende Reisen wurde es für mich Zeit. Ich bin ja jetzt 73 Jahre alt. Meine beiden Schwestern sind nun auch pensioniert. Beide sind auch schon lange verheiratet und haben erwachsene Kinder. Jana, meine nächstjüngere Schwester, die es beruflich zur Professorin für Germanistik und Journalismus gebracht hatte, hat zwei Kinder und vier Enkel: Ihr Mann, auch Professor, ist gerade emeritiert. Paula, die Jüngste von uns dreien, hat auch zwei Kinder und drei Enkel. Mein jüngster Sohn ist schon lange verheiratet und hat eine Tochter.

Von meinem Ältesten habe ich inzwischen auch einen Enkel, der halb deutsch und halb chinesisch ist. Er hat sich schon als Dreijähriger als großes Musik-Talent erwiesen. Seit zwei Jahren spielt er – nun fünfjährig – hervorragend Geige. Sein großes Vorbild ist die weltberühmte Geigerin Anne-Sophie Mutter, die 2062 mit 99 Jahren verstarb. Mein Sohn besitzt fast alle Aufnahmen ihrer Konzerte. Schon mein Opa war ein großer Bewunderer ihrer Kunst.

Also, ich erwähne meine Familienverhältnisse, weil ich mir vorgenommen hatte, meine letzte große Reise mit meinen beiden Schwestern zusammen zu unternehmen. Und dafür mussten die ja erst einmal beruflich frei und auch in ihren Haushalten abkömmlich sein.

Ich hatte mich schon lange vorher über die Verhältnisse im Vorderen Orient, also vorwiegend über Saudi-Arabien und Israel, das seit nunmehr 28 Jahren Al Genezareth heißt, informiert. Vor allem wollte ich wissen, wie weit die Wüsten-Rekultivierungen in Nahost vorangekommen waren und wie groß die Schäden sind, die die lange Verdunkelung der Sonne angerichtet hat.

Dann interessierte mich auch, wie die Saudis heute ihre Frauen behandeln. Früher wurden sie ja ähnlich wie Sklaven gehalten und durften ohne Erlaubnis fast nichts anderes tun, als Kinder zu gebären und mussten klaglos all das ertragen, was dem vorausging.

Schon vor vielen Jahren hatte mich eine Zeitungsnotiz erfreut, die berichtete, dass der damalige Kronprinz Mohammed bin Salman vom Obersten Gericht in Den Haag zu zwölf Jahren Gefängnis wegen Anstiftung zum Mord an dem regime-kritischen Journalisten Jamal Khashoggi verurteilt worden war. Zusätzlich wurde er zu 100 Millionen Dollar Geldstrafe verurteilt, von denen zehn Millionen an die Familie Khashoggi zu zahlen waren.

Mohammed bin Salman war sehr bald mit der Tötung des saudischen Journalisten in Verbindung gebracht worden, der am 2. Oktober 2018 bei einem Besuch des saudischen Konsulats in Istanbul verschwand. Nachdem klar bewiesen war, dass der Regimekritiker Khashoggi tatsächlich ermordet und möglicherweise vorher noch gefoltert worden war, setzten umfangreiche Ermittlungen ein, wer den Auftrag zu dieser Tötung gegeben hatte. Es dauerte auch nicht sehr lange, bis die Beweise vorlagen, wer der Auftraggeber war. Vom Gericht erging die Weisung, den Kronprinz an die Strafvollzugsbehörde in Den Haag auszuliefern.

Es war abzusehen, dass dieser Weisung nicht Folge geleistet würde. Der Kronprinz wurde aber auf Weisung des Gerichts von da an beobachtet.

Das Besondere an diesem Urteil war, dass die Geldstrafe mit dem gerichtlich festgelegten Tag des Haftantritts fällig wurde. Mit jedem Tag Zahlungsverzögerung erhöhte sich die Geldstrafe um eine Million Dollar und die Haftzeit um einen Tag. Der Betrag sollte in eine Stiftung fließen mit dem Zweck, die Aktion „Clean Fridays" zu unterstützen, um allen bedürftigen Jugendlichen nach Abgabe des eingesammelten Mülls eine warme Mahlzeit zu ermöglichen oder ein Care-Paket mit Lebensmitteln auszuhändigen. Alle Milliardäre dieser Welt waren aufgerufen, sich finanziell an dieser Stiftung zu beteiligen.

Jahre später – um 2024 herum – hielt sich der Prinz, inzwischen König geworden, besuchsweise im Norden seines Landes auf. Das blieb nicht unbemerkt. Von Israel aus startete ein Super-Hubschrauber, der mit einer magnetischen Greifvorrichtung ausgestattet war. Er wurde von der Beobachtungsdrohne über den Luxuswagen des verurteilten Prinzen dirigiert. Der Hubschrauber flog so niedrig wie möglich über den Wagen des Prinzen, fuhr den magnetischen Greifarm aus, packte das ganze Auto und flog mit ihm in Richtung Israel davon. Dort wurde er aus dem Wagen herausgeholt und per Flugzeug nach Den Haag gebracht. Beharrlichkeit hat auch hier wieder einmal zum Ziel geführt.

Ja, der Arm des Gesetzes ist lang, und manchmal ist er sogar magnetisch!

Nun sitzt er, ein verurteilter Mörder, schon lange wieder auf dem Thron Saudi-Arabiens und ist inzwischen 88 Jahre alt.

Dass ich von dieser Verurteilung wusste und mich auch noch darüber gefreut hatte, durfte ich in Saudi-Arabien aber keinesfalls erwähnen. Ich würde wohl heute diesen Bericht nicht schreiben können.

Drei einzelne Frauen in Saudi-Arabien, die allein durchs Land reisen und dazu noch allein in Hotels übernachten, sind auch heute noch in diesem moralisch rückständigen Land eine bedenkliche und problematische Sache.

Um allen Schwierigkeiten aus dem Weg zu gehen, konnten wir Hans-Jürgen, Janas Ehemann, kurzfristig dazu bewegen, uns zu begleiten. Er war ja frisch gebackener Pensionär. Außerdem war er ein Biologe, der sich auch in der tropischen Pflanzenwelt gut auskannte. Nun war dank unserer männlichen Begleitung das Hotel-Übernachtungsproblem geklärt. Gegen einen Ehemann mit drei Frauen hatte im muslimischen Arabien niemand etwas einzuwenden.

Für die Einreise mussten wir ein Visum beantragen. Um ein solches zu bekommen, mussten wir eine Einladung eines Bürgers des Landes oder von einer Universität vorweisen.

Hans-Jürgen kannte aus seiner Studienzeit einen Saudi, der es auch zum Professor gebracht hatte und in Riad lehrte. Hin und wieder hatte Hans-Jürgen auch wissenschaftliche Kontakte mit ihm gehabt. So nahm er per E-Mail mit ihm Verbindung auf und erklärte ihm, dass wir vier als Journalisten per Privatflugzeug ins Land einreisen und über die saudischen Erfolge der Wüsten-Kultivierung berichten wollten. Außerdem wollten wir von den Saudis lernen, wie sie mit den biologischen Schäden der monatelangen Sonnenverdunkelung klar gekommen seien.

Zwei Tage später hatten wir die Einladung und die Genehmigung, in alle Rekultivierungsgebiete des Landes zu reisen. Bedingung: Wir durften nicht von Al Genezareth kommend direkt nach Saudi-Arabien einreisen, sondern mussten über Jordanien und den Irak bis zum saudischen Ort Arar fliegen und uns dort beim Zoll und der Einreise-Behörde melden. Bei Nicht-Beachtung würden wir zur Landung gezwungen. Freundlicherweise schickte er Hans-Jürgen eine E-Mail-Anlage mit, auf der die wesentlichen Orte angegeben waren, wo Wüsten-Rekultivierungen bisher stattgefunden hatten und die für Besichtigungen freigegeben waren. Außerdem waren bei den einzelnen Gebieten die Anpflanzungs-Schwerpunkte angegeben. Das fanden wir sehr nützlich. Hans-Jürgen schickte ihm ein herzliches Dankeschön zurück.

Vom saudischen Konsulat bekamen wir einige Verhaltensrichtlinien, die wir zu beachten hätten, um nicht mit der dortigen Sittenpolizei Probleme zu bekommen. Die Frauen müssen sich so kleiden, dass keine Körperformen erkennbar sind. Die Haare müssen bedeckt sein. Man soll sich beim Begrüßen nicht die Hand geben, vor allem den Frauen nicht.

In den letzten 20 Jahren haben sich die strengen Keuschheitsregelungen bezüglich der Moral der Frauen etwas gelockert. Aber Vorsicht war immer noch geboten.

Saudi-Arabien ist ein riesiges Land mit einer maximalen Länge von ca. 2.200 Kilometern und einer maxinalen Breite von ca. 1.400 Kilometern.

Das Land liegt im Zentrum eines Trockengürtels, in dem ein extrem trockenes und heißes Klima vorherrscht. Daher nahmen auch Wüsten und Wüstensteppen fast 99 Prozent der gesamten Staatsfläche ein. Im Norden liegt die Wüste Nefud, im Südosten befindet sich die größte geschlossene Sandwüste der Welt (500.000 Quadratkilometer) die Rub al-Chali, unter der allerdings gewaltige Ölvorkommen „schlummern", die das Land ungeheuer reich gemacht haben. (Natürlich schlummern sie nicht mehr, sondern wurden fast 100 Jahre lang kräftig angezapft, nun allerdings nur noch sehr eingeschränkt!)

Auf der Hinreise wollten wir zuvor dem modernen Staat Al Genezareth einen Besuch abstatten. Jana kennt eine Professorin der Universität Tel Aviv, die einige Jahre in Deutschland studiert hat und auch sehr gut deutsch sprechen kann. Frau Prof. Sarah Weinheimer – so heißt sie – freute sich auf unseren Besuch und wollte sich zwei Tage freinehmen, um uns im Lande zu den Gegenden zu führen, die uns interessierten.

Seit dem Jahre 2045 gibt es weder den Staat Israel noch den Gazastreifen und auch nicht Palästina.

Als im Jahre 2044 auch die 60. Gesprächsrunde der sogenannten Friedensverhandlungen gescheitert war und so, wie seit Jahrzehnten, weiterhin Raketen zwischen dem Gazastreifen und Israel hin und her flogen, griff jetzt endlich die Weltregierung ein.

Es war nun klar, dass die Friedensgespräche niemals zu einer Einigung führen konnten, denn beide Seiten forderten Jerusalem unverzichtbar als ihre Hauptstadt, weil dort ihre wichtigsten Heiligtümer liegen (Klagemauer und Felsendom), auf die keine Seite verzichten wollte. Und Jerusalem zu teilen, wäre auch keine Lösung, weil damit immer neue Streitpunkte entstehen würden. Das früher geteilte Berlin war ein wirksames Negativ-Beispiel hierfür.

Die Weltregierung ordnete an: Schluss jetzt mit den scheinheiligen Verhandlungen und mit dem fortwährenden Blutvergießen. **Israel, Gazastreifen und Palästina werden zum Staate Al Genezareth zwangsvereinigt.** Innerhalb einer Frist von einem halben Jahr musste eine von allen Parteien gebildete Kommission eine Verfassung ausarbeiten und verabschieden, die eine demokratische Regierungsfähigkeit für alle Zukunft sicherstellen konnte. So lange, bis dies sichergestellt war, wurde das gesamte Land von der Weltpolizei besetzt und überwacht. Der Frieden wurde jetzt erzwungen!

Und tatsächlich. Seit Jahren funktioniert das.

Der Welt-Währungsfond stellt hierfür erhebliche Geldmittel zur Verfügung.

Im Lande, genauer gesagt, an den Küsten von Gaza und Palästina wurden riesige Solarkraftwerk und Windkraftanlagen installiert, und auch ein Fusionskraftwerk wurde gebaut. Letzteres liefert unter anderem die Energie, um auch gewaltige Meerwasser-Entsalzungsanlagen zu betreiben. Das gewonnene Süßwasser wird in den Jordan und den See Genezareth gepumpt. Von dort erreicht es das Tote Meer, das nun auch mit Frischwasser versorgt und vor dem Austrocknen bewahrt wird.

Mit diesen Maßnahmen sind neue Obstplantagen, Wälder, Parks, Seen und Felder entstanden, die viele Arbeitskräfte benötigen. Somit ist Schluss mit der Massen-Arbeitslosigkeit in Nahost, und für die meisten Menschen in Gaza und Palästina haben sich die kümmerlichen Lebensbedingungen der Vergangenheit radikal verbessert. Die Menschen sind wieder zufrieden. Viele junge Leute erleben zum ersten Mal in ihrem Leben Jahre ohne Hunger und Angst. Das war und ist die Grundvoraussetzung, dass dort endlich Frieden eingekehrt ist.

Ich habe mir die alten Zeitungsberichte über dieses historische Ereignis aufgehoben. Beeindruckt hatte mich auch die Anordnung der Weltregierung, dass in die neue Verfassung folgende Bestimmung aufgenommen werden musste:

"Jeder Bürger hat das Recht, seine Religion frei auszuüben, soweit die Rechte und Freiheiten anderer Mitbürger nicht beeinträchtigt werden. Für ein dauerhaftes, friedliches Zusammenwachsen aller Landesteile sind religiöse Provokationen durch Kleidung, sichtbare Kennzeichen und Haartracht in der Öffentlichkeit zu unterlassen (Kippa, Kopftuch, Ringellocken, steifer Hut, Kaftan und Ähnliches)."

Nach den langen Vorbereitungen und nachdem wir unsere Reise mehrmals aus familiären Gründen verschieben mussten, ging es dann endlich am 1. Oktober 2073 los.

Al Genezareth

Wir hatten uns lange überlegt, wie wir am besten unsere Reiseziele erreichen können. Um meinen Flugschein nicht zu verlieren, muss ich ja jedes Jahr einige Flugstunden am Steuer eines kleineren Flugzeuges für maximal sechs Personen nachweisen. Ich setzte mich mit meinem Flugzeug-Verleiher in Verbindung und verhandelte über den Preis für eine 14-tägige Vermietung. Dabei stellte sich heraus, dass die Kosten nur geringfügig höher lagen als die insgesamt anfallenden Fahrpreise für Transrapid oder Linienflug für vier Personen. Die Transportkosten innerhalb der beiden Länder, die wir ja gründlich besichtigen wollten, kämen noch dazu, natürlich auch die Treibstoffkosten für unsere Flüge.

Ich fragte bei den Konsulaten Genezareths und Saudi Arabiens für eine Einreise-Erlaubnis per Privatflugzeug nach, die mir nach einigen Testfragen auch erteilt wurde.

Unsere Maschine war eine Cessna 840 Vollautomatik für sechs Personen. Sie erwartete uns ab sechs Uhr morgens vollgetankt auf dem Flugplatz Aachen-Merzbrück. Die vor uns liegende Strecke betrug ca. 3.300 Kilometer.

Die Reichweite des Flugzeugs mit Langstrecken-Ausrüstung wird mit 2.200 Kilometer angegeben. Wir mussten aus Sicherheitsgründen zwei Zwischenstops einlegen. Höchstgeschwindigkeit bei 6.000 Meter Höhe ca. 500 km/h, je nach Windrichtung und -stärke.

Pünktlich 6.30 Uhr waren alle eingestiegen, und das Gepäck war verstaut.

Als ersten Zwischenstopp hatte ich Bukarest (1.650 Kilometer) angepeilt und Beirut als Nummer zwei (3.030 Kilometer). Von dort nach Tel Aviv/Jerusalem (3.300 Kilometer) war es dann nur noch ein Katzensprung.

Ich gab die drei Koordinaten, die Flughöhe mit 6.000 Meter ein und kündigte unsere Landung in Bukarest Flughafen für ca. 10.30 Uhr an. Der Wetterbericht war okay. Unseren Wasserstoff-Verbrauch schätzte ich auf 135 Liter für die erste Strecke.

Ich drückte auf den Startknopf, schaltete die Automatik ein, und schon hob unsere Maschine ab. Auf dem Flug hatten wir klare Sicht. Es wehte aber ein starker Wind von Nordwest, der unseren Flug Richtung Südost stark beschleunigte und Treibstoff sparte. Wir konnten beim Überfliegen der Alpen sogar Österreichs höchsten Berg, den Großglockner, gut erkennen.

Kurz nach zehn Uhr landeten wir sicher in Bukarest.

Während des Auftankens stiegen wir aus und nahmen im Flughafen-Restaurant ein rumänisches Frühstück ein.

Für den Überflug über die Türkei brauchten wir eine Genehmigung mit Angabe des Datums und der Flugzeug-Bezeichnung, die ich schon ein paar Tage vorher eingeholt hatte. Dem Bukarester Flugplatz-Tower musste ich unser Flugziel noch angeben. Unsere Flughöhe wurde uns wegen des dichten Flugverkehrs vorgeschrieben: 5.500 Meter. Bei aller modernen Technik wird im Luftverkehr die Höhe immer noch in „Fuß" gemessen. 5.500 Meter entsprechen demnach 18.045 Fuß.

Gegen 11.30 Uhr ging es weiter in Richtung Beirut, wo ich unsere Ankunft für 15 Uhr angemeldet hatte. Wieder waren wir etwas schneller unterwegs, als ich berechnet hatte. Jedenfalls landeten wir in Beirut schon vor 15 Uhr. Mit Frau Prof. Weinheimer hatte Jana für diesen Nachmittag ein Zusammentreffen auf dem Flughafen von Tel Aviv vereinbart.

Nun musste ich ihr nur noch unsere Ankunftszeit nennen, die ich ihr über mein Smarty für 17 Uhr ankündigte.

Wir landeten auch pünktlich gegen 16.45 in Tel Aviv Airport Ben-Gurion. Nun musste ich noch mit der Flughafenleitung klären, wo wir unsere Maschine für zwei Tage parken könnten.

Sarah Weinheimer empfing Jana mit großer Herzlichkeit und uns alle vier hieß sie in Al Genezareth willkommen.

Bei einer Tasse Kaffee machten wir uns erst einmal etwas näher bekannt. Nach dem langen Flug hatten wir jetzt ordentlichen Hunger. Ich fand es sehr nett, dass Frau Weinheimer uns das Du anbot.

Wir luden Sarah zum Essen ein und baten sie, uns zu einem guten Restaurant in der Stadt zu führen, ihr geräumiges Auto hatte Platz für uns fünf.

Von Deutschland aus hatten wir zwei Zimmer im Hotel Shalom gebucht, wo uns Sarah nach dem Essen hinfuhr.

In der Hotelbar saßen wir noch eine gemütliche Stunde zusammen und besprachen unsere Besuchspläne für die nächsten zwei Tage. Am nächsten Morgen wollte sie uns pünktlich neun Uhr abholen.

Nach dem langen Flug, auf dem ich ja die Verantwortung trug und alle Instrumente und Anzeigetafeln im Auge behalten musste, war ich etwas erschöpft.

Deshalb zog ich mich bald in unser Zimmer zurück, das ich mit Paula teilte.

Ich konnte aber lange nicht einschlafen, denn Sarah hatte uns eine Menge über ihr Land erzählt, was mich total überraschte, weil ich das aus unseren Zeitungen oder den TV-Nachrichten nicht erfahren hatte.

Zunächst Israel und später auch das vereinigte Al Genezareth platzte schon vor der Vereinigung aus allen Nähten, weil jahrzehntelang Jahr für Jahr Juden aus aller Welt einwanderten. Es hatte daher in seine neue Verfassung einen Einwanderungsstopp mit aufgenommen. Es darf die zuletzt festgestellte Gesamteinwohnerzahl nicht mehr überschritten werden. Es dürfen also nur so viele Menschen einwandern, wie Abgänge ermittelt werden. Die Zwei-Kinder-Regelung wird darüber hinaus auch hier streng eingehalten.

Neben der Erschließung des einst völlig verkarsteten und vertrockneten Landes, in dem es auch keine bekannten Bodenschätze gab, wurde zunächst die Landwirtschaft in genial-wissenschaftlicher Weise aufgebaut. Energiequellen gab es auch keine. Seit Anfang 2000 war es klar, dass auch die Wasservorräte des Landes nicht ausreichen würden, um die Landwirtschaft am Leben zu erhalten und die wachsende Industrie zu versorgen. So wurden bis 2020 bereits umfangreiche Meerwasser-Entsalzungsanlagen errichtet:

Ort	Baujahr	Mio m^3	Entsalzung
Aschkelon	2005	118	Umkehrosmose
Palmachim	2007	90	Umkehrosmose
Chadera	2009	127	Umkehrosmose
Sorek	2013	150	Umkehrosmose
Aschdod	2015	100	Umkehrosmose

Bald stellte sich heraus, dass das Betreiben der energie-aufwendigen Entsalzungsanlagen mit den importierten fossilen Energien (Kohle, Öl, Erdgas) auf Dauer nicht zu finanzieren war.

So begann man selbst, intensiv nach Erdöl und Erdgas zu suchen. Unter dem Mittelmeer entdeckten die Israelis dann ergiebige Erdgasfelder, mit denen sie zehn Jahre später ihren gesamten Energiehaushalt decken konnten.

Die Entwicklung der Jülicher Solarkraftwerke war natürlich zusätzlich hoch willkommen, denn Erdgasvorkommen werden eines Tages erschöpft sein, während die Sonne – wenn auch manchmal mit Unterbrechung – ewig scheinen wird. Somit wurden in den Folgejahren zehn weitere sonnenbetriebene Kraftwerke in Kombination mit Entsalzungsanlagen und zusätzlich auch Windenergieanlagen gebaut, mit denen der Jordan, der See Genezareth (international „Lake Tiberias" genannt) und das Tote Meer wiederbelebt werden konnten. Auch Jordanien wird durch den Jordan mit Süßwasser versorgt. Im Süden, in Elat, wurden mehrere Entsalzungsanlagen am Roten Meer errichtet, wodurch weite Gebiete der Negevwüste erschlossen werden konnten. Diese Gegend wollten wir uns am zweiten Tag anschauen.

Sonnenenergie wird in Israel schon seit 130 Jahren genutzt und entwickelt. Der Bedarf an Warmwasser in den Haushalten wird in Israel ausschließlich durch Sonnenkollektoren gedeckt.

Seit ein paar Jahren ist auch eine israelische Fusionsanlage fertiggestellt, die als eine Weiterentwicklung der chinesischen Anlage gilt. Ihr Leistungsvermögen ist geheim, soll aber ein Mehrfaches der chinesischen Anlagen betragen.

Das Land ist im Wesentlichen von Feinden umgeben. Der ehemals ärgste Feind, der im Gaza-Streifen saß, ist inzwischen zwangsvereinigt und zufriedengestellt. Nur Jordanien hatte sich eigentlich immer neutral verhalten. Seitdem Jordanien weitgehend von den israelischen Wasserlieferungen abhängig ist, entstand sogar eine gewisse Freundschaft.

Kurz nach der Gründung des Staates Israel wollte Ägypten nach eigener Aussage zusammen mit Syrien die „Juden ins Meer treiben". Sie begannen einen erbitterten Krieg – und waren innerhalb von sechs Tagen besiegt. Israel gewann hierdurch große Gebiete neues Land, das es auch für die Einwanderungsströme bitter nötig brauchte. Ägypten bekam später eine etwas gemäßigtere Regierung und schloss Frieden. Israel gab die eroberte Sinai-Halbinsel an Ägypten zurück. Syrien verlor die Golan-Höhen, von denen aus man ganz Israel beschießen könnte. Dieses strategisch so wichtige Gebiet werden die Israelis mit Sicherheit niemals wieder zurückgeben. (Ich nenne sie immer noch so, weil das leichter auszusprechen ist als „die Genezarether".)

Bleiben noch Libanon und Saudi-Arabien. Diese beiden Länder sind keine Freunde Israels. Sie haben im eigenen Land aber so viele Probleme, dass sie sich in die Auseinandersetzungen mit den Juden zunächst nicht einlassen wollten.

Aufgrund dieser politischen Lage entstand in Israel auch eine starke Rüstungsindustrie, deren Produkte in alle Welt verkauft werden. (Ich glaube: auch an ihre ehemaligen Feinde.)

Das alles ging mir durch den Kopf. Ich kam aus dem Staunen gar nicht mehr heraus, schlief aber dann doch noch ein, nachdem ich bemerkt hatte, dass inzwischen auch Paula im Bett lag.

Am nächsten Morgen waren wir pünktlich zum Frühstück versammelt. Punkt neun Uhr erschien Sarah.

Wir stiegen in ihr Auto. Die Fahrt ging an der Küste entlang Richtung Norden zu den Jaffa-Orangen-Plantagen, die schon zu Zeiten der Kreuzritter dort angebaut wurden. Sarah berichtete, dass vor 90 Jahren der Anbau zum Erliegen kam, weil nicht mehr genügend Wasser zur Verfügung stand. Doch zehn Jahre später förderte die erste Meerwasser-Entsalzungsanlage wieder genügend Süßwasser, und der Export dieser berühmten Sorte lief wieder an. Jetzt, im Oktober, war ja gerade Erntezeit. Wir stiegen in einer der größten Farmen aus. Sarah kannte die Leiterin, die sie schon über unseren Besuch informiert hatte.

Jetzt hörten wir zum ersten Mal aus berufenem Mund, welche Folgen der Vulkanausbruch in den Rekultivierungs-Gebieten verursacht hatte.

„Der vergangene Winter war ungewöhnlich kalt, weil die Sonnenwärme die Erde nicht mehr erreichen konnte. Die Hälfte der Obstbäume hatte Frostschäden, weitere 20 Prozent waren nicht mehr zu retten und mussten abgeholzt werden. Die überlebenden Bäume mussten zurückgeschnitten werden, weil einzelne Äste, die eigentlich Früchte tragen sollten, abgestorben waren. Zur Zeit der Frühjahrsblüte war der Himmel immer noch zu dunkel. Entsprechend mager fiel die Frühjahrsblüte aus. Das Wachstum der Früchte setzte viel zu spät ein. Die diesjährige Ernte fällt daher sehr mager aus. Die Früchte haben bei weitem nicht ihre gewohnte Qualität erreicht, obwohl ja jetzt wieder die Sonne scheint.

Wie sind die Zukunftsaussichten? Wir haben aus unseren Gewächshäusern junge Nachzüchtungen eingepflanzt. Bis der alte Baumbestand wieder erreicht ist, werden aber noch einige Jahre vergehen."

Das waren ernüchternde Nachrichten. Wir gingen gemeinsam einige Reihen der Plantage entlang und waren schon einigermaßen erschrocken über die viel zu kleinen Früchte, die noch an den Bäumen hingen.

Nach diesem ersten Eindruck wurde uns klar: Wenn das überall auf der Welt so aussieht, werden wir wohl in den folgenden Monaten – oder Jahren? – erhebliche Ernährungsprobleme auf der Welt erleben.

Wir verabschiedeten uns mit Dank und fuhren weiter in Richtung Haifa. Ich wollte nun noch gerne die vor 100 bis 120 Jahren neu angepflanzten Wälder sehen, die die erste Rekultivierungsmaßnahme des jungen Staates Israel gewesen waren. Opa hatte Mitte der siebziger Jahre des vergangenen Jahrhunderts als Tourist fünf Bäume gespendet, was fast alle Touristen in diesen Jahren getan hatten, um dem jungen Staat mit auf die Beine zu helfen.

Wir fuhren also östlich um Haifa herum und erreichten die Waldzone, die sich entlang der Hügel bis Jerusalem erstreckt. Die Bäume waren jetzt über 100 Jahre alt: Kiefern, Zedern und Zypressen, hin und wieder unterbrochen von Korkeichen. Die Bäume sahen zum Teil übel aus. Die Nadeln waren teilweise von den Zweigen gefallen, aber zum Glück nicht alle. Hans-Jürgen, unser Biologe, untersuchte eine Reihe von Nadelhölzern und auch die Korkeichen und beruhigte uns. Die Bäume seien nicht tot. Da sie schon 100 Jahre alt waren, seien sie kräftig genug, um sich wieder zu erholen. Das hat uns alle sehr erleichtert. Allerdings empfahl Hans-Jürgen, den gesamten Waldbestand wieder gründlich zu bewässern. Der Boden sei zu trocken.

Und wie soll das gehen? Durch Löschflugzeuge und das Anzapfen der Süßwasserleitung, die zum See Tiberias führt. Sarah meinte, dass sie das bei der Forstbehörde anregen würde. (Wie wir später erfuhren, war das bereits in Vorbereitung.) Ich gestehe, wir hatten die Israelis mal wieder unterschätzt!

Wir machten einen längeren Spaziergang durch den Mischwald und konnten tatsächlich feststellen, dass einige Bäume schon wieder ausgetrieben hatten und jetzt, im Oktober, frisches Grün zeigten. Hoffentlich würden sie so den nächsten Winter überstehen! Mount Rainier hatte auch hier einiges durcheinander gebracht!

Die nächste Station unserer Rundfahrt war der aus der Bibel bekannte See Genezareth, der jetzt in der Landessprache „Kineret" heißt.

Die Straße dorthin führt über lange Strecken abwärts, bis wir in der Stadt Tiberias am See eine Tiefe von 218 Meter unter dem Meesspiegel erreicht hatten. Eigentlich muss man ja noch drei Meter dazurechnen, weil der Meeresspiegel nach der letzten amtlichen Messung drei Meter gestiegen ist. Nachdem dem See große Mengen Süßwasser aus den Entsalzungsanlagen zugeführt werden, ist die Gefahr der Austrocknung gebannt. Durch die großflächige Rekultivierung des ehemals ausgedörrten Landes wurden dem See von Beginn des Staates Israel an enorme Mengen Wasser für die Anpflanzungen entnommen. Die durch die lange Sonnenverdunkelung angerichteten Schäden waren auch hier unverkennbar.

Die Obsternte fiel auch hier kümmerlich aus. Infolge der fehlenden Sonneneinstrahlung waren ja die Solarkraftwerke, die die Entsalzung betreiben sollten, weitgehend ausgefallen, obwohl zur Rettung der geschädigten Pflanzen besonders viel Wasser benötigt wurde. Wenn die Temperaturen nicht gleichzeitig auch noch gesunken wären, wäre der Wasserbedarf allerdings noch größer ausgefallen. Der Wasserspiegel war also in diesem Jahr mangels Zulauf stark gefallen, doch würde er sich nun wieder erholen.

Wir machten abschließend noch einen Rundgang durch den Ort, in dem Johannes der Täufer gewirkt hatte, der dort auch hingerichtet worden ist. Auch Jesus soll in Tiberias gepredigt haben.

Nachdem wir jeder einen köstlichen Eisbecher verzehrt hatten, traten wir die Rückreise nach Tel Aviv an. Sarah hatte uns zu sich nach Hause eingeladen und setzte uns ein leckeres kaltes Abendessen vor, das sie schon am frühen Morgen vorbereitet hatte. Es war alles koscher, also nach jüdischen Glaubensregeln hergestellt. Der leckere Käse z. B. durfte nur mit mikrobiologischem Lab erzeugt sein. Dazu gab es Salate, frisches Brot, verschiedene Früchte, die aus Treibhäusern stammten und noch die alte Jaffa-Qualität besaßen. Nach dem Essen saßen wir noch ein Stündchen zusammen und besprachen die Tour des nächsten Tages.

Reiseziel war die Negev-Wüste, die seit 30 Jahren Stück für Stück rekultiviert wird. Wie die Israelis das machen, darauf waren wir besonders gespannt. Wegen der Entfernung wählten wir als Transportmittel unser Flugzeug. Wir verabredeten uns also für neun Uhr auf dem Ben-Gurion Flughafen.

Um an unsere abgestellte Maschine zu gelangen, mussten wir uns ausweisen und körperlich durchsuchen lassen. Die Israelis sind da immer noch sehr genau, denn es hatte in der Vergangenheit schon viele Attentatsversuche gegeben, die aber dank der strengen Sicherheitskontrollen alle abgefangen wurden.

Auftanken, einige Snacks für unterwegs einkaufen, Wetterbericht checken, Anweisungen empfangen für die Landung in Elat, schließlich einsteigen und das Anrollen zum Startplatz: Alles war nach einer halben Stunde erledigt.

Gegen 9.30 Uhr drückte ich nach Eingabe der Koordinaten und der Flughöhe auf den Startknopf, und unsere Maschine erhob sich Richtung Südsüdost.

Unterwegs informierte uns Sarah noch über einige Besonderheiten der Negev-Wüste. Zunächst einmal: Weite Gebiete der Wüste sind seit etwa 100 Jahren militärisches Sperrgebiet. Mittendrin befindet sich ein Atomkraftwerk. Wahrscheinlich sind dort auch israelische Atombombenversuche vorgenommen worden.

Schon seit der Gründung des Staates Israel wird an der Verwirklichung des Traums gearbeitet, die Wüste in fruchtbares Land zu verwandeln. Der bekannteste Vertreter dieser Idee war David Ben-Gurion (erster Ministerpräsident Israels), der selbst in den Kibbuz „Sede Boker" einzog, um an der Besiedlung der Wüste mitzuwirken. Dies erklärt, warum das Nationale Israelische Solarforschungsinstitut und das Israelische Wüstenforschungszentrum sich in Sede Boker befinden.

Innovative landwirtschaftliche Methoden, wie die auf antiken Vorbildern aufbauende Sturzwasserlandwirtschaft, wurden in der Negev entwickelt und angewendet. Diese Bewässerungstechnik beruht darauf, dass es in der Wüste bekanntlich nur selten regnet. Wenn aber, dann oft sintflutartig mit einer Heftigkeit, dass von den Fluten alles, was man an Gemüse und Getreide angebaut hatte, weggeschwemmt wird.

In einer ausgeklügelten Anordnung werden nun um die landwirtschaftlichen Gebiete Mauern errichtet, die die Wasserfluten aufhalten und in große Auffangbecken lenken, die dann während der Trockenzeiten den Wasserbedarf sichern.

Ein aufstrebender Wirtschaftszweig der Negev ist erstaunlicherweise die Fischzucht. So wird fossiles Brackwasser in künstliche Teiche gepumpt. Die Ausbeuten sind wegen des heißen Klimas äußerst ertragreich, und der Wirtschaftszweig hat sich als sehr profitabel erwiesen.

Das leicht salzhaltige fossile Brackwasser hat sich auch für die Bewässerung von speziell für diese Bedingungen gezüchteten Früchten und Gemüsesorten als geeignet erwiesen. Viele in Europa bekannte israelische Landwirtschaftserzeugnisse stammen aus der Wüste, auch deshalb, weil das ganzjährig abgemilderte Klima Energiekosten spart und so einen Exportvorsprung ermöglicht.

Die marrokkanische Züchtung einer für Brackwasser geeigneten Reissorte passte genau in das israelische Konzept.

In Elat liefern bereits seit zehn Jahren ein Fusionskraftwerk und ein konventionelles Atomkraftwerk sowie große Solarkraftwerke unglaubliche Mengen an Energie für die Betreibung von drei gewaltigen Meerwasser-Entsalzungsanlagen. Damit steht auch genügend Süßwasser zur Verfügung. Die Brackwasser-Förderung aus dem Untergrund ist inzwischen weitgehend erschöpft. Dem entsalzten Meerwasser wird jetzt die jeweils richtige Menge Meerwasser wieder hinzugefügt.

Soweit die Vor-Information.

Nach einer halben Stunde Flugzeit für die 285 Kilometer lange Strecke, auf der wir wieder starken Rückenwind hatten, kamen Elat und das Rote Meer in Sicht. Fünf Minuten später landeten wir auf dem dortigen Flugpatz, der hauptsächlich dem Touristen-Flugverkehr dient.

Sobald die neue Transrapid-Strecke zwischen Haifa, Tel Aviv, Jerusalem und Elat fertig ist, wird sich der Flugverkehr wohl nur noch, oder im Wesentlichen, auf private Flugzeuge beschränken.

Sarah hatte unterwegs bereits einen Mietwagen bestellt, der uns vor einem Nebengebäude des Flughafens in Empfang nahm.

Unsere Strecke führte uns nun nach Norden. Von Wüste war eigentlich nichts mehr zu bemerken. Dort, wo der ehemalige Wüstenboden nur steinig war, waren Seen und Teiche angelegt worden. Unterschiedlich alte Nadelwälder begleiteten unsere Straße etwa eine Stunde lang. Dazwischen sahen wir Obstplantagen und neu entstandene Siedlungen, die typisch israelischen Kibbuzim. Diese werden fast ausschließlich von Einwanderern bewohnt. Dort gilt der reine Sozialismus: Allen gehört alles gemeinsam. Es gibt eine Leiterin oder einen Leiter der Gemeinschaft, der die Weisungen für die zu leistende Arbeit erteilt. Arbeitspläne, Anbaupläne, Arbeitszeiten etc. werden gemeinsam festgelegt. Die ganze israelische Landwirtschaft ist auf diese Weise überaus erfolgreich entstanden.

Wir sahen sowohl in den Wäldern als auch auf den Feldern erhebliche Schäden, die die lange Dunkelheitsphase angerichtet hatte. Hans-Jürgen, unser Biologe, der sich alles ganz genau anschaute, bestätigte aber, dass es keine Total-Ausfälle gab. In ein bis zwei Jahren könne man mit den früheren Ernteerträgen rechnen.

Sarah erzählte uns auf der Fahrt noch einiges über die israelische Rekultivierungstechnik, die ja weitgehend Vorlage für die Sahara-Anpflanzungen war.

In den Orten Be'erSheva (Beersheba) und dem südöstlich davon gelegenen Dimona gibt es seit 60 Jahren ausgedehnte Baumschulen und Saatzuchtbetriebe, die den Bedarf für die Neu-Anpflanzungen decken. Ursprünglich kam das Wasser hierfür aus Oasen-Quellen oder aus erbohrtem Untergrund. Doch diese Vorräte aus der Eiszeit gehen allmählich zur Neige. Heute werden beide Orte mit entsalztem Wasser aus dem Mittelmeer und dem Roten Meer versorgt.

Mit dem Auto kamen wir natürlich nicht so weit nach Norden. Das hätte man in einer Tagestour nicht schaffen können, denn wir hätten auf dem Weg dorthin das weiträumig abgesperrte Militärgebiet umfahren müssen. Auf dem Rückflug wollten wir aber mal einen Blick von oben hineinwerfen. Beersheba ist übrigens eine uralte Stadt, die in der Bibel mehrfach erwähnt wird. Auch der alte Abraham soll hier eine Zeit lang gelebt haben. Da dies ein Ort gewesen sein muss, wo „Milch und Honig fließt", müssen demnach vor Jahrtausenden die klimatischen Verhältnisse wesentlich günstiger gewesen sein, als sie es heute sind.

Nach etwa 60 Kilometern Fahrt machten wir im Kibbuz „Nehud-Semadar" eine Rastpause. Hier werden verschiedene Weinsorten allerhöchster Bio-Qualität angebaut. Darüber hinaus gibt es Dattelpalmen- und Olivenplantagen, Pfirsich-, Aprikosen-, Mandarinen-, Apfelsinen-, Granatäpfel-, Birnen-, Melonen- und Kiwi-Felder. Alle Arten hatten Schäden, und die Ernte fiel in diesem Jahr kümmerlich aus. Der Kibbuz war zwar in einer Oase entstanden, ist aber an die Wasserleitung aus Elat angeschlossen. Hier ist aus der Wüste ein Paradies entstanden. Rings um den Ort wachsen auch seit 80 Jahren Pinien, Zedern, Tamarisken und Zypressen, die die Luft in ein angenehmes Klima verwandeln. Früher muss hier eine fast unerträgliche Hitze geherrscht haben.

Am Nachmittag erreichten wir den Nationalpark Awda im riesigen Erosionskrater der Negev namens „Machtesch Ramon". Hier endet eine der drei Hauptwasserleitungen aus Elat. Der Ramon-Krater ist ein uralter erloschener Vulkan, dessen Wände seit Jahrmillionen verfallen. Der Krater bildet eine riesige Senke, in der es auch Wasser gab. Er war früher von den Nabatäern besiedelt und lag an der prähistorischen Weihrauchstraße. Heute ist der Krater bereits ein riesiger See, der die Pflanzkulturen mit Wasser versorgt und auch das heiße Klima etwas mildert. Wir staunten auch hier über die reichhaltigen Anpflanzungen. Es gab auch ausgedehnte Wiesenflächen für Ziegen und Schafe, aus deren Milch ein hochwertiger Käse hergestellt wird.

Wir konnten uns kaum sattsehen, auch wenn das Wachstum wegen der langen Dunkelheit in diesem Jahr nur spärlich war.

Aber nun wurde es höchste Zeit, wieder zurückzufahren und den Rückflug anzutreten.

Wir erwischten gerade noch die letzte halbe Stunde, bevor es Nacht wurde, was ja in diesen Breiten ziemlich schnell geht.

Wir überflogen Beersheba und konnten gerade noch erkennen, welche gewaltigen Ausmaße die dortigen Baumschulen hatten. Aber wir durften nun keine Zeit mehr verlieren, um noch mit dem letzten Tageslicht in Tel Aviv zu landen.

Wir besuchten noch am Abend ein kleines, aber gemütliches koscheres Restaurant, wo wir Abschied von Sarah nahmen, zu der sich inzwischen eine herzliche Freundschaft entwickelt hatte.

Am nächsten Morgen flogen wir in den Gazastreifen, um noch drei Tage Erholung am Mittelmeer zu genießen.

Das früher so radikale Land, von dem aus regelmäßig Raketen auf Israel abgeschossen wurden, hat sich in den letzten 30 Jahren zu einem attraktiven Ferienland entwickelt. Der angestiegene Meeresspiegel wurde genutzt, den Strand ins Land hinein zu verschieben und neue, preiswerte Strand-Hotels zu errichten. Ein sichtbarer Wohlstand ist nun endlich auch dort eingekehrt. Dies war der abschließende Eindruck unseres Israel-Besuches.

Saudi Arabien

Unsere Reise nach Saudi-Arabien sollte drei Tage mit Besichtigungen der rekultivierten Gebiete ausgefüllt werden.

Die Anreise durfte ja nicht von Al Genezareth aus erfolgen. Wir mussten also den Umweg über Jordanien und den Irak nehmen, um in dem Grenzort Arar zu landen. Hans-Jürgen hatte den Inhalt aus der E-Mail seines saudischen Kommilitonen uns drei Schwestern auf unsere Smarties überspielt, sodass wir alle wussten, wohin wir fliegen und was wir ungefähr zu sehen bekommen würden.

Früh um sieben Uhr bestiegen wir in Gaza unsere Maschine. Es dauerte etwas, bis ich die Koordinaten des kleinen Grenzortes Arar herausgefunden hatte. Wir durften mit der kleinen Privatmaschine hier nicht höher als 3.000 Meter fliegen. Der Wetterbericht war auch akzeptabel. Wir würden nur mit starkem Seitenwind aus Nordost zu rechnen haben. Der Autopilot des Flugzeuges wird sich darauf von allein einstellen und trotzdem die direkte und kürzeste Fluglinie einhalten. Die Entfernung wurde mit 530 Kilometer angegeben.

Um 7.20 Uhr hoben wir ab. Unter uns sahen wir ein dicht besiedeltes Land vorbeigleiten, Orte mit Industrie und dann wieder weite Flächen mit Wäldern und Obstplantagen. Getreide- und Reisfelder konnten wir nur sehr wenige erkennen.

Nach etwa eineinhalb Stunden landeten wir auf einem von oben erkennbaren Parkplatz für Kleinflugzeuge.

Beim Zoll mussten wir unsere Pässe und die Besuchserlaubnis vorzeigen. Das Tragen christlicher Symbole wurde ausdrücklich verboten, aber die hatten wir ohnehin nicht bei uns. Auch unsere europäische Kleidung wurde kritisch überprüft. Wir mussten auch angeben, wo wir uns wie lange aufhalten wollten.

Wir nannten zuerst Riad, die Hauptstadt. Dann aus der uns vorliegenden Vorschlagsliste die Orte: Almayah-jadid, Almayah-nazifa, Madina-godida, Mustaqbal und Bidun-milahh. Alle diese Neu-Siedlungen liegen im Gebiet Ash Sharqiyah, was soviel heißt wie „Östliche Region". In Wahrheit ist es aber der riesige südöstliche Teil des Landes. Zuvor wollten wir aber vorher noch der Küstenstadt Ras-al-Khafji einen Besuch abstatten, weil dort die größten Meerwasser-Entsalzungsanlagen der Welt stehen, die vor allem die Hauptstadt Riad mit Süßwasser versorgen. Früher hieß es: „Die Saudis schwimmen im Geld, ersticken im Oel und verdursten im Sand." Aber heute scheint das Verdursten nicht mehr so aktuell zu sein.

Es stellte sich heraus, dass der Zollbeamte die Namen der Neu-Ansiedlungen gar nicht kannte und auch nicht in seinem Nachschlagewerk fand. Das machte ihn misstrauisch. Er hielt uns nun für Spione, zumal es im südöstlichen Gebiet geheime Militär-Stützpunkte gab und wohl auch heute noch gibt.

Hans-Jürgen kam die rettende Idee, und er sagte ihm, er möge doch bitte die Uni Riad anrufen und Prof. Yussuf Almani verlangen. Hans-Jürgen hatte auch gleich die Durchwahl-Nummer bereit. Herr Almani wusste ja von unserer Reise, denn er war von Hans-Jürgen informiert worden. Er erwartete uns gegen Abend.

Wir hatten Glück, Herr Almani war am Apparat und konnte die Sache aufklären.

Die ganze Einreisezeremonie hatte uns viel zu lange aufgehalten. Doch gegen zehn Uhr konnten wir nach Riad weiterfliegen, nachdem wir die Maschine so voll wie irgend möglich getankt hatten. Zum Glück gab es auf dem kleinen Flugplatz eine Wasserstoff-Tankstelle. Die Entfernung betrug ca. 1.200 Kilometer bis

Riad. Jetzt konnten wir auch wieder in größerer Höhe fliegen, denn der Flugverkehr auf dieser Strecke war nicht sehr stark. Wir stiegen auf 5.500 Meter bei klarer Sicht und nutzten den Schiebewind, der uns nach knapp drei Stunden Flugzeit auf dem Riad Airport King Khalid International sicher landen ließ. Bis die Maschine in dem uns zugewiesenen Hangar untergebracht und unsere Registrierung erledigt war, verging nochmals etwas Zeit.

Unterwegs hatte Jana auf ihrem Smartphone für uns ein Hotel herausgesucht und dort zwei Doppelzimmer für zwei Nächte gebucht.

Auch Paula war nicht untätig geblieben und hatte ein Innenstadt-Restaurant gefunden und dort einen Tisch für uns vier zum Mittagessen reservieren lassen. Als wir dort eintrafen, war es schon 16 Uhr, denn die Saudis waren mit ihrer Zeit eine Stunde vor den Israelis voraus. Wir bekamen trotzdem noch ein leckeres Mittagessen.

Nach dem Essen machten wir einen ausgiebigen Spaziergang durch die Innenstadt. Wir sahen unterwegs viele modern gekleidete Frauen, die lediglich ein Kopftuch als muslimisches Kennzeichen tragen mussten. Seit 50 Jahren ist den Frauen auch das Chauffieren eines Autos erlaubt. Ob sie auch einen Flugschein erwerben dürfen, weiß ich nicht, doch glaube ich das schon. Jedenfalls dürfen sie seit einiger Zeit ein eigenes Bankkonto besitzen, ein Grundstück erwerben, und beruflich Geld verdienen dürfen sie auch. Da hat sich schon einiges zum Positiven gewandelt, wenn auch reichlich spät.

Ich hatte früher gelesen, dass die Saudis große Probleme in der Wasserversorgung ihrer stark anwachsenden Städte haben. Tagelang waren die Wasserleitungen zeitweise trocken geblieben.

Doch das ist inzwischen anders geworden. Wir sahen in der Stadt einige Springbrunnen und auch ein paar gepflegte Parkanlagen mit Blumenbeeten. In einem dieser Parks machten wir eine kleine Rast und kamen mit einer perfekt englisch sprechenden jungen Frau ins Gespräch, die auf einer Nebenbank eine Portion Eis verzehrte. Sie erklärte uns, dass Riad schon seit 50 Jahren mit Wasser von der Küste versorgt werde. Die Einwohnerzahl von Riad wachse aber so schnell an, dass die Wasserversorgung nicht nachkomme, sodass es immer mal wieder akute Wassernot gebe. Inzwischen sei aber eine mehrere 100.000 Kubikmeter Wasser fassende unterirdische Zisterne fertiggestellt, die die Wasserversorgung und die Anpflanzung kühlender Parks, Blumenbeete und deren laufende Bewässerung sicherstelle.

Seit den fünfziger Jahren seien rings um Riad mehrere Millionen Bäume angepflanzt worden, die das fast unerträglich heiße Klima verbessert haben. Temperaturen bis zu 50 Grad Celsius waren im Juli und August keine Seltenheit. Das komme jetzt hier nicht mehr vor.

Auf meine Frage, wie die umgebenden Wälder die Dunkelperiode der letzten Monate überstanden hätten, meinte sie: „Wir können froh sein, dass unsere Planer bei der Anlage der Meerwasser-Entsalzungen nicht ausschließlich auf Sonnenenergie gesetzt haben, sondern gleich ein großes Atomkraftwerk mit angelegt hatten, das die Energie für den steigenden Bedarf bei Tag und Nacht zuverlässig liefert.

Die Wälder und auch alle neu entstandenen Reis- und Getreidefelder konnten deshalb während dieser Zeit verstärkt mit Wasser versorgt werden, obwohl es in diesen Monaten erheblich kälter als sonst gewesen ist. Die Schäden haben sich somit in Grenzen gehalten."

Das war ein sehr nettes und auch aufschlussreiches Gespräch.

Hans-Jürgen rief von unserer Bank aus nochmal seinen Exkollegen Yussuf Almani an und vereinbarte mit ihm ein Treffen zum Abendessen in einem besonders schicken Restaurant, zu dem wir ihn einladen wollten. Die Einladung lehnte er ab und lud uns seinerseits zu einem „Begrüßungsmahl" ein, denn das wäre doch hier Gebot der Gastfreundschaft. Er freute sich, seinen Exkumpel nach so langer Zeit wiederzusehen und auch uns, seine Angehörigen, kennenzulernen.

Das Treffen fand abends um 22 Uhr statt. So spät am Abend noch etwas zu unternehmen, ist hier üblich, weil im Sommer während der Mittagshitze das Leben ruht und die Stadt wie ausgestorben erscheint.

Wir ließen uns – reichlich erhitzt, obwohl es ja schon Oktober war – ins Hotel fahren, meldeten uns an und zogen uns zum Duschen und Ausruhen auf unsere Zimmer zurück. Unser Reisegepäck hatten wir im Flugzeug gelassen und nur unser Übernachtungszeug im Rucksack. Das war unangenehm, denn wir hätten uns alle für den Abend passend umziehen müssen.

Im Restaurant trafen wir Prof. Almani schon an. Ich musste mich zusammenreißen, um ihm bei der Begrüßung nicht die Hand hinzustrecken. Dennoch war die Begrüßung sehr herzlich.

Die beiden Herren unterhielten sich bei unserem kleinen Imbiss sehr angeregt, vor allem über die Regierungspläne für die weitere Energie-, Wasser- und Lebensmittelversorgung in der Zukunft des Landes. Auch das Thema Bevölkerungszuwachs spielte eine Rolle.

Saudi Arabien tat sich jahrelang schwer, die Zwei-Kinder-Beschränkung einzuhalten. Die Begründung vieler junger Leute hier war: Wir haben doch genug Land, und das Energie- und Wasserproblem ist doch dank der neuen Kraftwerke gelöst. Aber die Begründung der Regierungsstellen, dass man bald keine Rohstoffe mehr habe, um allen einen Fernsehapparat, einen PC oder gar ein Auto anbieten zu können, wenn man so weitermacht wie bisher, setzte sich dann doch durch. Die Zwangsimpfung nach dem zweiten Kind, die weitere Schwangerschaften verhütet, wird jetzt ohne größere Widerstände eingehalten.

Prof. Almani erzählte uns Interessantes über die Wüsten-Rekultivierung der vergangenen Jahrzehnte und die Wirtschafts-Pläne für die kommenden Jahre.

„Erst seit 1938 wird im Lande Öl gefördert, und zwar wurde man zuerst fündig in der Siedlung Dammam am Persischen Golf. Erst allmählich wurde klar, dass fast der ganze Südosten unseres Wüstenlandes auf riesigen Ölfeldern ruht. Die amerikanische Firma Standard Oil war der Hauptinvestor, der dem Land (und vor allem sich selbst) satte Gewinne bescherte. Heute sind wir Saudis aber nicht mehr so dumm, uns von amerikanischen Konzernen übers Ohr hauen zu lassen. Wir wissen, was unser Öl wert ist und haben unsere eigene Förder- und Exportgesellschaft namens Aramco aufgebaut, die inzwischen die größte Ölfirma der Welt ist.

Mit dem Welt-Verbot der Verbrennungsmotoren für den Straßenverkehr ging die Nachfrage nach Öl aber deutlich zurück.

Bis in die dreißiger Jahre dieses Jahrhunderts war Saudi Arabien reiner Rohstoff-Exporteur. Etwa ab 2035 begann Aramco hier mit der Herstellung von Treibstoffen für die immer weiter wachsende Flugindustrie, speziell also mit der Kerosin-Produktion. Es wurden mehrere große Ölraffinerien errichtet. Dafür mussten wir die Fachleute erst ins Land holen, die wir mit Spitzengehältern entlohnen mussten, damit sie überhaupt kamen, um in unserem heißen Klima eine Zeit lang zu leben. Damit wurde die Grundlage für den Aufbau einer Industrie in unserem Land gelegt. Es gab aber noch viele Probleme zu lösen. Die Herstellung von Kerosin aus Erdöl erfordert viele chemische Prozesse. Nur ein kleiner Anteil des Erdöls kann für die Kerosin-Herstellung genutzt werden. Es fällt dabei eine große Anzahl von Nebenprodukten an, für die wir hier gar keine Verwendung haben. Damit sich die Kerosin-Produktion überhaupt lohnt, mussten Abnehmer für die Nebenprodukte, z. B. Kunststoffe, noch gefunden werden. Dafür mussten wir Kaufleute, speziell Marketing-Experten anheuern, die sich auf diesen Gebieten auskennen. Es bedurfte also ungeheurer Anstrengungen, um erst einmal eine arabische Industrie aufzubauen.

Heute verstehen wir uns vorwiegend als Öllieferant im komplexen Sinne. Das heißt: Wir produzieren nun auch mit einem hohen Marktanteil Speiseöle, die wir in alle Welt exportieren. Wir bauen also nicht nur ölhaltigen Pflanzen an, wie Datteln, Kokos, Erdnüsse, tropischen Raps und Oliven, sondern verarbeiten die Öle zu Speiseölen und -fetten. Dieser Industriezweig wurde, wie Sie ja wissen, erst durch umfangreiche Meerwasser-Entsalzung in Verbindung mit Atomkraft, Windenergie und mit Hilfe deutscher und chinesischer Solarkraftwerke ermöglicht.

Wie Sie auf Ihrem Rundflug durch unser Land erleben werden, haben wir zwei weitere Schwerpunkte, sowohl für den Eigenbedarf als auch für den Export geschaffen:

Wir bauen mit Hilfe der jetzt zur Verfügung stehenden Bewässerungsmethoden Baumwolle im großen Stil an. Wir haben bereits erreicht, dass der Anteil von Kunststoffen in der Textilindustrie wieder rückläufig ist und dass stattdessen wieder mehr Baumwolle verwendet wird. Die Nachfrage nach Wolle ist in unserem Land und in unseren Nachbarländern wegen des heißen Klimas nur gering, daher haben wir darauf verzichtet, ausgedehnte Weiden für Schafherden einzurichten.

Ein weiterer Schwerpunkt unserer Produktion und unseres Exportes ist Mais, Soja, Weizen und Hafer. Hierfür mussten für das Klima geeignete Sorten gezüchtet werden. Ich selbst bin daran maßgeblich beteiligt, dass wir in dieser Hinsicht über unseren religiösen Schatten gesprungen sind, indem wir israelische Wissenschaftler engagiert und für sie Forschungs-Institute eingerichtet haben.

Darüber hinaus bauen wir auch salzverträglichen Reis in großem Umfang an. Reis zu verzehren, war in unserem Land früher kaum üblich. Das hat sich in den vergangenen 20 Jahren aber stark verändert.

Um unser extremes Klima zu mildern, aber auch um unsere landwirtschaftlichen Flächen vor Sandstürmen zu schützen, haben wir in den letzten 40 Jahren zwischen unseren Pflanzungen ausgedehnte Waldgebiete angelegt. Es wurden mit Unterstützung der Meerwasser-Entsalzung inzwischen schätzungsweise 500 Millionen Bäume angepflanzt. Wir haben in unserem Land nicht nur Sandwüsten, sondern auch Felsen und weite Gebiete nur mit Geröll, die sich jeder Bepflanzung widersetzt haben. Für diese Zonen haben wir Millionen Tonnen von Schlamm und Humuserde importiert, die wir mit Sand vermischt haben, um wenigstens ein bescheidenes Pflanzenwachstum zu ermöglichen. Die Israelis haben da schon Erstaunliches geleistet. Wir werden in einigen Jahrzehnten also auch Holz, sogar Bambus und Edelhölzer exportieren können."

Nach diesem langen Vortrag, der uns sehr beeindruckte, ergaben sich noch viele weitere Fragen, die Prof. Ismali geduldig beantwortete.

Die Zeit verging wie im Fluge. Wir bedankten uns und verabschiedeten uns sehr herzlich.

Leider stand er uns für unsere Rundreise nicht zur Verfügung, da er in den nächsten Tagen wichtige Termine hatte.

Ein Taxi fuhr die Familie – außer mir – ins Hotel. Ich musste ja dringend noch zum Flugzeug, um unser Gepäck zu holen. Alle waren froh, morgen früh wieder frische Sachen anziehen zu können.

Nach einem anstrengenden Tag wie diesem sank jeder von uns reichlich müde ins Bett. Wasser zum Duschen gab es reichlich.

Beim Frühstück am nächsten Morgen besprachen wir die nächsten Ziele.

Mein schlaues Smarty hatte die Koordinaten für die jungen Wüstenorte, die wir besuchen wollten, herausgefunden. Wir konnten also alle Orte direkt ansteuern.

Unser erstes Ziel war der Seehafen Al Dammam, die Stadt, von der der Wohlstand des Landes zuerst ausgegangen war.

Wir fanden heraus, dass es inzwischen auch eine Transrapid-Verbindung zwischen Riad und Al Dammam gab.

Wir ließen also unser Flugzeug im Riader Hangar stehen und fuhren unterirdisch nach Dammam.

Aus dem kleinen Ort, der erst 1923 durch die Ansiedlung einer Volksgruppe aus dem benachbarten Bahrein zu einer Stadt wurde, ist nun ein Welthafen entstanden, in dem 900.000 Menschen wohnen und der ein Haupt-Umschlagsplatz für Güter aus aller Welt zur Versorgung der neun Millionen Menschen in und um Riad geworden ist.

Bei unserem Rundgang durch die Stadt entdeckten wir ein Atomkraftwerk, zwei große Meerwasser-Entsalzungsanlagen, vier Solarkraftwerke, mindestens 30 Windräder und einen gewaltigen Container-Verladeplatz. Erst am Ende unseres Rundganges sahen wir, dass auch eine Stadtrundfahrt per Bus oder ein Rundflug per Kleinflugzeug, so ähnlich wie in Berlin, angeboten wurde.

Am Hafen sahen wir auch Restaurants und Imbiss-Buden. Ja, wir hatten inzwischen Hunger bekommen, hatten aber keine Zeit, uns in ein Restaurant zu setzen. So nahmen wir nur einen kleinen Snack und danach ein Eis, und dann begann auch schon unsere Rundfahrt.

An allen öffentlichen und privaten Gebäuden konnte man erkennen, dass dieses Land tatsächlich im Geld schwimmt. Alles war vom Feinsten und mit dem Teuersten ausgestattet. Allein der Bahnhof, wo wir heute Morgen ausgestiegen waren, ist ein Prachtstück der Architektur. Es gibt zwar immer noch eine ICE-Verbindung zwischen Dahrahn und Riad, aber die spielt kaum noch eine Rolle, nachdem die Trasrapid-Verbindung fertiggestellt ist. Erstaunt hat uns, dass wir auf unserer Rundfahrt kaum Container-Transporter angetroffen haben. Wo waren die Massen von Containern geblieben, die wir im Hafengebiet gesehen hatten?

Des Rätsels Lösung erfuhren wir auf der Rundfahrt: Mit den modernsten Vortriebsmaschinen aus Deutschland war auch eine Zwei-Tunnel-Transrapid-Laststrecke zwischen Dahrahn und Riad gebaut worden, in der die Originalcontainer mit Importgütern ununterbrochen nach Riad transportiert werden, was für die 450 Kilometer Strecke etwa 40 Minuten benötigt.

Umgekehrt werden so von Riad nach Dammam Exportgüter befördert, die direkt im Hafen landen und computergesteuert, zeitgenau in die Transportschiffe verladen werden.

Da haben wir wieder einmal gestaunt. Was für ein Land der Gegensätze! Auf der einen Seite herrschte hier modernste Technik vor, kombiniert mit unvorstellbarem Luxus, auf der anderen Seite galt noch das mittelalterliche Rechtssystem der Scharia.

Vollgestopft mit neuen Eindrücken landeten wir mit dem Abend-Transrapid wieder in Riad. Hungrig genossen wir in unserem Hotel ein typisch saudisches Dinner.

Da ich noch meine Aufzeichnungen – nicht zu Papier bringen, sondern in mein Smarty – eingeben wollte, zog ich mich gleich nach dem Essen in unser Zimmer zurück.

Ich dachte auch noch daran, was denn wäre, wenn ich mein Smarty aus irgendeinem Grunde verlieren würde oder wenn es mir geklaut würde? Das würde einer totalen Katastrophe für mich gleichkommen – wenn es nicht dafür eine Lösung gäbe. Mit einem Knopfdruck auf meinem Smarty werden alle meine Daten, die täglich dazukommen, bei Google gespeichert. Es kann niemals vorkommen, dass alles weg ist, vorausgesetzt, ich vergesse nicht, täglich den Speicherknopf zu drücken. Google weiß genau, wo ich mich gerade aufhalte. Mein Smarty ist auch gegen Verlust versichert.

Bei Verlust des Smartys kann ich eine bestimmte Telefonnummer anrufen, gebe dort meine Geheimzahl an, werde eine Frage gefragt, die – vorher vereinbart – nur ich beantworten kann und erhalte am nächsten Tag schon an die von mir gewünschte Adresse ein neues, aufgeladenes Smarty. Mein altes Smarty wird sofort gesperrt. Ich muss nun eine neue Geheimzahl für die Benutzung des neuen Smartys eingeben. Das ist alles. Mein Bankkonto erfährt dabei allerdings zunächst einen schmerzlichen Verlust, der allerdings von meiner Versicherung ersetzt wird, falls mir das Smarty – durch Anzeige bei der örtlichen Polizei – nachweislich gestohlen wurde. Das gibt mir auf meinen Auslandsreisen ein absolut sicheres Gefühl.

Die warme Dusche vor dem Schlafengehen war ein Genuss, denn die Klimaanlage unseres Zimmers war deutlich zu kalt eingestellt.

Am nächsten Morgen ließen wir uns nach dem Auschecken aus unserem Hotel per Taxi zum Flughafen bringen. Ich zahlte die Parkgebühr, tankte voll und meldete mich ab zu den neuen Orten: Almayah-jadid (Neuwasser), Almayah-nazifa (sauberes Wasser), Madina-godida (Neustadt), Mustaqbal (Zukunft) und Bidun-malah (ohne Salz) in der „Eastern Region".

Der erste Ort mit dem für uns unaussprechlichen Namen war Neuwasser, der nur 450 Kilometer von Riad entfernt ist. Ich gab wie üblich die Koordinaten und die Flughöhe ein, drückte auf den Startknopf und vertraute uns dem Autopiloten an, der uns nach einer Stunde Flugzeit sicher in Almayah-jadid auf dem kleinen Landeplatz absetzte.

In der Flugplatz-Information war ein Prospekt auf Englisch ausgelegt mit Informationen über den neuen Ort und über das landwirtschaftliche Anbaukonzept. Außerdem gab es einen Vorschlag einer Besichtigungs-Route, die für Besucher empfohlen wird. Auch hier gab es neu angelegte Wälder mit besonders genügsamen Ansprüchen an die Bodenqualität, die hier sehr dürftig war. Umsomehr brauchten die Pflanzen frisches Wasser. Das kam – entsalzt – aus einem künstlichen See, der von der Meerwasser-Entsalzung des Ortes Salwa am Persischen Golf reichlich versorgt wird. Eine Wasserleitung war nicht zu sehen, da das Wasser durch einen Tunnel hierher gepumpt wird.

Ich muss nun gestehen, dass wir etwas enttäuscht waren, was wir hier zu sehen bekamen. Es waren endlose Felder mit Baumwolle, dazwischen wieder Wald, dann große Felder mit Soja und Reis. Auffallend waren ausgedehnte Bambus-Wälder, in denen man sogar vier Panda-Paare ausgewildert hatte, die leider unsichtbar blieben.

Für die Aufzucht der jungen Bäume gab es endlose Reihen von Treibhäusern, wo die Pflanzen geschützt heranwachsen konnten, bis sie stark genug waren, ins Freie verpflanzt zu werden. Der Ortsbürgermeister hatte aber offenbar Freude daran, in einem der Gewächshäuser Orchideen zu züchten. Die durften wir uns anschauen und bewundern. Um Orchideen zu züchten, braucht man einschlägige Kenntnisse. Sonst wird da nichts draus.

Automaten wurden reichlich eingesetzt, um die schwere Arbeit bei der Baumwoll- und Sojaernte zu erleichern. In Neuwasser lebten etwa 7.000 Menschen, meist Inder und Afrikaner, die hier recht gut verdienten und reichlich Arbeit hatten. Bis heute wird sich die Einwohnerzahl noch erheblich vergrößert haben.

Das Erfreuliche war, dass die Dunkelheit nach dem Vulkanausbruch hier in Süd-Arabien nicht ganz so finster ausgefallen war. Es gab als Folge Ernte-Verzögerungen, aber nur geringe Ausfälle.

Der See hier war der erste, der in der Eastern Region angelegt worden war. Das hatte sich offenbar auch in der Tierwelt herumgesprochen.

Zahlreiche Wasservögel, wie Flamingos und Pelikane, hatten sich angesiedelt. Gnus, Antilopen, Schakale und leider auch einige Giftschlangen fanden reichlich Wasser. Leider gab es auch höchst giftige Skorpione, vor denen die Besucher gewarnt wurden. Wir hatten alle feste Schuhe dabei. Deshalb riskierten wir zum Tagesabschluss noch einen Spaziergang durch den jungen Wald, durch den es tatsächlich einen schmalen Pfad gab, der eigentlich für die Waldarbeiter angelegt worden war. Am Waldrand gab es einen Hochstand, von dem aus man die Tiere auf dem und um den See herum beobachten konnte. Hier gab es auch etwas Besonderes zu sehen, was mir bisher noch nicht begegnet war. Ein großes Waldgebiet war mit Eukalyptusbäumen bepflanzt worden. Und tatsächlich hatte man aus Australien Koala-Bären importiert, die sich offenbar recht gut an das Klima angepasst hatten, denn sie hatten sogar schon Nachwuchs gezeugt.

Im Ort selbst gab es ein bescheidenes Hotel, in dem wir übernachten konnten und auch etwas zu essen bekamen.

Nach dem Essen setzten wir uns zu einer Besprechung zusammen.

Nach der ausführlichen Schilderung von Prof. Ismani wussten wir eigentlich schon, was wir hier zu sehen bekommen. Auf dem Flug hierher konnten wir beobachten, dass alles so ist, wie er es beschrieben hatte. Es gab in dem riesigen Land allerdings noch weite Gebiete mit nichts als Sand und Wüste, deren Einerlei nur durch zahlreiche Bohrtürme unterbrochen wurde.

Wir beschlossen also, unseren Aufenthalt in Saudi-Arabien abzubrechen.

Als Abschluss unserer Reise hatten wir noch einen zweitägigen Abstecher nach Dubai geplant. Paula hat dort eine Brieffreundin, mit der sie seit Jahren korrespondiert. Mit ihr wollte sie gern einmal zusammentreffen, und unsere Reise war hierzu eine gute Gelegenheit.

Wir hatten dort schon von zu Hause aus ein Hotel gebucht. Wir riefen also per Smartphone dort an und bestellten für morgen einen Tag zusätzlichen Aufenthalt.

Unsere Reiseziele, die wir nun auslassen würden, wollten wir am anderen Morgen beim Überfliegen von oben betrachten, um dann gleich weiter nach Dubai zu fliegen.

Am nächsten Morgen gegen acht Uhr verließen wir unser kleines Hotel nach einem ausgiebigen Frühstück.

Auf dem Weg zu unserem Flugzeug-Parkplatz sahen wir auf einem Hügel eine Ansammlung von Menschen, die um diese Zeit normalerweise auf dem Weg zu ihrer Abeitsstelle waren. Wir hörten aus der Ferne Schreie. Hans-Jürgen sprach einen Mann an und fragte, was dort los sei. Der Mann wollte erst nicht mit der Sprache heraus. Wir kamen aber auf unserem Weg noch näher an den Hügel heran. Da sahen wir es: Eine junge Frau war bis zum Oberkörper in den felsigen Grund eingegraben. In einem engen Halbkreis standen Menschen um sie herum und bewarfen sie mit Steinen, die etwa so groß wie Pflastersteine waren. Nun rückte der Mann, der offenbar ein Inder war, mit der Sprache heraus. „Stoning", meinte er. Die Frau sei zum Tode durch Steinigung verurteilt worden. Sie sei beim Ehebruch mit einem anderen verheirateten Mann „in flagranti" erwischt worden. Das Gesetz der Scharia kennt in diesem Fall keine Gnade. Sie wurde zum Tode durch Steinigen verurteilt mit der Maßgabe, dass der betrogene Ehemann den ersten und den letzten Stein werfen muss. Der Liebhaber der Frau, der selbst mit einer Auspeitschung davonkommt, musste selbst fünf Steine werfen. Der Mann erzählte noch weiter, dass der betrogene Ehemann die arme Frau fast täglich verprügelt hätte und sie wie eine Gefangene gehalten habe. Das waren hier aber keine mildernden Umstände.

Wir beschleunigten unseren Schritt zum Parkplatz, denn dieses Drama wollten wir auf keinen Fall mit ansehen. Der Inder bemerkte noch, bevor er zum Hügel eilte, um ja nichts zu verpassen, dass das alles nicht so schlimm sei, denn, sobald die Verurteilte das Bewusstsein verloren hätte, käme der Scharfrichter und zertrümmere der Verurteilten den Schädel mit einem Felsbrocken, was zum augenblicklichen Tode führt.

Uns zitterten noch die Knie, als wir bei unserer Maschine ankamen. Nur schnell weg von diesem schrecklichen Ort!

Wir verstauten unser Gepäck. Treibstoff hatten wir genug. Ich gab noch die Koordinaten der anderen Orte mit den unaussprechlichen Namen ein, dazu auch die Koordinaten des Airport Dubai mit automatischer Landung. Als Flughöhe stellte ich 400 Meter und ab Bidun-malah 3.300 Meter mit Kurs auf Dubai ein.

Wo einstmals öde Wüste, Felsen und Steine, Sand und einige vetrocknete Sträucher zu sehen waren, breiteten sich jetzt unter uns ausgedehnte Plantagen mit Palmen, Olivenbäumen, Raps- und Reisfeldern, aber auch Felder mit Erdnüssen aus. Ein großes Anbaugebiet hatte sich nicht nur der Speiseöl-Gewinnung gewidmet. Wir erkannten von oben auch mehrere große Mais- und Sojafelder. Dazwischen Nadelbäume, Ansiedlungen, Fabriken für die Weiterverarbeitung der Ernten und immer wieder Bohrtürme.

Was hier an Öl gefördert wurde und z. T. auch noch wird, ist eine unvorstellbare Menge. Man hat inzwischen gemessen, dass das Land dadurch im Schnitt seit 1938, dem Beginn der Ölförderung, schon sechs Meter abgesunken ist, wogegen der Meeresspiegel hier um drei Meter gestiegen ist. Nun muss man langsam aufpassen, dass sich das Meer nicht allmählich über das Staatsgebiet ausbreitet.

Dubai

Nach etwa einer Stunde Rundflug landeten wir nach weiteren zwei Stunden Flugzeit sicher in Dubai International Airport, nachdem ich vor dem Verlassen des Staatsgebietes von Saudi-Arabien unsere voraussichtliche Ankunft und die Bezeichnung unserer Maschine angemeldet hatte.

Wir wurden nach dem Aufsetzen in einen Hangar weitergeleitet, wo wir einen Stellplatz zugewiesen bekamen. Für eine Landung auf dem Dach unseres Hotels war unser Flugzeug zu groß.

Nach den vielen zurückgelegten Flugkilometern bestellte ich eine Wartung mit gleichzeitigem Auftanken für den Rückflug, auch mit zusätzlicher Füllung unseres Fernreisetanks, der die Reichweite des Flugzeugs um weitere 400 Kilometer verlängert, was allerdings nur geht, wenn nicht mehr als fünf Personen mitfliegen. Dies war eine Vorsichtsmaßnahme, da wir auf der Rückreise mit starkem Gegenwind rechnen mussten.

Ehrlich gesagt, wir waren froh, das unheimliche Land Saudi-Arabien unbeschadet verlassen zu haben.

Dies hier war nun die letzte Station unserer Informationsreise. Paula hatte sich bei ihrer Brieffreundin angemeldet, die ihr angeboten hatte, die drei Tage unseres Aufenthaltes bei ihr zu wohnen. Paula nahm das an, und so hatte ich jetzt eben das Hotelzimmer für mich allein – so hatte ich gedacht.

Auf der ganzen Reise hatte ich fast täglich mit meinem Mann telephoniert. Als wir per Taxi unser Hotel erreicht hatten, traute ich meinen Augen nicht. In der Hotel-Lobby saß … mein lieber Ehemann und schloss mich freudestrahlend in die Arme.

Er kannte Dubai noch nicht und wollte es gern mit uns zusammen kennenlernen. Deshalb habe er sich kurzentschlossen nach meinem Anruf ein Flugticket nach Dubai für den ersten Flug heute morgen gekauft. Ja, nun sei er eben da. Das hat mich gefreut. Sowas hatte er noch niemals vorher gemacht.

Mein Mann hatte schon für uns fünf einen Tisch im Restaurant „At the Top Sky" für 18 Uhr bestellt, was nun wirklich eine tolle, wenn auch kostspielige Idee war. Es befindet sich nämlich in 450 Meter Höhe, im 148. Stockwerk des höchsten Gebäudes der Welt, dem Burj Khalifa, der insgesamt 828 Meter hoch ist. Wir einigten uns darauf, Paulas Freundin Viktoria zu bitten, uns bei unserem Dinner zu begleiten. Paula rief sie an und sie sagte erfreut zu. Sie kannte zwar das Gebäude (das kennt ja jeder in Dubai), doch war sie noch nie drin gewesen, weil sie sich so etwas nicht leisten konnte.

Bis dahin hatten wir noch etwas Zeit, uns ein wenig auszuruhen, uns frisch zu machen und uns in unsere besten Klamotten zu werfen. Gemeinsam ließen wir uns per Taxi zum Burj Khalifa fahren. Dort angekommen, nahmen wir den Express-Fahrstuhl, der uns in wenigen Sekunden nach oben „schoss". Man merkt das Tempo nur dadurch, dass der Magen scheinbar in die Kniekehlen rutscht.

Also, der Blick von dort oben war umwerfend. Wir hatten einen Zeitpunkt gewählt, an dem wir die Stadt und die Umgebung sowohl bei Tageslicht als auch bei der verschwenderischen Nachtbeleuchtung betrachten konnten. Das Fünf-Gänge-Menü war auch ausgezeichnet, und der Wein dazu schmeckte exzellent. Nach dem Essen nahmen wir unseren Espresso in einem Nebenraum ein.

Dort gab es dann noch eine Überraschung, die als Highlight gedacht war: Der durch „Virtual Reality" simulierte freie Fall vom Burj Khalifa! Das fand in Zeitlupe statt und war eigentlich nichts für schwache Nerven.

Als junges Mädchen habe ich öfters den Ausdruck „Nine Eleven" gehört. Ich fragte meine Mutter, was damit gemeint ist. Sie hat es mir erklärt.

Nach der Erzählung meiner Mutter habe ich mir auf meinem PC-Monitor Videoaufnahmen dieses Jahrhundert-Verbrechens angesehen und war erschüttert. Ich habe das heimlich getan, denn meine Mutter hätte nicht erlaubt, dass ich mir so etwas Schreckliches anschaue.

Diese Bilder, zusammen mit der Schilderung meiner Mutter, werde ich mein Leben lang nicht vergessen. Ich war damals eineinhalb Jahre alt, als das passierte und habe von dem Ereignis selbst nichts mitbekommen.

Es war der von Osama Bin Laden so teuflisch geplante Anschlag auf die Bürotürme des Welthandelszentrums in New York.

Meine Großeltern wollten am folgenden Tag, dem 12. September 2001, ihre Goldene Hochzeit feiern. Alle waren schon am Vorabend in einem Hotel am Rhein versammelt, als diese Nachricht hereinplatzte. Beim Umkleiden für das Abendessen hatte mein Onkel Bernd den Fernseher eingeschaltet und sah die schrecklichen Bilder, wie nacheinander zwei gekidnappte Flugzeuge in die Türme hineingesteuert wurden und darin verschwanden. Die vollgetankten Maschinen verursachten in den Gebäuden schreckliche Zerstörungen und gleichzeitig eine höllische Hitze. Zahlreiche Menschen in den Stockwerken über und unter den Einschlaglöchern konnten die Hitze nicht mehr ertragen und sprangen aus den zersprungenen Fenstern in den sicheren Tod, noch bevor die beiden Türme nacheinander in sich zusammensanken.

Die furchtbaren Bilder von damals kamen mir in Erinnerung, als ich diesen Videoclip hier sah. Dies und auch das, was wir heute Morgen erleben mussten, hat mir die Laune verdorben, und in der Nacht konnte ich nicht gut schlafen.

Ich fasse mich hier kurz, denn das eigentliche Ziel unserer Reise war damit erledigt, nämlich zu erfahren, wie die Saudis mit ihrem vielen Geld und ihren riesigen Wüstenflächen in den vergangenen 40 bis 45 Jahren umgegangen waren und welche Auswirkungen die Jahrtausend-Eruption des Mount Rainier in den rekultivierten Zonen verursacht hatte.

Die wahren Folgen der Katastrophe – so hatte ich den Eindruck – würden wohl erst im nächsen Jahr spürbar werden, wenn man weltweit feststellen würde, welche Ernte-Ausfälle die lange Dunkelheit ausgelöst hat und wenn die Lebensmittelvorräte aus den Ernten der Vorjahre erschöpft sein würden. Leider sollte ich in diesem Fall Recht behalten.

Aber jetzt wollten wir erst einmal die letzten Tage unseres Urlaubs genießen und den unglaublichen Luxus dieses kleinen Emirates kennenlernen, das noch vor 120 Jahren ein ärmliches Wüsten-Nest war.

Paula und Viktoria hatten sich für die nächsten zwei Tage abgemeldet. Sie wollten ihre Erkundungen auf eigene Faust unternehmen. Viktoria würde mit ihrem Insider-Wissen Paula so manchen Fleck zeigen können, wo wir als Normal-Touristen niemals hinkommen würden.

Wir anderen machten aber erst einmal einen Plan, wie wir die Haupt-Attaktionen der Stadt am besten nacheinander „abarbeiten" könnten.

Alles, was wir hier sahen, hatte extreme Ausmaße. Wir fragten uns nur, wie ein so kleines Land wie das Emirat Dubai, das etwa 3,5 Millionen Einwohner hat, es schafft, jährlich etwa 15 Millionen Besucher anzuziehen, die Unsummen von Dollars oder Euro hier ausgeben.

Eine solche Besucher-Attraktivität kommt natürlich nicht von allein. Da müssen zuerst erhebliche Vorleistungen erbracht werden, die das Land und vor allem diese gleichnamige Stadt so interessant für Besucher machen. Aber von nichts kann auch nichts kommen. Grundlage für den Reichtum dieses Landes ist das Öl hervorragender Qualität, das dort gefördert wird. Zweitens spielt die Lage des Landes am Persischen Golf eine Rolle, denn die Flugstrecke von Europa nach Fernost führt über Dubai, wobei früher auf dem Weg nach Singapur oder Australien und Neuseeland wegen der damals noch begrenzten Reichweite der Flugzeuge genau dort aufgetankt werden musste. Aber der entscheidende Punkt ist, dass die intelligenten Emire mit bewundernswertem Ideenreichtum ihr vieles Geld sofort phantasievoll und wirtschaftlich klug angelegt hatten.

Ausgangspunkt war dabei wohl ein leistungsstarker Flughafen, der die Zwischenlandung gerade hier für viele Fluglinien so attraktiv gemacht hat. Die Regierung hat es verstanden, viele internationale Veranstaltungen politischer, aber vor allem sportlicher Art ins Land zu holen und damit vielen Menschen etwas Besonderes zu bieten. Und dies, im Gegensatz zu vielen Nachbarländern, ohne jede religiöse Bevormundung (obwohl auch Dubai ein muslimisches Land ist). Dabei war man bestrebt und auch sehr erfolgreich, Attraktionen zu präsentieren, die es in der Welt nirgends sonst gibt.

Ja, und diese von menschlichem Geist erschaffenen Weltwunder wollten wir uns in den nächsten zwei Tagen anschauen, wobei wir mit dem Besuch des Burj Khalifa schon den Anfang gemacht hatten. Ich zähle hier einfach mal auf, was wir alles besichtigt haben, und dies bis zur Grenze der Erschöpfung:

1. die Dubai-Mall mit über 1.200 Geschäften
2. den größten Gold-Souk (Gold- und Juwelenmarkt) der Welt und dieser mit allein 220 Geschäften
3. ein riesiges Aquarium mit 33.000 Meerestieren, u. a. Haie und Rochen
4. eine Kunsteisbahn mit olympischen Maßen
5. ein Multiplex-Kino mit 22 Sälen
6. eine 24 Meter hohe Wasserkaskade direkt vor der Dubai Mall, wo jeden Abend beeindruckende Wasserspiele vor der Kulisse des Burj Khalifa stattfinden. Der „Dubai Fountain" auf dem Burj-Khalifa-See ist der größte Springbrunnen der Welt. Das Wasser tanzt jeden Abend in bunter Illumination zum Takt flotter Musik. Eine Bootsfahrt auf dem Burj-Khalifa-See während der Show war ein Spitzenerlebnis.

In der anderen großen Einkaufsstraße, der „Mall of Emirates" gibt es eine Sommer-Skipiste, auf der man sich in den Schnee stürzen kann, während draußen 40 Grad Wärme sind.

Das „Burj Al Arab" ist eines der luxuriösesten und bekanntesten Hotels der Welt, das neben dem Burj Khalifa zum Wahrzeichen von Dubai geworden ist. Es liegt auf einer künstlichen Insel vor Dubai und ist ein echter Hingucker. Leider darf man nicht einfach so in das Hotel hineinspazieren, auch wenn es eine der Top-Sehenswürdigkeiten von Dubai ist, weil sich die verwöhnten Gäste sonst gestört fühlen könnten.

Den Schluss unserer Sightseeing-Tour bildete der Besuch der künstlich geschaffenen Urlaubsinsel „Palm Islands" in einer Bucht des Persischen Golfes.

Die Palm Islands sind künstlich aufgeschüttete Inseln vor der Küste Dubais in der Form von Palmenblättern, auf denen sich mehrere Luxushotels und zahlreiche Ferienbungalows befinden.

Man kann den Ideenreichtum der Staatslenker nur bewundern. Natürlich haben wir auch noch einen Abstecher in die ehemalige Wüste hinter der Stadt gemacht. Mit Sonnenkraftwerken, einem Fusions-Atomkraftwerk und mit Windrädern (außerhalb der Stadt) betreiben die Dubaier mehrere Meerwasser-Entsalzungsanlagen, mit der sie nicht nur die Stadt selbst mit dem gewaltigen Wasserverbrauch versorgen, sondern auch seit nunmehr über 40 Jahren ihre ehemaligen Wüstenflächen rekultiviert haben. Ausgedehnte Waldgebiete sind inzwischen entstanden. Es ist aber typisch für dieses erfindungsreiche Volk, dass die Wälder nicht nur Wald, sondern besonders schön gestaltete Parks mit erlesenen Bäumen und blühenden Sträuchern sind, was zu einer weiteren Touristen-Attraktion geworden ist.

Allerdings haben wir leider auch bemerken müssen, dass der Reichtum nicht mehr vom geförderten Öl dahergeschwommen kommt, nachdem die weltweite Nachfrage nach Öl stark abgenommen hat. Der Tourismus ist jetzt die Haupt-Einnahmequelle des Emirates. Und diese reicht offenbar nicht mehr ganz aus. Anzeichen des Verfalls sind nicht mehr zu übersehen.

Nach drei erlebnisreichen Tagen holte uns Paula um sieben Uhr in der Frühe vom Hotel ab. Mit einem Kleinbus wurden wir vom Hotelservice zum Flughafen befördert.

Nach dem üblichen Body- und Gepäckcheck wurden wir auf das innere Flughafengelände gelassen und mit einer internen, vollautomatischen Flughafen-Taxe zu unserem Hangar befördert. (Ein lebendiger Chauffeur wäre hierfür zu teuer.) Das Flughafen-Gelände hier ist ja auch viel zu groß, um irgendein Ziel zu Fuß zu erreichen, zumal wir unser Gepäck dabei hatten.

Unsere Maschine stand vollgetankt und gewartet zum Abflug bereit. Die Kosten für Wartung, Treibstoff und drei Tage Parken waren bereits von meinem Konto abgebucht.

Ich gab die Koordinaten für unsere Zwischenlandungen in Tel Aviv und in Bukarest ein und schließlich auch für unser Reiseziel Aachen. Wetterbericht einholen, Windverhältnisse checken, vorgeschriebene Flughöhen, Anmeldung mit ungefährer Uhrzeit, Flugzeug-Kennung und Treibstoff-Bedarf bei den Zwischenlandungen angeben: All das gehörte ja routinemäßig zu einer privaten Flugreise dazu.

Die Vollautomatik moderner Flugzeuge erleichtert das Fliegen nun wirklich sehr, und der ganze, lange Flug verlief ohne Zwischenfälle.

Kurz nach unserem Start packte mein Mann seine Mundharmonika aus, und wir drei Frauen sangen das etwas melancholische Lied: „Flying home, flying home …" Gegen 19 Uhr landeten wir sicher auf dem Flugplatz Aachen-Merzbrück, und eine Stunde später waren wir alle erschöpft, aber glücklich wieder zu Hause.

DIE JAHRE NACH MOUNT RAINIER

Wir schreiben die Jahre 2073/74.

Man kann lange darüber philosophieren, ob der Zeitpunkt des verheerenden Ausbruchs des nordamerikanischen Vulkans im Oktober 2072 ein Glück im Unglück war oder nicht. Hätte er drei bis vier Monate früher stattgefunden, wäre wahrscheinlich die gesamte Ernte der Nordhalbkugel vernichtet worden. Weder Obst noch Getreide wäre infolge der monatelangen Verdunkelung des Himmels bis zur Erntereife gelangt.

Auf der Südhälfte unserer Erde herrscht im Oktober noch Frühling. Wegen der großen Entfernung des Vulkans war der Himmel im Süden nicht so stark verhüllt wie auf der Nordhälfte und auch nicht so lange. So konnten die südlichen Länder ihre Ernten in den Monaten Januar bis April des nächsten Jahres mit nur geringen Mengenverlusten einbringen.

In den USA und Kanada sah es allerdings böse aus. Positiv war zu bewerten, dass die Ernten des Nordens im Oktober weitgehend erledigt waren. Dies war der Glücksfall. Doch wochenlang gingen saurer Regen auf die Böden nieder, und der anstehende Winter wurde bitterkalt. Viele Pflanzen erfroren. Die Aussaat im folgenden Frühjahr musste verschoben werden, bis die Böden wieder einigermaßen gereingt, umgepflügt und nutzbar wurden und die Sonnenstrahlen die Erde wieder erreichten. Die Ausfälle an Getreideerträgen waren in Amerika bis zu 80 Prozent, in Europa durchschnittlich 60 Prozent. Beim Obst sah es noch schlimmer aus. Die Obstbaumblüte fiel fast ganz aus. Viele bestäubende Insekten waren vernichtet oder durch Hunger so geschwächt, dass sie ihre jährliche Aufgabe, Blüten zu bestäuben, nicht mehr schaffen konnten. Und zum Nachwuchs-Erzeugen reichte die Kraft erst recht nicht mehr aus. Dies hatte zur Folge, dass auch viele Vögel verhungerten, deren Hauptnahrung aus

Insekten besteht. Wie viele in der Nahrungskette nachfolgende Tierarten außerdem noch betroffen waren und in welchem Ausmaß, ist bis heute, im Jahre 2080, noch nicht ganz geklärt. Es sind damit in erster Linie Wildkatzen der verschiedensten Arten und Raubvögel gemeint. Auch viele Schlangen und Reptilien ernähren sich von Vögeln, und diese wieder sind Nahrung für viele andere tropische Tiere.

Die Welt-Ernährungsbehörde schätzte die weltweiten Ernteausfälle auf umgerechnet 680 Milliarden Euro.

Nun war für die Weltbehörden schnelles Handeln angesagt. Es drohten auch Menschen zu verhungern, wenn in den am stärksten betroffenen Ländern die Lebensmittelvorräte in den Lagerhäusern nicht mehr ausreichten, um die Zeit bis zu den nächsten Ernten zu überbrücken.

Auf meiner letzten Reise durch Arabien hatte ich gesehen, dass zwar überall Ernteschäden aufgetreten waren, die sich jedoch in Grenzen hielten. Die vielen neuen Lebensmittel exportierenden Länder Afrikas und Asiens konnten die Zeit weitgehend mit ihren Vorräten überbrücken. Aber viele neue Rekultivierungsprojekte, die ausschließlich mit Sonnenenergie betrieben wurden und keine ausreichenden Alternativen zur Energieversorgung geschaffen hatten, wie z.B. Wind-, Wasser- und Atomkraftwerke, hatten erhebliche Schäden, teilweise Totalausfälle zu verzeichnen, auch deshalb, weil sie ihre Felder nicht mehr ausreichend bewässern konnten.

Alle diese Fälle mussten erfasst, registriert und berechnet werden.

Zum ersten Mal stand die Weltregierung vor der Aufgabe, eine weltweite Solidarität mit Bezug auf die weltweite Lebensmittel-Produktion zu organisieren und durchzusetzen.

In den vergangenen 55 Jahren, seit den ersten Anfängen der Wüsten-Regenerierung, waren Millionen neuer Treibhäuser in Afrika und Asien entstanden, die aus Pflanzensamen und Babypflanzen Jungpflanzen heranzogen, die im Freien überlebensfähig sind.

Diese biologischen Nachwuchsaktionen mussten jetzt zwangsläufig weltweit unterbrochen werden. Stattdessen mussten ab sofort nährstoffhaltige und fettreiche Grundnahrungsmittel in den Gewächshäusern angebaut werden, und zwar so lange, bis wieder ausreichend Lebensmittel aller Art zur Verfügung standen. Erst dann durfte wieder mit der Aufzucht von Pflanzen begonnen werden, die nicht der menschlichen Nahrung dienten.

Auch der Bestand an Rindern, Schweinen und Geflügel musste reduziert, das heißt: geschlachtet werden, damit auch mit dem noch reichlich vorhandenen Fleisch die Hungerzeit überbrückt werden konnte.

Eine gewaltige Aufgabe war zu bewältigen. Alle Regierungen der Welt waren aufgerufen, sich an der Organisation einer gerechten und ausreichenden Lebensmittelversorgung der Weltbevölkerung zu beteiligen.

Rückblickend kann man mit großem Respekt feststellen, dass wieder einmal eine der größten Krisen der Menschheit bewältigt wurde. Und dies war nun endlich möglich geworden, weil die Menschheit seit langer Zeit auf sinnlose Kriege unter Vernichtung wertvollster Ressourcen verzichtet hat. Einige Länder, vor allem die USA und Kanada, mussten allerdings schmerzliche Opfer bringen. Die USA waren sogar gezwungen, für einige Monate den Bezug von Lebensmitteln zu rationieren, indem Lebensmittel nur gegen Abgabe von amtlich zugeteilten Lebensmittelmarken verkauft werden durften, auf denen eine bestimmte Abgabemenge verzeichnet war. Für die USA war dies etwas absolut Neues. Die Europäer kannten das aus den Kriegen des 20. Jahrhunderts.

Allerdings löste diese Maßnahme eine enorme Reisewelle aus, denn viele Amerikaner, die sich das leisten konnten, reisten in südliche Länder, wo die Lebensmittel nicht rationiert waren.

Ab dem Jahr 2075 normalisierten sich die Verhältnisse langsam wieder. Die neuen Ernten näherten sich allmählich normalen Verhältnissen.

Die Rekultivierungen der Wüstenflächen konnten fortgesetzt werden. Auch die Sonne konnte nun wieder ihre geforderte Leistung als Energiespender entfalten, nachdem sich die Giftwolken weitgehend verzogen hatten.

Aber der schreckliche Vulkan-Ausbruch hat die Menschen auch wieder etwas Grundsätzliches gelehrt: **sich niemals allein auf eine einzige Methode der Energieerzeugung zu verlassen.**

Dies war hoffentlich die letzte Katastrophe, aus der die Menschheit gelernt hat, möglichst alle vorhersehbaren Fälle von Naturereignissen vorauszubedenken und entsprechende Vorsorge zu treffen.

Wenn ich jetzt an die vergangenen 60 Jahre meines Lebens zurückdenke, so muss ich eingestehen, dass wir Menschen schon öfter geglaubt hatten, dass wir die Natur unserer Erde mit all unserer Technik und mit dem Einsatz aller unserer intelligenten Möglichkeiten beherrschen. Aber wie oft haben wir uns da schon geirrt. Der Natur ist es immer wieder gelungen, unserer Überheblichkeit einen gehörigen Dämpfer zu verpassen.

Ich erinnere dabei an die Jahre 2020 und 2021. Plötzlich tauchte in einer entlegenen Gegend Chinas eine unbekannte Krankheit auf, die von einem Corona-Virus, namens COVID-19[*]) verursacht wurde.

[*]) *auch als „Sars-Cov2" bezeichnet*

Zunächst dachte man, es handele sich hier um eine neue Art einer harmloseren Grippe. Aber bald gab es die ersten Todesfälle.

Und kurz danach musste die Medizin erkennen, dass diese „harmlose Grippe" hoch ansteckend war und in schweren Fällen in eine Lungenentzündung überging. Das Teuflische dieser Krankheit war: Sie ist bereits ansteckend, bevor die Infizierten erste Krankheits-Symptome bemerken. Nun erst war klar, dass es sich um eine gänzlich neue und gefährliche Krankheit handelte, für die es noch kein Medikament und erst recht keinen Impfstoff gab. Die globale Reisefreiheit inmitten einer Zeit blühender Weltwirtschaft ergab erschwerend, dass besonders viele, bereits infizierte Menschen in aller Welt geschäftlich oder als Touristen unterwegs waren und auch an Massenveranstaltungen teilnahmen, ohne zu wissen, dass sie ihre Viren bereits an Hunderte oder gar Tausende von Mitmenschen übertragen hatten.

So verbreitete sich die Krankheit in kürzester Zeit über die ganze Welt: Eine Pandemie war geboren, auf die niemand vorbereitet war.

Fieberhaft wurden unter fachärztlicher Beratung seitens aller Regierungen Maßnahmen angeordnet, die die Ausbreitung eindämmen sollten. Alle Schulen und Kindergärten, auch Universitäten, wurden vorübergehend geschlossen, ebenso alle Gaststätten und Geschäfte, die nicht der Lebensmittelversorgung dienten. Alle Hotels, alle Heime, alle Krankenhäuser wurden für Besucher gesperrt, Personengruppen über drei Personen waren in der Öffentlichkeit verboten, alle bereits bestellten und bezahlten Reisen und kulturellen Veranstaltungen wurden abgesagt. Die strengsten „Lockdown"- Maßnahmen wurden allerdings allmählich wieder gelockert, je mehr man über die richtige Verhaltenswesise während dieser Pandemie gelernt hatte.

Der wirtschaftliche Schaden war unübersehbar. Nach mehr als einjähriger Dauer war die Bilanz erscheckend: Mehr als 10 Millionen Tote waren weltweilt zu beklagen.*)

*) *bei damals 7,4 Milliarden Weltbevölkerung sind das 0,14 Prozent*

Ich bin heute noch froh, dass meine ganze Familie damals mit heiler Haut davongekommen ist.

Die Weltwirtschaft hat danach Jahre gebraucht, sich wieder ganz davon zu erholen. Die Wüsten-Rekultivierungen haben aber wesentlich dazu beigetragen, denn sie brauchten Arbeitskräfte in steigender Anzahl.

Es war aber nicht nur die weltweit neu aktivierte Flora, die das Weltklima vor dem Zusammenbruch gerettet hat. Die interdisziplinäre Wissenschaft zwischen Technik und Chemie hat ebenfalls zum Erfolg beigetragen. Mitte der zwanziger Jahre hat die Schweizer Firma Climeworks AG zusammen mit der kanadischen Firma Carbon Engineering Ltd. ein Verfahren entwickelt, wie man das klimaschädliche CO_2 direkt mit Hilfe von Spezialfiltern der Luft entziehen und es unter Einsatz chemischer Mittel in Stein verwandeln oder es sogar als Dünger oder auch als ungiftiges Naturbenzin weiterentwickeln kann. Heute sind weltweit etwa eine Million dieser Geräte, angetrieben vor allem durch Sonnenenergie, im Einsatz. Die Erfinder sind nicht nur steinreich geworden, sondern haben mit ihren Werken Tausende neuer Arbeitsplätze geschaffen.

„Macht Euch die Erde untertan!" Die göttliche Forderung der Bibel ist so oft missverstanden worden. Die Pandemie und ein verheerender Vulkanausbruch haben uns eines Besseren belehrt. Wir Menschen können viel. Wir können die Welt, in der wir leben, zerstören. Aber gänzlich beherrschen werden wir sie wohl niemals können.

Nun endlich, mit Erreichung der Neun-Milliarden-Einwohnerzahl und der Wiederbelebung weiterer Wüstengebiete, scheinen wir vieles wiedergutgemacht zu haben, was wir lange Zeit an unserer Erde gesündigt hatten.

Die unvergessene, frühere Bundeskanzlerin Angela Merkel hat einmal gesagt: JA, WIR SCHAFFEN DAS! Dieser Ausspruch betraf damals zwar „nur" eine europäische Bewältigung der damaligen akuten Flüchtlingsprobleme, aber gleich darauf wurde er zur Maxime für die ganze Welt, die drohenden Umwelt- und Klimaveränderungen in letzter Minute noch in den Griff zu bekommen.

Wir Menschen haben durch unsere eigenen Aktivitäten ein neues Erdzeitalter geschaffen: das Anthropozän. Dies wird noch einige Jahrhunderte oder vielleicht Jahrtausende bestehen, falls wir aus den Erfahrungen der Vergangenheit dauerhaft gelernt haben. Jetzt gilt aber erst einmal:

JA, WIR HABEN ES GESCHAFFT!

Und damit schließe ich meinen Bericht.

DANKSAGUNG

Ich danke dem Novum-Verlag für die Unterstützung bei der Erstellung des Buch-Manuskriptes.

Dieses Buch wäre ohne die Darstellung der Länder und Orte in Afrika und Asien kaum verständlich gewesen. Mit Können und Geduld wurden vom Landkarten-Verlag SIMPLYMAPS | Bernhard Meißner, Landau/Pfalz, die speziell und ortsgenau angepassten Kartenausschnitte erstellt.

Die akg-images GmbH Berlin lieferte beeindruckende Bilder zur Illustration einiger Schauplätze.

Das Internet-Lexikon Wikipedia eröffnete zahlreiche Informationsquellen.

Der Autor

Claus-Peter Ganssauge wurde 1927 in Dresden geboren. 1944, nach Notabitur, wurde er zum Reichsarbeitsdienst mit anschließendem Kiegseinsatz bei der Deutschen Wehrmacht eingezogen. Aus kurzer russischher Gefangenschaft gelang es ihm zu fliehen. Nach Kriegsende begann er in Hamburg eine kaufmännische Lehre. 21 Jahre lang war er bei einem Lebensmittelkonzern in verschiedenen Positionen tätig, bis er als Direktor für Marketing und Verkauf zu einem Waschmittel- und Kosmetikhersteller ins Rheinland wechselte. Ein Fernstudium an der Wirtschaftsakademie Kiel absolvierte er mit dem Abschluss „Immobilienwirt" und gründete ein Verwaltungsunternehmen für Immobilien. Er entwickelte und vertrieb eigene Verwaltungssoftware. Der Autor ist naturwissenschaftlich interessiert und sehr belesen. Sein achtes Buch: „2080 – eine bessere Welt?" ist die Fortsetzung seines Erfolgsbuches „Zukunft? Ja, wir schaffen das!"

novum **VERLAG FÜR NEUAUTOREN**

Der Verlag

> *Wer aufhört
> besser zu werden,
> hat aufgehört
> gut zu sein!*

Basierend auf diesem Motto ist es dem novum Verlag ein Anliegen neue Manuskripte aufzuspüren, zu veröffentlichen und deren Autoren langfristig zu fördern. Mittlerweile gilt der 1997 gegründete und mehrfach prämierte Verlag als Spezialist für Neuautoren in Deutschland, Österreich und der Schweiz.

Für jedes neue Manuskript wird innerhalb weniger Wochen eine kostenfreie, unverbindliche Lektorats-Prüfung erstellt.

Weitere Informationen zum Verlag und seinen Büchern finden Sie im Internet unter:

www.novumverlag.com

Bewerten Sie dieses Buch auf unserer Homepage!

www.novumverlag.com

Claus-Peter Ganssauge

Zukunft?
Ja, wir schaffen das!

ISBN 978-3-948379-42-1
114 Seiten

Wie wird die Zukunft in einigen Jahrzehnten aussehen? Kann es überhaupt eine Wende geben? Wird die Menschheit erst aus massivem Schaden klug? Diese aufwühlenden Fragen erhalten in diesem Buch klare Antworten. Der Autor beschreibt und fordert erstaunliche Problemlösungen, die auch Widerstände hervorrufen werden. Doch letztlich siegt die menschliche Vernunft.